跨領域

語文教育的探索

周慶華・主編

東大語文教育叢書出版理念

　　只要有教育，就一定會有語文教育；而有語文教育，也勢必要有語文教育研究來檢視它的成效和推動它的進程。因此，從事語文教育的研究，也就成了關心語文教育的人所可以內化的使命和當作終身的志業。

　　臺東大學語文教育研究所從 2002 年設立以來，一直以結合現代語文教學的理論及實務、發展多媒體語文教學、培養專業語文教育人才、提供在職教師語文教育進修和開拓未來語文教育產業等為發展重點，已經累積不少成果，今後仍會朝這個方向繼續努力，以便為語文教育開啟更多元的管道以及探索帶領風潮的更新的可能性。

　　先前本所已經策畫過「東大詩叢」和「東大學術」兩個書系，專門出版臺東大學師生及校友的詩集和臺東大學語文教育研究所研究生的學位論文，頗受好評。現在再策畫「東大語文教育叢書」新書系，結集出版臺東大學語文教育研究所舉辦的學術研討會和研究生論文發表會的論文，以饗同好，期望經由出版流通，而有助於外界對語文教育的重視和一起來經營語文教育研究的園地。

　　如果說語是指口說語而文是指書面語，那麼語文二者就是涵蓋一切所能指陳和內蘊的對象。緣此，語文教育就是一切教育的統稱而可以統包一切教育；它既是「語文的教育」，又是「以語文來教育」。在這種情況下，語文教育研究也就廣及各個語文教育的領域。本叢書無慮就是這樣定位的，大家不妨試著來賞鑑本叢書所嘗試「無限拓寬」的視野。

　　由於這套叢書的出版，經費由學校提供，以及學者們貢獻精心的研究成果，才能順利呈現在大家面前；以至從理想面的連結立場來說，這套叢書也是一個眾因緣合成的結晶，可以為它喝采！而末了，寧可當語文教育研究是一種「未竟的志業」，有人心「曷興乎來」再共襄盛舉！

臺東大學語文教育研究所

目　次

從單眼相機看天下

——攝影旅遊的審美抉擇

曾若涵

臺東大學語文教育研究所

摘　要

　　在忙碌的現代社會中，為了紓解平日工作的壓力，人們開始前往各地觀光、旅遊，「當觀光客」是現代經驗的主要特徵之一。不「外出旅遊」就像是少了一部車子或沒有一間好房子住一樣，觀光旅遊在現代社會裡已經成為身分地位的表徵。而身處在觀光蓬勃發展的現代社會中，旅遊會讓人萌起內心想要擁有這一切完美事物的念頭，於是旅遊者開始以相機代替紙筆記錄下每一刻。然而，當眼睛緊貼著景觀窗時，又該如何抉擇攝影的角度同時培養出審美感應類型的取捨，則變成大家該正視且認真思考的課題。

關鍵詞：觀光、旅遊、攝影、審美

一、前言

　　自從 1867 年萊特兄弟發明了第一架飛機後,交通發展越來越快速,同時也將人類活動的版圖逐漸的擴大,而交通便利的同時,也造就了另一種新興產業,就是「觀光業」。歷史上所記載早在十三、十四世紀時朝聖已經是個廣為流行的現象(John Urry,2007:24);而這樣的旅遊型態延續至十五世紀時,便已經成為一個定期出發到基督教聖地的觀光旅遊團。(同上,24),朝聖者約定結伴一同前往聖地膜拜,而在旅途的過程中開始有其他吃喝玩樂的活動交雜混合,這便是「觀光旅遊」的開始。

　　在忙碌的現代社會中,為了紓解平日工作的壓力,人們開始前往各地觀光、旅遊,「當觀光客」是現代經驗的主要特徵之一。不「外出旅遊」就像是少了一部車子或沒有一間好房子住一樣,觀光旅遊在現代社會裡已經成為身分地位的表徵,也被認為是健康生活的必需品。(引自朗卡爾〔Robert Lanquar〕,(1993):224)現代人熱愛旅遊,認為旅遊是一種放鬆身心的調劑方式,於是我們到每個觀光景點必定會看見遊客們拿出相機留下一張張美麗又精采的畫面。而在這樣的旅遊當中,已經無法滿足於單純的凝視,為了可以擁有屬於自己獨特的回憶,人們開始以相機代替眼睛記錄下每一刻。因為拍攝就是佔有被拍攝的東西,它意味著把你自己置於與世界的某種關係中,這是一種讓人覺得像知識,因而也像權力的關係。(蘇珊・桑塔格〔Susan Sontag〕,2010:28)

圖1　晨（作者自攝）

二、另一種旅遊

　　身處在資訊發達的現在，數位相機越來越先進，鏡頭的種類越來越多，大家開始在每次的旅遊背上一大堆的攝影器材，花了無數的時間等待最美麗的瞬間，如：日出（如圖1）、黃昏、流星雨等等……幾乎付出所有的耐心等待著最美好的一刻，眼睛緊貼著相機的景觀窗，就算早已疲累不堪也無法將視線移開，所有的旅遊攝影家都等待著那最菁華的一秒，因為貪婪的想要擁有這世界上一切美好的事物，深怕一個不小心就將所有的苦心付諸流水。這種擔憂深埋於旅遊者的心中而不由自主的表現逐漸擴大於外在行為；而對於商人而言，商機也由因此而生。於是當我們走進坊間時，可以看見五花八門的攝影教學雜誌、書籍等。

　　當踏入觀光旅遊景點時，大家不再只跟隨著傳統旅遊書籍的步伐，每個人開始動手拿起相機拍攝照片，擷取他們心中認為最完美的角

度。普普藝術大師 Andy Warhol 曾說：「在未來，每個人都有十五分鐘成名的機會。」（In the future everyone will be famous for fifteen minutes.）（落水魚，2009）人們並非遺忘了用眼睛作最單純的欣賞，而是選擇開始成就另一種旅遊的型態，也直接間接促成了另一種產業的誕生。

那麼在這些五花八門的出版品之中，我們又該如何區分旅遊散文和旅遊攝影的差別？一般而言，我們所常見的旅遊散文大多是以作家自己親身遊歷過相關的旅遊景觀後，身處在異地而引發個人內心有所觸感書寫而成的作品，如：余秋雨（1992）的《文化苦旅》、鍾文音（2001）的《遠逝的芳香——我的玻里尼西亞群島高更旅程紀行》這一類的作品大都屬於作家自身對此地的風俗民情、歷史文化的感召及其差異性等等的理由而成行。就如同余秋雨在《文化苦旅》中所提到的：

> 我在山水歷史間跋涉的時候有了越來越多的人生回憶，這種回憶又滲入了筆墨之中。我想，連歷史本身也不會否認一切真切的人生回憶會給它增添聲色和情致，但它終究還是要以自己的漫長來比照出人生的短促，以自己的粗線條來勾勒出人生的侷限。（余秋雨，1992：5）

而鍾文音也在《遠逝的芳香——我的玻里尼西亞群島高更旅程紀行》中提到：

> 我從自身儉俗的島嶼遠赴此地，並非為了一般的旅行，為了是親自去印證近百年前曾經有個獨特的藝術家在此義無反顧地燃燒他那不凡熾熱的生命厚度，在此譜下命運悲愴孤寂的終曲。我想親自在歷史現場和畫家的靈魂對話，親眼目睹其繪畫裡的虛幻一旦落入真實的感官所產生的內在撞擊會是什麼樣的視覺經驗。（鍾文音，2001：6～7）

因此，我們可以從旅遊作家的作品中嗅到一些端倪：那些專屬於作家們所特有的感觸，經由雙眼的瞭望，內心的觸動然後轉換成為文字，

最後文字開始舞動著且躍然於紙上，讓讀者閱讀其作品在字裡行間中所透露出來的孤寂、嘆息、悲壯又或者是喜悅。而這一切又都端看讀者對於文字的敏銳度和讀者本身所既有的先備經驗來觸發其內心所隱藏的感觸，同時也因為每一個讀者本身的生長環境、成長背景而有所差異；而相較之下，旅遊攝影則是偏向用單一的影像記錄，拍攝者只為自己的需求所負責，而無須使用文字交代個人的情感波動。如同許文澍（2010）的《單車西遊記》和謝忠道（2008）的《比流浪有味》這一類型的攝影旅遊書籍，大多是以作者（攝影家）本身所想要提供的訊息資訊為主，只在數篇文章的結尾或是文章中間發表些許自我的感想和感受，不以文字敘述的手法為主軸。如許文澍曾在《單車西遊記》書中提到：

> 葡萄牙的單車旅者又更少了，騎在首都更是吸引許多目光。今天星期日，在里斯本許多博物館可以免費入館，其中位於西邊貝倫區（Belém）的海事博物館，個人覺得很值得去看看，緬懷一下幾百年前給予我們「Formosa」稱號的葡萄牙人，還有他們航行在世界各地的船鑑。除此之外，這一區還有 Belém 大教堂、美術館、海邊的塔樓、紀念碑，很值得待一整天。（許文澍，2010：117）

這一類型的旅遊叢書在近幾年，越來越常出現在市面，已經逐漸成為另一股新的旅遊叢書指標。比起以往舊有旅遊指南書籍，這種以新的攝影敘述方式為主，以異軍突起之姿出現，反倒引起了另一股風潮。除了免去閱讀文字上所需花費的時間外，自我觀察攝影的角度，反而更受現在新一輩的背包客喜愛且更容易觀賞和接受。長久以來，人類一直在尋找一種能夠用視覺符號表達個人主觀及思想感情的方法；尋找能夠確實的利用圖形來保存自己記憶和知識的方法；同時尋找能夠把訊息傳遞程序化和簡化的方法。而事實上，攝影在符號學上我們稱為「痕跡」或「記號」，也就是經由光線和質材的接觸而立即得到的一個「像」，它就像一種由「光」創造而得到的「實物」或「比喻」，就如同素描一樣。當照片一旦完成後，就跟被攝物在各自時空中分道揚

鑑；而隨後照片可能不斷被傳播、複製、或被作為各種不同的用途，並產生不同的意義。（王雅倫，2000：30）

所以，我們可以將照片視為一種傳達以及保存記憶的類語言符號。如同周慶華在《語文研究法》一書中曾提到的：

> 符號學方法，是研究符號的方法。當中符號，包括一般符號和語言符號；而一般符號又包括自然物的表象和人造物的表象以及人為的記號等等（可以統稱為類語言符號，也就是「以語言形式存在的事物」這一部分的樣貌）。（周慶華，2004：80）

因此我們可以將這樣的類語言符號，直接視同一種新式的表達方式，將不同於一般以為的傳統文字只是狹隘的在書本／雜記中與讀者有所互動而已。與讀者的對話擴大成為影像的符號，除了文字的敘述外，還有圖象的展現，開啟另一種新的對話方式。

既然旅遊散文和旅遊攝影這兩個主題都環繞於「旅遊」這兩字上面，我們又該如何區分其不同處？以下我將以形式、內容、主觀感受、神秘性以及管理的意識等五項主題，來分別探討旅遊散文與旅遊攝影的差別。

第一項是形式上的不同。就如同前面所討論的目前坊間旅遊散文大多是以作家本身的感召、感觸為作品的出發點，在心境上面的轉換大多偏向作家本身對於鬼斧神工的自然景觀或異地的文化風俗有直接且強烈又深入的接觸。作家本身實際居住在當地，嘗試融入當地另類（或是外來）的社會風俗，如同前文所提到的余秋雨和鍾文音這兩位作家的作品就屬於這類型的作品。而攝影旅遊則是偏向以單一的影像記錄眼前所觸及的事物，在於情感層面的著墨較少，而與旅遊散文相比之下，較偏向以影像直接單純地記錄關於人、事、物的變遷，就如同彩色印表機一般將眼前所看見的人、事、物在此時此刻完整且仔細的記錄下來，單純的將風景輸出成為一張又一張的影像圖片。攝影的客觀性一方面使得影像令人信服，另一方面則滿足我們潛意識提出的再現原物的需要。因此，「攝影並不像藝術一樣是為了創造永恆，它只是給時間塗上香料，使時間免於自身的腐爛」。（王雅倫，2000：31）

圖 2　無題（作者自攝）

　　第二項是內容上的不同。旅遊散文著眼點在於作家抒發其個人情感層面，文字的著墨偏向於個人情感，同時也試圖喚起讀者所既有的先備經驗。就如同曾經遊歷過的地點，在書中彷彿隨著記憶鮮活了起來，躍然於紙上。此時的書本不再只是平面的記錄文字的重現，而是立體的成為 3D 的世界，立即把讀者拉回到當下，正如自己也正身處在同樣的國度，呼吸著相同的空氣。想像不再只有紙上談兵，而是在讀者的眼中浮現了另一個世界。對於自然景觀的描述較少，且常出現與當地人有所互動，這樣藉由情感有所流通而形成的感觸或是不同於以往的生活經驗，也就是在旅行散文中體驗的是與以往不一樣的生活方式。而攝影旅遊則是走向忠實記錄眼前所見的大自然與其他相關的人、事、物單純的寫實風格（如圖 2），不另添加個人的情感因素；或由於商業需求而單純的將眼見所及轉換影像圖片。當我們將散文作品與攝影作品放在一起互相比較討論時，可以發現影像在時空的當下所能捕捉的細節較多樣性、也較細微多元化。當觀賞攝影作品時，可以讓讀者（觀賞者）較容易進入情境畫面中，且讓讀者（觀賞者）較容易了解其作品背景，而此特點散文作品則較難達到。

圖 3　靜（作者自攝）

　　第三項是主觀感受上的不同。經由前一、二項的比較後，我們可以了解到散文作品較常使用於抒發作家本身的情感層面，對於自然景觀的畫面細節描述較少；而攝影作品則正好相反，在預設的畫面上，攝影作家可以自行決定要展現眼前所及的哪一部分景觀提供給讀者（觀賞者）欣賞觀看。但相對而言，由於攝影作品在攝影師按下快門的當下，就如同把這瞬間的景觀複印收錄呈現在照片中，因此在攝影作品中所展現出來的景色便可以一覽無遺。而旅遊散文則是以作家的雙眼觀賞及身體力行後，透過作家本身所接收到的情緒經由思考轉換後，再將其感受經由文字抒發出來。再者單純以景觀的表現來比較旅遊散文與攝影旅遊的差異性：攝影旅遊較講究畫面上的和諧及構圖，忠實的記錄一草一木（如圖 3），不添加其他攝影師的個人情感因素在內；而旅遊散文則是偏向讀者（閱讀者）經由閱讀文章後，再三的反覆思考消化，

且透過文字的刺激後以及其所具有的先備的知識經驗，發揮讀者自己的想像力，因為散文作品中添加了自身的相關生活經驗，讓讀者在閱讀作品的同時也參與了作品的創作。正如同朱剛於《二十世紀西方文論》中所提過的讀者批評理論（朱剛，2006；221～224），重視讀者對於作品的感受，強調美學研究應該集中在讀者對作品的接受、反映、閱讀過程、審美經驗和接受效果，同時也可以帶領讀者發揮想像力的空間。

第四項是神祕性上的不同。約翰‧柏格（John Berger）在《影像的閱讀》中提到：

> 透過攝影，這個世界變成了一連串互不相干、獨立存在的分子；而歷史，包括過去和現在，則變成一連串奇聞軼事和社會新聞。照相機分解了現實，使它成為可以掌握的、曖昧不確定的東西，它提出了一種否定內在關連性的、不連續的觀點來看世界，但卻賦予每一刻神祕的特質。（約翰‧柏格，2002：55）

圖4　佇立（作者自攝）

事實上，旅遊散文同樣具有部分的神祕性，但在文字上較難以掌控駕馭；而攝影旅遊作品則較容易獲得及達成另一種替代性的滿足。攝影照片能夠將時間流中斷，把時間分割成片段的記憶，以致造成普魯斯特（Marcel Proust）有點誤解的說：與其說相片是記憶的工具，不如說是記憶的發明物或替代品。（約翰‧柏格，2002：55）而旅遊散文則是屬於一種連續性的歷史作品，將時間的片段從過去到現在串成一篇完整的故事。相對上影像照片可以捕捉到瞬間、特殊的景物（如圖4），所以較不受時間流的限制，在所有組成和加深現代感的事物中，照片也許是最神祕的。照片事實上是捕捉來的經驗，而相機則是我們有意識地用來捕捉瞬間的最佳利器。（同上54）

第五項，是意識型態上的不同。一般旅遊攝影作家在創作時的動機通常可以分成數種，如：興趣、工作所需等等。然而，我們就現在市面上流通且有在販售的旅遊攝影作品，攝影師背後的動機大多是將作品視為一種可以引起讀者購買慾望，同時成為熱銷的商品，明顯是屬於一種商業行為；並且以往旅遊產業大多結合旅遊散文的販售推銷手法，也由於近年的旅遊攝影產業的蓬勃發展，利用透過照片的手法引起觀光客們的旅遊動機，讓觀光客們藉由圖片的吸引和廣告傳媒按圖索驥等，開啟觀光旅遊的動機。而旅遊散文則是比較需要長時間的閱讀或讀者本身必須要具有一定的先備經驗後，才能將讀者本身自己投射於作品之中，激起讀者的想像空間。此外，文字與圖像相較之下，同時利用兩造呈現表達相同的景觀時，文字陳述則較缺乏圖像畫面即時效果的吸引力。

三、攝影旅遊所透顯的審美特徵及價值抉擇

圖像（image）是結構性符碼的建構。符碼是一個文化或次文化成員所共用的意義系統，它由符號和慣例規則共同組成。解讀圖像也就

是發現意義（meaning）的過程，意義不但需要從訊息中獲得，更需要
從文化中理解。這裡所指的文化是廣義的，而不是單指讀寫能力這樣
的嚴格意義上的文化。傳播（communication）是透過媒介（media）
傳遞文化共有符碼而產生的。（韓叢耀，2005：10）

　　攝影作家在攝影畫面的價值抉擇時，大多選擇使用崇高、優美等
意象，如自然產物、自然景觀等等；而大多會刻意忽略悲壯、滑稽、
怪誕等如戰場等現代和後現代的審美特徵。如下圖：

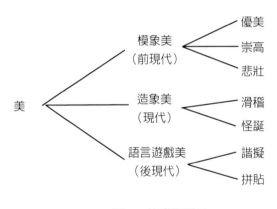

圖 5　美感類型圖

資料來源：周慶華，2004：138。

　　相機開始複製世界的時候，也正是人類的風景開始以令人眩暈的
速度發生變化之際：當無數的生物生活形式和社會生活形式在極短的
時間內逐漸被摧毀的時候，一種裝置應運而生，記錄正在消失的事物。
就像死去的親友保留在家庭相冊裡，他們在照片中的身影驅散他們的
亡故給親友帶來的某些焦慮和悔恨一樣，現已被拆毀的街區和遭受破
壞並變得荒涼的農村地區的照片，也為我們提供了與過去的零星聯
繫。（蘇珊・桑塔格，2010：44）

圖6　循（作者自攝）

圖7　呼吸（作者自攝）

圖8　逝（作者自攝）

　　一張照片（如圖6、圖7、圖8）既是一種假在場，又是不在場的標誌。就像房間裡的柴火，照片，尤其是關於人、關於遙遠的風景和遙遠的城市、關於已消逝的過去的照片，是遐想的刺激物，而照片可以喚起的那種不可獲得感，直接輸入那些其渴望因距離而加強的人的情欲裡。（蘇珊・桑塔格，2010：44～45）而由於影像化的實化，照片可能比活動的影像更可記憶，因為它們是一種切得整整齊齊的時間，而不是一種流動。相對而言，比起旅遊散文，攝影旅遊在旅遊產業上較為吃香。在時間流中，攝影作品較沒有時間、空間的限制，對於觀光旅遊產業而言，這樣的作品或者說是產品，較不容易被時間的更迭所替換，擁有它一定的市場。

　　同樣的，由於管理的意識型態不同，對於引起旅遊攝影作家背後的動機就不同於以往只是單純的將攝影作品視為一種擁有物的概念，

而將攝影作品當成另一種可以用來銷售販賣的單一化商品。旅遊產業利用視覺效果傳達圖像背後的意義，透過照片的手法引起消費者的旅遊動機，而隨著攝影科技的日益發展，產生了更多更新的「照片」，甚至新的攝影方式及用途。（王雅倫，2000：44）而攝影旅遊照片就變得更加具有商業氣息，而逐漸失去原本追求的不平等且非普羅大眾都可以理解的的藝術氣息。

大部分的人對攝影的認知，是從「照片」上來的，也就是圖像的傳播。圖像已為人類訊息交流提供了基礎，也為圖像傳播的研究提供了巨大的學術空間，同時也為詳盡地分析人類在世界中的作用提供條件。圖像已滲透到人類社會生活的各個方面，無所不及。我們發現，世界的「現實」，本質上已不屬於物象的自身，而是屬於事與物之間的關係，屬於人們閱讀圖像後所產生的意義。圖像傳播已成為現代傳播的一種最為有效的傳播方式和途徑，成為一種不可或缺的社會生產力（如新聞宣傳、國際傳播）、資訊交流、輿論引導、倫理構建、政治訴求等），成為人類一種創造性的思維活動，成為人們觀察自然、社會和人類自身的有效工具，成為一種文化的力量。（韓叢耀，2005：7）

我們的確較少只專心一致地只注視一張照片，且僅關心被攝物是否存在的問題。攝影好像一個透明體，它給我們什麼，我們都願意接受。攝影初始萌芽時，被報紙或書籍採用的機會很少，但今日儼然成為一個影像消費文化的主要代表。而它從出現到現在已有一百六十幾年的歷史了。（王雅倫，2000：66）我們現今就正處在這樣的時代之中，攝影旅遊已經不像以前那樣是高高在上的藝術作品無法想像，而藉由滿足觀賞者除了欣賞作品，同時也可以參與作品內蘊的成就感。攝影作家也開始有了不一樣的思維方向；於是攝影逐漸慢慢變成一種商業化包裝的行為，也開始影響攝影家的審美判斷、構圖、角度等等的決定權。

因此，我們得開始思考，美的定義是什麼？西方的接受美學主張，一切的藝術作品都有待讀者參與作品後，再加以完成，如此才可以稱

為一件完整的藝術品。如果不然，則此一作品便只是一件藝術成品而毫無生趣。此外，接受美學者認為每樣作品都可以對讀者呈現多層次的含意，而且讀者的理解與詮釋並不一定單純地針對文本作品本身的意義作解釋和回答。那麼在接受美學的主張之下，我們是否也該開始重新審視所謂的旅遊攝影？如同前面所提起的，現在的攝影作品多以優美、崇高性為主要取材對象，而避開較為悲壯的畫面，雖然攝影基本上是一種不干預的行為。當代新聞攝影的一些令人難忘的驚人畫面，例如一名越南和尚伸手去拿汽油罐、一名孟加拉游擊隊員用刺刀刺一名被五花大綁的通敵者的照片所以如此恐怖，一部分原因在於我們意識到這樣一個事實，就是攝影師有機會在一張照片與一個生命之間作出選擇的情況下，選擇照片竟已變得貌似有理。干預就無法記錄，記錄就無法干預。（蘇珊‧桑塔格，2010：39）如同在韓叢耀的《圖像傳播學》中提到，攝影記者邁克‧威爾斯（Mike Wells）所拍攝的一幅圖片：〈烏干達旱災〉。在卡拉莫加（Kzramoja）地區的一所天主教慈善機構，一位義大利神父領著邁克‧威爾斯走到大門口，他們看到許多饑餓的卡拉莫加人站在那裡等待著施捨。神父招呼一位母親帶著她的孩子過來，並且用義大利語對威爾斯講話，似乎說他們所能給予的一點點食物也救不了這個孩子。神父將這個孩子的手放在自己的手裡準備給威爾斯進一步解釋什麼。這幅圖片已成為烏干達災難的真實寫照。在圖像象徵性這一點上，至今也沒有人提出懷疑。作者大膽的使用邊框進行與周遭現實世界的切割，並在切割後的邊框內賦予新質，使其不失本質的具有了超拔於現實卻又無限忠實於現實世界的象徵意義。而這張照片從形式審美的角度講意義不大，但從傳播的角度講其意義重大，對主題呈現十分準確，一圖勝千言，它對於非洲飢荒的事實表露無疑，無以復加。邊框的切割使得它既是現場事實，又不是現場事實，在更宏大的真實層面表露事實。（韓叢耀，2005：240～241）

　　至於遭受痛苦是一回事，與拍攝下來的痛苦影像生活在一起是另一回事，後者不一定會具有強化良心和強化同情的能力。它可能也會

站、天空部落格等，就如同前面所提到過的「在未來，每個人都有十五分鐘成名的機會。」現代已經是一個網路平臺比傳統紙本傳遞來得更加快速的時代，因此大眾開始會經由網路這樣的系統分享自己的旅遊散文和攝影旅遊。除了在網路上與其他同好分享時的喜悅和成就感外，同時也讓寫作進入了另一個新的創作時代：不需要深厚的知識背景，只要試圖在鍵盤上敲打出個人的感受、旅遊地的相關資訊，便可以藉由這樣的平臺發展出另一面的自己。所以分享自己所拍攝的旅遊照片或旅遊散文，現今已成為旅行背包客必作的功課。

（二）傳播業、出版社

如同上面所提到，目前旅行背包客日益增多，對於傳播出版業來講，什麼樣的旅遊攝影書籍可以成功的擄獲旅行背包客的心，便成了目前最重要的課題之一。從旅遊審美的角度上來說，當外出旅遊時，每個人都懂得如何用雙眼欣賞美麗的風景和參與當地特殊活動的舉行，卻並非每個人都知道如何取景於完美的角度。也正因為如此，目前市面上所流通販賣的攝影相關書籍包羅萬象，卻獨缺了將旅遊攝影與旅遊散文比較的相關書籍，大多還是以一般的攝影技巧或寫作技巧的教導為主。換句話說，現今的出版作品大多會以目前的時事潮流來尋找新銳的網路作家或是因應網路名氣，與已有眾多支持者的部落客聯手合作相關的旅遊輕鬆小品：如人氣部落格作家女王《女王 i 曼谷》、史丹利《去我的沖繩！！》等。然而，對於旅遊業者來說，這樣的作品還不足以激起大眾感興趣而開始前往旅遊。所以在這樣的商業利益關係中，如果想要成功的引起大眾對於旅遊的渴望與需求似乎在攝影旅遊這一方面必須得更加深入的去探討關於接受美學與讀者反應理論相關的內容，才不會讓攝影旅遊只是單純的激起些許的浪花，而無法成功達成出版社與傳播媒體所期望的效果。

圖9　十分（作者自攝）

（三）旅行者

　　對於旅行者而言，有用且有效的實用資訊，遠比旅行散文中抒發
其自身的情感來得更加重要。因此，在攝影旅遊的發展中，我們應該
要試圖以旅行者的身分去思考什麼是旅行者所需的資訊，同時不忘其
攝影旅遊的美感及藝術性。旅行攝影家所拍攝的每一張照片都將成為
另一種時間流的記錄。因此，在按下相機快門的那一刻，時間就被永
久保存在相片中（如圖9），成為一個記憶的痕跡。不同於出版社的專
職攝影師是以商業化的利益性質為出發點，在拍攝的過程中學習如何
將自我的情感意識抒發於照片中，且提高其藝術性與神秘性，跳脫市
面上的模式，不嘗可以發展出另一種不同於現在的旅遊攝影。

五、結語

　　旅遊攝影有利於旅遊產業的發展，因為它比同為旅遊產業一環的旅遊散文有前述幾項優勢的地方，如較容易為社會一般大眾接受資訊的傳達，旅遊散文則是較偏向作家個人的情感抒發。但這樣的情況是產生在一個旅遊攝影藝術價值低落且不如旅遊散文的情況下發生的，而我們現在所該重新思考的是，有沒有可能一邊顧及旅遊產業的商業化性質的同時又一邊顧及其所該有的藝術性？現在的旅遊攝影大多普遍偏向提供給商業化銷售的雜誌和書籍所用，市面上較少出現以後現代和現代等高藝術性價值性的作品。因此，以專業的高度標準閱讀欣賞，是否較容易落入俗套且不耐人尋味？如果將攝影旅遊的審美範疇從現代的商業化性質重新調整其位置，是否可以適度的調整攝影旅遊的藝術性，將其藝術性從層層的商業包裝中再度挖掘出來？很明顯的，這是有可能的。

　　在當前一個普遍的現象是，其目光曾掠過美的事物的人，往往會對沒有把它拍攝下來表示遺憾。相機在美化世界方面所扮演的角色是如此的成功，使得照片而非世界變成了美的事物的標準。對自己的房子感到驕傲的主人，很可能會拿出該房子的照片，向客人展示它有多棒。我們學會透過照片來看自己（如圖 10）：覺得自己有吸引力，恰恰是認定自己在照片裡會很好看。照片創造美的事物，然後經過一代又一代的拍照——把美的事物用光。（蘇珊‧桑塔格，2010：139）然而，我們似乎卻沒有停下腳步認真思索過，在這樣管理意識強烈的作法跟社會化及商業化的經營走向之下，我們是否可以有彈性的將旅遊影像照片弱化，使用類似旅遊散文的處理手法，在參考攝影旅遊叢書時，不再如同以往一般按圖索驥。在提高攝影旅遊照片的藝術性的同時，也提高讀者的想像力和想像空間，讓攝影旅遊推翻固定的舊有的

拍攝手法及其概念，讓現在充斥著各式各樣攝影旅遊工具書的坊間書店，出現不一樣的攝影旅遊作品，讓讀者直接參與作品的創作，吸取著旅遊散文的優點，同時也讓一成不變的攝影旅遊開始走出不一樣的道路。

圖 10　注視（作者自攝）

參考文獻

John Urry（2007），《觀光客的凝視》（葉浩譯），臺北：書林。

王雅倫（2000），《光與電影像在視覺藝術中的角色與實踐》，臺北：美學書房。

朱　剛（2006），《二十世紀西方文論》，北京：北京大學。

余秋雨（1992），《文化苦旅》，臺北：爾雅。

周慶華（2004），《語文研究法》，臺北：洪葉。

約翰‧柏格（John Berger）（2002），《影像的閱讀》（劉慧媛譯），臺北：遠流。

許文澍（2010），《單車西遊記》，臺北：二魚。

朗卡爾（Robert Lanquar）（1993），《觀光旅遊社會學》（黃發典譯），臺北：遠流。

落水魚（2009），〈向安迪‧沃荷致敬〉，網址：http://blog.udn.com/mn719720/2741355，檢索日期 2011.05.4。

鍾文音（2001），《遠逝的芳香——我的玻里尼西亞群島高更旅程紀行》，臺北：玉山社。

謝忠道（2008），《比流浪有味》，臺北：馬可字羅。

韓叢耀（2005），《圖像傳播學》，臺北：威仕曼。

蘇珊‧桑塔格（Susan Sontag）（2010），《論‧攝影》（黃燦然譯），臺北：城邦。

小說改編成電影的變異現象

——以黃春明小說作品為例

黃子剛

臺東大學語文教育研究所

摘　要

　　小說一般而言都具有故事性，剛好吻合了劇情影片對故事需求的條件。自然而然，一般電影於是經常在小說中尋找拍攝題材，小說改編成電影的現象幾乎是跟著電影的歷史一起發展過來的。而電影和小說在表現上的本質本就大不相同，有時候電影劇情會改編部分原著小說內容，或是在更多地方完全遵照小說原著精神。前者配合更多元的傳播媒介會讓人覺得有新鮮和刺激感，不會像是在複習小說；但處理手法倘若稍有不慎，不免會遭來亂改原著的罵名。對於文學作品中的人物、場景，可以透過種種語言描寫來描述。一般而言，只要作者本身有好的文筆，就會讓讀者有無窮的想像空間；而每個讀者可以有自己的想像力，進而激發更高階的創造力。當電影將白紙黑字移師銀幕，必須端出更具體的內容，並考慮作者／讀者對這些文字的理解。而在電影形體化後會與原著有變異現象；二來傳播類型不同，文學作品中的意境，可以在字裡行間裡描述，讓觀眾不受限制地天馬行空在腦海

中與作品對話，甚至能模擬創作出更新的故事，更鮮活的人物與更加多元的場景。在二者間互動的讀者／觀眾們，是否能找出一套更為客觀的評價標準，藉此提升大眾無論是審美、批評、乃至創作能力的可行性，則為所當探討的重點。

關鍵詞：小說、電影、改編、變異

一、引言

　　一般而言，圖像說明能力比文字強。給你一個畫面，只消一秒鐘，場景、擺設、人物的衣著、神情、互動等都可一覽無餘；而用文字則需成千上百，讀完還不見得能在腦中呈現清晰的畫面。但影片有時間限制以及節奏感的要求，使得小說改編電影面臨嚴酷的考驗。文學小說與電影劇本是不一樣的媒材，由暢銷小說改編成的電影，總會讓人有先入為主的期待。但小說文本動輒二三百頁，更別說是大部頭的小說，可能會到五六百頁，要將這樣鉅細靡遺的小說，改編成一部至少兩小時，至多濃縮至三小時上下的電影，如何將小說情節縮編，又不影響整體的敘述架構，對於編劇來說是一大考驗。

　　大部分喜歡小說而去觀看電影的觀眾會發現，當一個小說文本的忠實讀者成為電影觀眾後，反而走出戲院會感到有點失望。這些失望感來自種種的原因：小說擁有巨大的想像空間，讀者自行設定的男女主角，與電影裡出現的男女主角大相逕庭。這當然牽涉到審美觀的不同，但有時導演刻意選用超齡的男女主角來詮釋，或是為了票房而選用大牌演員，又或是原來女主角是短髮俏麗的小個頭活潑少女，到了電影裡卻變成長髮飄逸的內斂女子，這都與當初想像產生極大的落差。再者為了縮編情節往往將小說文本精采的連結點加以轉換，或是省略多線發展情節，只投入在某一主線。有些小說中最彌足珍貴的，就是作者精密的布局或欲表達的意象，如同佘格洛夫斯基在〈以機杼為藝術〉一文中指出：「問題並不在意象本身。詩人所以為旁人所不及的，端賴他對意象乃至於一般語言材料所作的安排措置，也就是所謂『機杼』（手法）的設想和安置」；並認為文學語言都有它的自主性。（高辛勇，1987：17～18）這會讓整部小說擁有獨創性的驚喜，但每個事件的連結點又是如此流暢不做作，所以讀者閱讀起來有行雲流水、欲罷不能的感覺。另一方面，在情節

發展主線上，往往會有其他的副情節，來帶動讀者更多的感動；通常都是愛情、親情、友情三者互相搭配，衍生出許多感人的情節。但許多文藝電影，為了強調愛情的部分，將親情的部分刪減到不能再刪，只在愛情受挫時偶爾現個身，反而讓人覺得此部分非常刻意與奇怪，還不如全盤刪減。刪減過多，導致交代未清的情節敘述，讓觀眾無法融入劇情，頻頻問「那人是誰」，然後劇情為何發展得如此快速，也讓人無法摸清頭緒。

我們如何從小說過渡到電影？這將涉及到創作語言的問題。小說和電影在創作語言上有兩個特性是一致的，那就是二者都具有「敘述性」和「虛構性」；一者以文字，一者以影像，同樣以虛構為基礎去敘述故事，而且都同樣以所敘述的虛構故事去達到「重現現實人生」的目的。而小說與電影的創作語言也是有差異的。我們知道，小說所運用的語言乃是含有抽象性質的文字敘述，小說家透過想像的組織安排，再以書寫形式的文字為媒介，呈現出他心目中的情感世界，我們在閱讀小說之際必須借助想像的發揮，才能完整獲致小說作者所欲傳達的意念。至於電影所運用的語言則是具體逼真的影像活動，電影導演所賴以表現的媒介乃是幾近真實的人類影像，他的表現素材一概取自現實世界，經由攝影的過程，再透過組織剪裁的手段來呈現他的意念。「電影影像活動稍縱即逝的特質，大約是電影與小說在外在形式上最大的差距。」（劉森堯，2001：361）換句話說，我們看電影和讀小說的動作是非常不同的：我們讀小說可以隨時停頓，並就其中細節予以反覆咀嚼玩味；電影則否。即使演變到今天，電影已經可以拷貝成碟片形式加以收藏並可以隨時播放且能隨意控制自如，但其真正本質和小說還是大異其趣的。

二、小說與電影的互文性

互文性理論作為一種誕生於結構主義和後結構主義的文本理論，已經大為突破理論研究和可操作性批評術語的範圍。它以其對文學傳

統的包容性、對文學研究視野的可拓展性，在文學研究和文學寫作中扮演著越來越重要的角色。作為一種重要的文本理論，互文性理論注重將外在的影響和力量文本化，一切語境無論是政治的、歷史的，或社會的、心理的都變成了互文本，這樣文本性代替了文學，互文性取代了傳統，自主、自足的文學觀念也隨著被打破。互文性理論將解構主義的、新歷史主義的，乃至後現代主義的文學批評的合理因素都納入了其體系之內，從而也使自身在闡釋上具有了多向度的可能。（互動百科，2011）

具體而言，互文性理論吸取解構主義和後現代主義的破壞邏各斯中心主義的傳統，強調由文本顯示出來的斷裂性和不確定性，而新歷史主義的歷史和文本具有互文性的理論也成為了互文性理論的一個重要的文本分析策略。不過它結合了自身誕生於結構主義文論的特色，將它改換了文本和文本的互文性，並以此為基礎進行拓展。因此，互文性理論所遵循的思維模式也能清晰的窺見，它不是單純地以文本來分析文本，否則它也將落入形式主義文論的窠臼。互文性理論以形式分析為切入點，最終讓自己的視線擴展到整個文學傳統和文化影響的視域之內，就是一個從文本的互文性到主體的互文性（也可稱為「互射性」或「互涉性」）再到文化的互文性的邏輯模式。互文性理論以「影響」為其核心要素，將眾多的影響文學創作的因素納入其關注的領域，從而也使自己超越了單純的形式研究的層面，而進入到多重對話的層面。而互文性理論的對話主要是從三個層面進行：文本的對話、主體的對話和文化的對話。（互動百科，2011）底下就分別從上述三個方面對互文性理論多重對話特質作進一步的分析。

（一）文本網路

「互文性」（Intertexuality，又稱為「文本間性」或「互文本性」），這一概念首先由法國符號學家、女權主義批評家朱麗婭・克利斯蒂娃

（Julia Kristeva）在其《符號學》一書中提出：「任何作品的本文都像許多行文的鑲嵌品那樣構成的，任何文本都是其他文本的吸收和轉化。」其基本內涵是，每一個文本都是其他文本的鏡子，每一文本都是對其他文本的吸收與轉化，它們相互參照，彼此牽連，形成一個潛力無限的開放網絡，以此構成文本過去、現在、將來的巨大開放體系和文學符號學的演變過程。概括來說，互文性概念主要有兩個方面的基本含義：一是一個確定的文本與它所引用、改寫、吸收、擴展、或在總體上加以改造的其他文本之間的關係；二是任何文本都是一種互文，在一個文本之中，不同程度地以各種多少能辨認的形式存在著其他的文本，譬如先時文化的文本和周圍文化的文本，任何文本都是對過去的引文的重新組織。「互文性」概念強調的是把寫作置於一個座標體系中予以觀照：從橫向上看，它將一個文本與其他文本進行對比研究，讓文本在一個文本的系統中確定其特性；從縱向上看，它注重前文本的影響研究，從而獲得對文學和文化傳統的系統認識。應當說，用「互文性」來描述文本間涉的問題，不僅顯示出了寫作活動內部多元文化、多元話語相互交織的事實，而且也呈示出了寫作的深廣性及其豐富而又複雜的文化內蘊和社會歷史內涵。（互動百科，2011）

從第一個層次來看，「互文性」概念更偏重於文學的形式研究層面，這正與它脫胎於結構主義是相一致的。在文本的層面，「互文性」強調一個文本與可以論證的存在於此文本中的其他文本之間的關係；也就是一個確定的文本與它所引用、改寫、吸收、擴展、或在總體上加以改造的其他文本之間的關係，並且依據這種關係才可以理解這個文本。所以對文本間的蹤跡，就是兩個具體或特殊文本之間關係的考察是互文性理論在實踐操作中的第一步，文本的語詞、修辭、題材、文體等都是文本間蹤跡的表現，互文性批評也正是在文本的細節中獲得批評可成立的前提條件。對於這種文本間的蹤跡，從狹義的範疇學上講，它是一個文本和另一個它進行吸收、改寫的文本，二者的影響與被影響的關係構成一種互文；而從廣義的角度看，互文性注重的

是在文本的海洋中，一個文本對其他文本的折射關係，羅蘭・巴特（Roland Barthes）貫串以網絡學的新名詞：「文本就意味著織物……主體由於全身在這種織物——這種組織之中而獲得解脫，就像蜘蛛在吐絲結網過程中獲得解脫一樣。」也就是說，互文性視野下的文本不再是一個個獨立的、毋須其他的自我了，它們的生命力更在於它們是在一個文本之網中確定自我。解構主義者米勒（Hillis J.Miller）就此曾談到：一個文學文本自身並不是一個有機統一體，而是與其他文本的關係，而其他文本反過來又是與另外文本的關係——文學研究就是對文本互涉性的研究。這樣互文性批評最終就必須要在文本和文本間的關係中尋找可追尋的蹤跡，從而獲得對整個文本群的整體認識。（互動百科，2011）

當然，這種文本蹤跡的追尋似乎又會帶來另一個層面的問題，互文性批評如果不停地在文本的世界中尋找可能存在的互涉性，那麼是否會在文本的海洋中造成自我的迷失？因此，從這個角度看，互文性理論是不能只停留在文本的網絡中，它必須由文本深入到更為廣闊的影響文本的世界。而與文本間性直接相關的就是創作互文本的主體，在文本的互涉性中，讀者所看到的不僅僅是文本之間的傳續與變異，更重要的是這種歷史的轉變是如何成為可能的。這樣在尋找原因的過程中，文本和主體就不再是兩個獨立的文學要素了。主體的創作活動由於無法逃離文本的網絡，因此也必然被其支配和影響。從另一個角度看，正是要從文本的互涉關係的分析中，獲得文本網絡對創作主體影響的認識，這也就進入到了互文性理論的第二個層面——主體間性的層面。（互動百科，2011）

（二）主體間性

文學的主體與客體的關係一直是文學理論關注的重點，「互文性」理論於結構主義上的優勢正在於它從純文本的形式研究引入了更多的對創作主體的關注。文學本身起源於人與人之間的交流活動，文學所

面臨的各種關係也集中表現為「主體──主體」之間的關係，互為主體的雙方間的「對立、對峙──對話、交流」是雙方能動的、雙向的相互作用，而不僅僅是主客體的反映與被反映的關係。這種主體之間的交流首先是一種共同參與，一種主體的分有、共用或一種共同創造。它強調相互間的投射、籌畫，相互溶浸，同時它又秉有一種相互批評、相互否定、相互校正調節的批判功能。在此二者基礎上展開了主體間本位的廣闊天地，不斷達成主體間的意義生成。主體間性能夠清晰地體現出它在語言和傳統的運作中所具有的歷史性。（互動百科，2011）

互文性理論對於主體間性的關注，又是與以往的作者研究的方式不一樣。互文性理論從後結構主義出發，認為語言形成了人類對文學藝術的先在理解結構，主體對語言的理解和解釋是文學具有歷史性的一個重要因素。主體對語言先在結構的不同認可度正反映出了不同主體對傳統的不同歷史性選擇，從中也可以見出主體間性在文學的沿革中所起到的作用。而文本作為最表層的證明，正是表現出了語言以及傳統對作者的當代影響；同時文本之間的互涉關係和對話，其實就是更深層次的主體的對話。互文性理論以主體間性入手，將文學的理解、闡釋、再創造的過程視為雙向的互動，形成了一種動態的文學史觀，使文學交流實踐同文本研究相結合，從而推動了文學研究走向更為開闊的境界。（互動百科，2011）

對於這種主體間的理解與接受問題，解構主義批評家布魯姆（Harold Bloom）在其著名的「影響即誤讀」理論中指出：「影響意味著壓根不存在文本；只存在文本之間的關係，這些關係取決於一種批評行為，即取決於誤讀或誤解──一位詩人對另一位詩人所作的批評、誤讀或誤解。」也就是說，不存在任何原文，一切文本處於相互影響、轉換、交叉重疊之中，影響關係支配著閱讀，而閱讀不過是誤讀而已。布魯姆從心理學角度為互文性理論提供了心理依據。他認為：互文性閱讀的產生源於一種「影響的焦慮」，就是當代詩人或作家就像一個具有俄狄浦斯戀母情結的兒子，面對「詩的傳統」這一父親形象，

在受前代偉人影響與壓抑的焦慮中，只能採取各種有意識或無意識的「誤讀」方式來貶低前人或否定傳統，達到樹立自己形象的目的。他說：「一部成果斐然的『詩的影響』的歷史……乃是一部焦慮和自我拯救的漫畫的歷史，是歪曲和誤解的歷史，是反常和隨心所欲的修正的歷史」。受這種影響之下的主體在文學創作時會極力凸出個體在文學流變中的地位，而刻意忽視或者反叛詩的傳統的影響，在他們的印象中往往會形成這樣的錯覺——彷彿某種風格是「我」首創的，前人反而似乎在摹仿「我」。由此，影響意味著誤讀，誤讀又產生了互文性。（互動百科，2011）

可以發現，互文性理論在主體間性這一問題上，不僅看到了主體間接受與傳承的一面，更凸出了創作主體對先在影響的反叛效應。當然作為一個問題的兩個方面，接受與反叛是同時存在的，不然文學也就失去了前行的動力。而在這個過程中，我們要關注的重點就是主體與主體間的交流何以成為可能以及如何成為可能，也就是主體究竟採用何種姿態去面對文學史上的交流，這也是互文性理論在文本層次之外關注的另一個層面。（互動百科，2011）

（三）文化視野

從文本到主體，顯示出了互文性理論已經開始逐漸放棄了只關注作者與作品關係的傳統批評方法，而轉向一種寬泛語境下的跨文本文化研究。在對文本和主體的研究中，互文性理論關注無所不在的文化傳統透過文本對主體和當下文學創作的影響。正如羅蘭・巴特所說的：「任何本文都是互文本；在一個文本之中，不同程度地並以各種多少能辨認的形式存在著其他文本：例如，先前文化的文本和周圍文化的文本。」羅蘭・巴特一方面強調從文本的形式層面探討文本間存在的互文性，而另一方面則暗示出文本是作為文化的一種表意體系而存在的，文本間的互文性也恰恰就是文本所賦予該文本意義的知識、代碼和表意實踐之總和的關係，而這些知識、代碼和表意實踐形成了一個

潛力無限的網絡。在這個無處不在的文化網絡的影響之下，不同的文本內容得以形成。互文性所關注的文化傳統的影響是兩個層面的：就是「先前文化」和「周圍文化」。前者更偏重於歷史的維度，從歷時的角度抽繹出跨越時間的文化對該作者創作產生的影響，包括不同時代對文化傳統具有什麼樣的認可程度、採取何種接受方式等；後者則更偏重於現實的維度，從共時的角度分析跨越空間的、與此文本有著或近或遠關聯的其他民族文化文本對此文本的影響，所以它更偏重於跨地域性的文化交流問題。在一個縱橫交錯的文化系統中，互文性理論將文本（作為一種顯性的存在）、主體（作為一種知性的存在）和文化（作為一種隱性的存在）三者很好地結合在了一起。（互動百科，2011）

　　互文性理論作為一種強調文本影響研究的文學理論，也必然會注重文本背後的文化影響研究。從縱向的時間角度來看，文化影響主要表現為當代文化與前代文化之間的對立與統一關係。從統一面來講，互文性理論注重研究當代文化蘊涵的前代文化的影子，反映出文化發展所具有的延續性；而對立面則反映出了不同時代文化的差異性，表現在時間的層面則為文化的背離與叛逆，也就是與文化傳統的衝突。文化衝突一直是後現代主義的一個重要命題，後現代強調削平深度、消解傳統正是一種文化叛逆的表現。這一點互文性理論將其吸納進來，透過對文本之間的差異性進行分析，尋找出其間內藏的文化變異的因數。不過，儘管誕生於後現代的背景之下，互文性理論在強調文化衝突面的同時，也盡力避免後現代過度激進所帶來的文化虛無論的缺陷。它將文化的延續性也納入其理論體系之內，使歷史性表述成為可能。文本被置於一個非文本的歷史框架之內，與歷史文獻、宗教儀式、民俗活動等非文學文本形成相互指涉的互文性描述，歷史和文本進入到了一種互文性的運動之中。這樣互文性理論將新歷史主義「歷史詩學」觀點的合理性吸收進來，使文本與歷史的交流得以重建。（互動百科，2011）

　　從橫向的空間角度看，互文性理論主要是關注民族文化與世界文化的對話性問題，而當下文化霸權影響日益增大，強勢文化如何影響

並改變著弱勢文化，尤其是第三世界的文化體系。第三世界文化如何在一定程度上迎合強勢文化審美趣味的同時，又保有自我獨立性，是構成文化互文或者說文化交流的核心問題。這一問題意識也明顯地體現在當下的寫作之中：一方面是異域文化的移植，以發達資本主義國家的意識形態和生活方式建構整體性生存背景；另一方面是本土文化的建構，以民族文化資源為本位，挖掘民族文化內涵，從而形成一套與西方話語相對峙的民族話語體系。後殖民主義批評家賽義德（Edward Said）指出，寫作本身就是把控制和受控者之間的權力關係系統轉換為純粹的文字。互文性理論與後殖民主義一致，就是要從文字中找出不同文化系統中權力關係的支配狀況，在文本的支配性與文化的支配性這兩個層次上尋找到契合點。所以互文性理論在文化問題上表現出的傾向不外以上兩種，它將一個文本與影響該文本的他文本置於文化交流的語境之下，在尋找文本互文性的同時，也試圖尋找出文化的互文性。（互動百科，2011）

　　互文性理論在文化層面的深入，使文學話語在呈現出不同的意識形態、並在生存空間上具有了更多的可能，文本結構在更多層次上也具有了多重複合的統一。這正如巴赫金（Mikhail Bakhtin）在分析陀思妥耶夫斯基（Fyodor M.Dostoyevsky）的小說時所提出的「文學的狂歡節化」。他指出陀思妥耶夫斯基的小說「有著眾多的各自獨立而不相融合的聲音和意識，由具有充分價值的不同聲音組成的真正的複調，這確是陀思妥耶夫斯基長篇小說的特點。」這種「全面對話」的小說使文學與非文學話語、宗教傳統、民俗文化等等相互指涉變為可能，而「互文性」也正是在這個意義上，使文學創作具有了一種多聲部對話的「複調」性質。（互動百科，2011）

　　在「改編」研究上，「多意論」以較多元開放的特質，探索不同媒材之間的關聯性，而不是一味的強調改編電影須忠於原著；畢竟所有的文本都可能召喚出其他文本對於相同文化、語言的互文性解釋。在《文學與電影》（*Literature and Film*）書中，史坦（Stam Robert）呼籲電影「改編」研究應走出對於原著「忠誠」的束縛，以包容性大的「互文性」為依歸。「互文性」原由法國知名理論家茱麗亞・克利

統和行動系統等五個次系統,而哲學、科學、倫理、道德、宗教、文學、藝術以及政治／經濟／社會制度等(周慶華,2007:182),就是分繫在這五個次系統底下。此處將以世界現存三大文化系統來探討不同系統中,小說改編成電影的變異情況。

這首先要談的是世界現存三大文化系統的「系統別異」問題。在創造觀型文化方面,它的相關知識的建構(及器物的發明),根源於建構者相信宇宙萬物受造於某一主宰(神／上帝);如一神教教義的建構和古希臘時代的形上學的推演以及近代西方擅長的科學研究等等,都是同一範疇。在氣化觀型文化方面,它的相關知識的建構,根源於建構者相信宇宙萬物為自然氣化而成;如中國傳統儒道義理的構設和衍化(注重集體秩序的經營和個體生命的安頓),正是如此。在緣起觀型文化方面,它的相關知識的建構,根源於建構者相信宇宙萬物為因緣和合而成(洞悉因緣和合道理而不為所縛就是佛);如古印度佛教教義的構設和增飾(如今已傳布至五大洲),就是這樣。(周慶華,2007:185)據此觀察由其改編作品表現的藝術美感。

以下有幾種美學型態:優美,指形式的結構和諧、圓滿,可以使人產生純淨的快感;崇高,指形式的結構龐大、變化劇烈,可以使人的情緒振奮高揚;悲壯,指形式的結構包含有正面或英雄性格的人物遭到不應有卻又無法擺脫的失敗、死亡或痛苦,可以激起人的憐憫和恐懼等情緒;滑稽,指形式的結構含有違背常理或矛盾衝突的事物,可以引起人的喜悅和發笑;怪誕,指形式的結構盡是異質性事物的並置,可以使人產稱荒誕不經、光怪陸離的感覺;諧擬,指形式的結構顯現出諧趣模擬的特色,讓人感覺到顛倒錯亂;拼貼,指形式的結構在於表露高度拼湊異質材料的本事,讓人有如置身在「歧路花園」裡;多向,指形式的結構鏈著文字、圖形、聲音、影像、動畫等多媒體,可以引發人無盡的延異情思;互動,指形式的結構留有接受者呼應、省思和批判的空間,可以引發人參與創作的樂趣。這不論彼此之間是否有衝突(按:在模象美中偶爾也可以見到滑稽和怪誕,但總不及在造象美中所體驗到的那麼強

烈和凸出;同樣的,在造象美中偶爾也可以見到諧擬和拼貼,但也總不及在語言遊戲美中所感受到的那麼鮮明和另類),都可以讓我們得到一個架構來權衡去取。(周慶華,2004:311~312:2007:137~138)

如創造觀型文化傳統中的人寫愛戀可以到馬維爾(A. Marvell)所寫的〈致羞怯的情人〉這般「癡迷瘋狂」的地步:「我植物般的愛情會不斷生長/比帝國還要遼闊,還要緩慢/我會用一百年的時間讚美/你的眼睛,凝視你的額眉/花兩百年愛慕你的每個乳房/三萬年才讚美完其他的地方/每個部位至少花上一個世代/在最後一世代才把你的心秀出來/因為,小姐,你值得這樣的禮遇/我也不願用更低的格調愛你」(陳黎等譯著,2005:93)。相對於這一近於崇高或近於悲壯而讓人「兩相著魔」的情愛表現(被愛戀的人有如此繁複的麗美內蘊;而寫詩的人也有如此擅於想像興感的造美手段),從小說改編電影〈班傑明的奇幻旅程〉可以看見電影加入了許多小說沒有的場景片段,甚至企圖將男主角英雄化,相較起來電影可說是另一個創新的藝術作品,同等於創造觀型文化所蘊含專擅的馳騁想像力。

氣化觀型文化傳統中的人就只能做到「強忍思長」的階段(緣起觀型文化傳統中的人「以色為戒」而不可能有什麼情愛的表現,暫且不論):「蒹葭蒼蒼,白露為霜。所謂伊人,在水一方。遡洄從之,道阻且長。遡游從之,宛在水中央。蒹葭萋萋,白露未晞。所謂伊人,在水之湄。遡洄從之,道阻且躋。遡游從之,宛在水中坻。蒹葭采采,白露未已。所謂伊人,在水之涘。遡洄從之,道阻且右。遡游從之,宛在水中沚」、「望瑤臺之偃蹇兮,見有娀之佚女。吾令鴆為媒兮,鴆告余以不好。雄鴆之鳴逝兮,余猶惡其佻巧。心猶豫而狐疑兮,欲自適而不可」、「長相思,長相思。欲把相思說與誰?淺情人不知」。這是秉自氣化觀這種世界觀而體現為「含蓄宛轉」的獨特優美風格的結果。(周慶華,2007:255~256)由彭見明〈那山那人那狗〉作品中我們知道,劇情主軸是緊扣著郵路,小說描寫郵路中親情辯證的啟蒙旅程,斷斷續續有許多留白處;而電影《那山那人那狗》中不僅表現了純粹、

寫實的手法，更將留白處合理的安排衝突的化解，完完全全反映實際環境，無想像力運作，這就是契合了氣化觀型文化內感外應的作法。

至於單執緣起觀的人，已經當生命是一大苦集而亟欲加以超脫，自然無所謂「美醜縈心」一類的世俗煩惱。如「一切有皆歸於空；無我，無人，無壽，無命，無士，無夫，無形，無像，無男，無女……法法相亂，法法自定」、「觀父母所生之身，由彼十方虛空之中吹一微塵，若存若亡；如湛巨海流衣浮漚，起滅無從」等，就是在說這個道理。而把這一點推到極致，一個人最後即使必須「割肉餵鷹」或「捨身飼虎」也可以在所不惜。這樣也就不可能會有「近一步」的以體健或美貌來傲人或成為文化壓迫的幫兇。（周慶華，2005：62）後者是說如今已是西方審美觀一脈獨大的局面，原有的並存而顯得「豐富」的審美觀還要不斷地重受壓抑或摧殘（這只要看看非西方社會也在跟人家大為流行不知「能和誰比」的美容整形、強為體育健身等等，就可以知道一二）；而在「相反而行」的情況下，根本就不可能會出現上述這種欺近凌駕的事。（周慶華，2007：261）再看金文映改寫電影的同名小說《春去春又來》這部作品，雖然是由電影改編為小說，我們還是可以反觀此例證，小說中將關鍵的兩場激情戲碼刪除，反向對電影來說就是電影添加了兩場激情戲碼，可視為其（延展）變異，電影是為了帶出緣起觀型文化「以色為戒」淫念禁止，以為小和尚被逐出佛門所作的變異。

四、黃春明小說改編成電影的變異情況

本文將透過文字敘述二篇黃春明小說的內容概況，並附上圖表以詳細呈現小說與電影間的變異，直接對照二者以補足理論論述不足處。主要談論的部分有形式上的差異、藝術技巧的審美表現與最後一幕的處理與差異。

以〈兒子的大玩偶〉（黃春明，2009：9～38）為例：

坤樹的工作是做戲院的大型廣告看板，不管在熱天或是冷天都要穿著跟戲服一樣的服裝、在臉上抹厚厚的粉，在街上走動，當初他接下這份工作，為的是他的妻子和他們未出世的孩子──阿龍。這份成天不說話，只能跟自己自言自語的工作，已經是這一帶的特色了，雖然能夠養家活口，也換來滿腹辛酸，行人的視若無睹、孩童對他的惡作劇、大伯的不諒解……這天，坤樹跟妻子阿珠因為工作上的事情吵了一架，賭了氣不吃飯就到街上工作，坤樹跟阿珠各懷心事的注意對方的舉動，坤樹回家吃中飯時注意到阿珠不在，然時內心忐忑了起來……阿珠跟丈夫吵架後，還跑到街上偷偷注意丈夫的舉動……兩人面對時都沉默不語，可是都偷偷的關心對方、反省自己；坤樹這天結束工作後，聽到經理覺得活人廣告看板不吸引人了，要將坤樹安排去踩三踏車，坤樹欣喜的想要第一個告訴阿珠這個好消息，夫妻間的尷尬也因為對未來的新工作而冰逝。對坤樹而言，兒子阿龍是支持他維持這樣生活的最大動力，阿珠曾跟他開玩笑說：「阿龍哪是認得你，他當你是大玩偶呢！」坤樹本來不以為意，但在阿龍見到他原本面貌時不斷哭鬧時，坤樹才發現，阿龍只喜愛化妝過後的他，坤樹只好心酸拿起白粉，往臉上撲去……（臺灣七零年代的鄉土文學，2011）

　　作者藉由坤樹和阿珠這對夫妻，除了描述他們之間含蓄的情感，對於在現實生活重壓下的坤樹，始終沒有放棄內心自我的掙扎，養成他不斷自省的習慣。雖然坤樹連自己兒子的名字都不會寫，但藉著長時間孤獨的步行與思索，他「面具」之後的真性情一點一滴地宣洩出來，讓讀者感覺到一股溫熱的脈動、真實人生的脈動。作者利用的手法中，不管是夫妻間的溝通、坤樹的內心戲、或是利用坤樹「招牌」到處走動的特性，生動的描述出當時的街道景色、各色人物，讓讀者感受到彷彿身歷其境的坤樹走遍了大街小巷一般，相當的具有娛樂性。

表一　〈兒子的大玩偶〉小說與改編電影的比較

類型	形式限制差異	藝術技巧的審美表現（二者均屬寫實、無想像力運作）	最後一幕的處理與變異
電影	內心話語、情緒難表達 →回憶：蒙太奇手法（淡入淡出）	時空背景的呈現：火車、街道、沿途發生事件、房子。 其他事件的製造：強化時代背景、呈現人物的豐富性。 1. 發麵粉：「耶穌、耶穌……上帝、上帝……」童謠，帶出當時的背景（宗教、窮）。 2. 上廁所：蒼蠅、小孩搗蛋，小人物的平凡切面（也要大便）、被嘲笑（世人眼光）、時代背景（公廁）。 3. 不斷的回憶：工作的空虛、無聊、枯燥，有許多想像的空隙（人還是活著的，更襯卑微）。 4. 視覺化效果：sandwich-man 的妝扮（滑稽可笑）。	給小人物希望的未來，用「笑臉」迎接現實的殘酷（轉化心情）。
小說	空間難並置 →懸疑：跟蹤事件	內心的話：呈現人物的多面性。 1. 採（　）的形式，如： 　找工作。 　自知工作卑微卻又偽裝熱切。 　與大伯對話。 　表面和諧，內心則有怨；吐出胸中積怨，對自己卻更沒信心。 　與阿珠衝突。 　渴累而暴力相向，內心後悔失言。 2. 直接描寫 　如：天亮的心情。 3. 細節描寫，如 　熱氣、妝扮。 　阿珠的手勢和內心剎那的細微感受。 　阿珠對坤樹產生尊敬感。	未見得樂觀，悲涼的，角色扮演的辛酸（甜蜜的負荷──雖甘願卻是不得不如此，現實的無奈，他似沒有選擇的權利）。

　　無論從作者筆下主角坤樹與阿珠這對夫妻之間的情感，或者坤樹
與兒子之間寫實細膩的親情，我們可以看到典型氣化觀型文化傳統中
的人表露出來「強忍思長」的情感狀態，這是稟自氣化觀這種世界觀
而體現為「含蓄宛轉」的獨特優美風格的結果。（周慶華，2007：256）
　　再以〈小琪的那頂帽子〉（黃春明，2009：71～108）為例：

> 王武雄退伍後找到一份推銷員的工作，公司遣派他跟隨林再發
> 到沿海城鎮推銷日本生產的壓力鍋，並在小鎮內遇到小女孩小
> 琪。只是王武雄最感到不解的是小琪頭上總是緊扣著那頂帽
> 子，讓他覺得非常奇怪，同時王武雄的搭檔林再發接到懷孕妻
> 子寫信告知自己流產的事，要求他快點回家探望，但是此刻壓
> 力鍋卻發生問題……

表二　〈小琪的那頂帽子〉小說與改編電影的比較

	藝術表現（二者均屬寫實、無想像力運作）	最後一幕的處理與變異
電影	其他人物的點綴：村民的樸實、單純（肉要燉久才好吃啊，燉那麼快幹嘛……）。 時空背景：沿海地區的風物、平廣的田野、破敗狹窄的宅弄。 爆炸事件的正面處理：血淋淋的現實。	以「事件」為主，凸顯一個社會的悲劇。
小說	詩意的景象：抽煙看落日。 心理微妙的轉折： 小琪的出現：搬貨心情的轉變。 小琪還貝殼：不快樂心情的分析。 拔豬腳毛：對工作的種種想法。 摘帽：無意識動作、引起巨大反應、追不追的掙扎。 看信：等待事發的難熬時間。	以「我」（王武雄）為主，著重呈現人物的單純美好。

　　我們在劇中看到兩位臺灣青年在臺灣推銷日本產品，劇情中企業
雇主與業務推銷員的依附關係，揭露當時的反日思潮與臺日關係自然

不言而喻，其中林再發敬業的精神背後最大的支持就是家中妻子與未出世的孩子。再回到〈兒子的大玩偶〉，可以發現作者在這部分所要傳達給觀眾的奮鬥感情是有延續的，也凸顯經濟起飛的代價，是建立在離開理想家園的年輕人，就必須面對這座疏離又冷漠的城市，作者以寫實手法勾勒出現代化過程下的臺灣人，從對物質需求演變到喪失精神寄託的病變。而面對經濟起飛後多元化的社會現實，這些被都市泯滅的小人物，更加顯露了黃春明在承認現代化是必要的前提下，對鄉土淪陷與社會現實的無力感。無論是心境、劇情安排、拍攝手法在在顯示屬於氣化觀型文化底下專擅的寫實脈絡。

五、小說改編成電影的評價

由於語文成品凡是藝術化後「都具備一定的形式；這一定的形式的構成，一般稱它美的形式。由於不是一切的形式都是美的形式，而是符合某種條件的形式才是美的形式，所以對於這一美的條件的探討就屬於美學的範圍」（姚一葦，1985：380）伊格頓（Terry Eagleton）的《美學意識形態》，指出了在尋求本質化和超越性的藝術定義的同時，這個傳統其實強化了有關主體、自由、自主性和普遍性的特定概念，這使得美學和「現代階級社會的主流意識形態形式的建構密不可分」。因此，美學和藝術一樣，同樣是受到意識形態和歷史制約的一套論述。然而，一般咸認由影像主導的後現代世界，已經製造出全面「美學化」的社會。（布魯克〔Peter Brooker〕，2003：3～4）

就以文學為例，它只要構設得高明（構設得不高明的就是劣質品而可以不用提它了），就很容易顯出這種審美效果：「一個欣賞者從文學作品中所經驗到的不單是知道那裡面說的是什麼，如同閱讀一篇報告或時事新聞一樣；而是能從中體驗到一種有異於現實感受的喜愛。這種喜愛，不是現實的喜怒哀樂，而是從現實的喜怒哀樂混合釀成的

一種更純粹的感情品質。簡單地說，詩人文學家所以在作品中構造種種意象，其實就是在構造人人所得知解的可喜可怒可哀可樂的意向來寄託著象徵那純粹的感情品質……因此，凡是表現得完全的作品，而有資格的欣賞者就能從那作品所描述的喜怒哀樂的意象中體味出一種純粹的感情……」我古人或稱它為「化境」，而今人稱它為美的經驗或美的感情或價值感情。（王夢鷗，1976：249～251）佘氏認為文學語言有它的自主性，並不為「表達思想」、「發抒感情」而服務，「意象」也只是諸多「手法」中的一項而已。（高辛勇，1987：17～18）

電影的表現手法基本元素是聲音與影像，當電影被創造時是以虛擬實境的方式呈現，這個虛擬是建構在觀眾與作者之間的共鳴，架構在我們對真實世界的了解與認同，因為人們所處的世界就是由視覺畫面與聽覺環境所共同建構的。單以聲音來說，聲音有引導的效果，使得電影的說故事方式產生巨大的影響。聲音包含效果聲音、對話、背景音樂、主題音樂等使用，都是為了「利用聲音吸引觀眾的注意，並加強故事真實性的說服」、「讓電影劇情更接近觀眾日常生活能經驗的世界，去創造一個合理的銀幕虛擬世界」。在故事開展過程，可用聲音來輔助敘事；在情節與情節的串聯上，聲音可以作為「暗示」與「對比」用，預告下一階段事件的到來，使得情節合理化，又有說服力，讓電影富有節奏感，連效果聲音也是經過特殊安排。效果聲音的功能是提供真實的社會感覺，不論人在何種地方，多年的經驗告訴身體的感覺器官應該是個什麼聲音的場合，這樣潛在的磨合是觀眾被說服的條件之一。（程予誠，2008：167～171）小說文學經過編劇、導演將它形像化具現在大銀幕上，會碰到信息化／圖像化／時間性／演員代言／快節奏／特寫鏡頭／多元外景的變數，可說是毫無保留的完整呈現在觀眾面前。因為電影的呈現不能有情節上的空白、斷裂，一旦出現便容易使觀眾對劇情產生混淆、模糊而減低了電影的傳播優勢。這使得觀眾無法像閱讀文學那樣去「填補空白」進而「參與創作」，大為降低文學性。（周慶華，2011：141）甚至看電影這件事演變成一

種「純消費」的行為模式，漸漸的和我們所關注的文學議題無關痛癢了。

電影在產出的過程，仍有其商業的考量，所以在情節上的安排不一定「忠於原味」，是以閱讀電影不一定就代表閱讀了文學；再者，影像快速跳動之際，觀眾不一定能捕捉到電影製作人精心安排的每一個細節，如此勢必會遺漏許多精采的部分；還有文學作品中敘述未盡的地方，需要靠讀者自行填補空白予以連結，而在由電影影像的敘寫後，自然讀者參與創作的機會少了許多。不過「電影改編自小說，所不及原著細膩處裡人物心理和互動網絡的微妙後所『多』出來的影像化、多感官刺激和演員代言的演技可觀摩等特徵，就足以讓讀者／觀眾欣賞不盡裡頭的詮釋功力和繁衍色彩；而我們刻意善用電影來詮釋文學，可能也會因為電影的風行而帶動起文學接受的熱潮，彼此相應了混沌和複雜的變合體觀念而都可以得到『進一步』的發展」。（周慶華，2009：283）

代言人（Product Endorser、Advertising Endorser），是指代表某一特定品牌、產品或服務，發表官方言論的人。發言的目標是要達到正面的效果，例如令傳媒的觀眾對其代言的企業產生好感，投其信任的一票，或購買服務及商品等。邀請代言人有時是廣告或公關宣傳方法的一種，目前很多產品都喜歡邀請明星擔任代言人，令該產品更容易被公眾接受，以及在眾多同類產品中更為凸出。（維基百科，2011）然而，請明星代言電影要考慮明星的多重角色。一般而言明星具有多重角色，如劇中角色、社會角色等，那麼電影拍攝在請明星時一定要考慮到這些因素。在消費者心理往往很容易把這些角色搞混，因此我們選在明星時一定要考慮到明星角色的影響力，否則會給企業帶來負面東西。企業得看明星的那個角色影響大，那個角色更與品牌或產品特質一致或相符。例如本土搖滾明星歌手伍佰，常扮演黑社會人物，雖然伍佰在生活中是一個很慈善很和藹的人，但由於他在劇中扮演的多是黑社會角色，所以他就給人們留下一個黑社會的形象，看到他就聯

想到他的一臉兇煞的樣子。那麼電影找到他代言考慮的不是他的社會角色，而是劇中角色的影響。

六、相關研究成果的運用途徑

　　從 2008 年之後，國際遭逢金融危機，在全球經濟成長受到重挫之餘，世界各國的電影產業發展受到嚴重影響。然而，在部分新興國家的電影票房市場上卻出現高度成長的態勢，其中以俄羅斯成長幅度為最，高達 47%；其次則是中國大陸漲幅達 27%。而中國大陸作為華語電影最重要的市場腹地，當前其市場的龐大能量與電影產業發展的深厚潛力，不僅深深地撼動了華語電影相關國家或地區，包括香港、新加坡與臺灣，更緊緊地牽動著全球電影工業的發展動向。（臺灣電影筆記，2009）發展專門拍成電影的「電影小說」或者「劇本小說」撰寫，可以成為未來文學創作的新歷程。至於如何運用，則可以提供以下幾點作為參考：

　　何處尋找故事點子？第一個階段是腦力激盪期。此時創作者的首要任務，就是以任何有效的方式，刺激自己去發現新點子，越多越好。關於創意發想或腦力激盪的書籍不少，有興趣的朋友可以自行參考，在此我列舉當中幾個常見的方法：

(一) 編一本點子書。把你覺得有意思的素材都放進去，圖像、剪報、照片、意義重大的一封信、甚至路上撿到的楓葉。接著翻閱你的點子書，你會發現這些有意思的元素在你眼前進行化學作用，透過這樣的視覺刺激與自由聯想，故事點子油然而生。

(二) 自由書寫是一種與潛意識對話的方法。只要一支筆、一張紙，坐下來把你腦海裡想到關於故事的任何詞句都寫在紙上，不要停筆，不要去想自己寫了什麼，一路寫將下來，你將會發現從未想到的事情。

(三) 觀察。你可以進行三個維度的觀察活動：第一個維度是空間，到美術館、碼頭、廟口等有趣的空間坐下來，靜靜觀察這裡流動的人事物。第二個維度是時間，例如回顧某個地區、某個民族的歷史故事。第三個維度是內心，觀察自己的靈魂，影響你生命最重要的事件是什麼？你最強烈的情感經驗是什麼？

(四) 對你有興趣的題材或領域進行大量的閱讀與研究。如果你想寫跟外星人有關的科幻電影，至少要研究幾部經典科幻電影，看幾本經典科幻小說，針對外星人這個主題收集一些材料。你對題材的理解越深，寫出好故事的機率越高；有了扎實的知識作為土壤，想像力才有發芽開花的可能。（臺灣電影筆記，2010）

第二個階段是發展期。假設你已經在筆記本裡，寫下十來個故事點子，其中一個可能是「如果讓關公跟岳飛跨越時空相遇」。接下來你該做的，就是把這些點子寫成頂多兩三句話就能歸納故事的劇情綱要。由上述的點子，可能寫出以下的劇情綱要：1.關公投胎轉世成為金國猛將，在戰場上與岳飛遭遇，兩人雖然是死敵，卻是英雄惜英雄。最後當岳飛遭小人陷害，關公還設法營救。2.在臺北某腐敗的警察局裡，性格如關公與岳飛的兩名警官決定合作，要徹底打垮貪汙的局長。（臺灣電影筆記，2010）在發展期，你可能也會繼續利用創意發想的種種方法，幫助自己寫出劇情綱要。

最後一個階段是評估／修正期。此時你可能已經有了三、五個劇情綱要，你需要評估哪一個才最適合發展成劇本。除了個人的偏好與判斷，此時也可以尋求其他朋友的意見。但是最好的評估方法，是將劇情綱要發展成數百字的故事大綱，實際驗證點子變成故事之後，會有什麼樣的雛形。（臺灣電影筆記，2010）

如果如果幸運的話，此時你可能會找到一個有趣、有創意的故事大綱，可以著手進行接下來的編劇工作。但是通常你會發現這幾個故

事大綱都不夠好，你可以進行故事大綱的改寫，直到發現滿意的故事為止。如果故事大綱怎麼改都不對勁，就可能必須回到前兩個階段重新開始。（臺灣電影筆記，2010）

　　尋找劇本故事的歷程就像淘金，先大量尋找點子，然後在思考琢磨的過程中慢慢篩選，最後才能找到最好的故事概念。寧可在故事發想的階段多費心思，也不要草率拿個故事點子就開始寫劇本。故事點子是起點、是方向、是胚胎，有了正確的起點與方向，這幾百字的胚胎才能慢慢長成一個精采的劇本。（臺灣電影筆記，2010）上述方法需建構在三大文化系統上，以追求更高的藝術美感與價值。

　　此外，還可將創造性戲劇教學融入。「創作性戲劇」一詞，在 1997年，經美國兒童戲劇協會（The Children's Theatre Association of America，簡稱 CTAA）在檢視教育性戲劇的詞彙後，定義為：「創作性戲劇」是一種即興的，非展示的，以程序進行為中心的一種戲劇形式。在其中，參與者在領導者的引導之下，去想像、實作並反映出人們的經驗，以人類的衝動與能力，表現出其生存世界的概念，以期使學習者有所了解。創作性戲劇同時需要邏輯與本能的思考，個人化的知識，並產生美感上的愉悅。儘管創作性戲劇在傳統上一直被認定屬於兒童及少年，其程序卻適用所有的年齡層。同時，該協會為此定義作了更進一步的解釋：創作性戲劇的程序就是動，領導者引導一組學習者，透過戲劇性的實作去開拓、發展、表達與交流、觀念與感覺。在創作性戲劇中，一組學生以即興演出的動作與對話，發展出適宜的內容。採用戲劇的素材，係就經驗的範圍，產出形式與意義。（張曉華，1999）並透過本研究成果在實施教學時，能夠更精確的將所屬文化系統的美感展現得宜，提高的不僅是演出者、撰寫劇本者的層次，也能使觀眾透過劇場欣賞獲得不同的啟發，進而促進更多新的藝術創作產生。

　　將融會小說電影的變異知識，置入閱讀教學中也是一門不可忽視的學問。讀的過程中，文本的內容除了語言文字的表達和傳述之外，

內容也是很重要的部分。因此，所謂懂某一文本或某一段書寫檔案，不只要認識文字或符號，還要有基本的文化認知及歷史生活上的認識。以現存三大世界觀，納入最基本的文化認知是後續可以探究的重點。無論小說、電影、以及小說改編成電影的作品，均富含各自不同特色的文化意涵，倘若沒有這些概念，將難以窺得作品中作者或作品本身所隱含的意義。世界文化觀點是閱讀該文時必須要具備的，對於文化背景的理解必然會有助於閱讀的理解。

七、結論

電影導演對所改編原著小說的詮釋方式反映了一件事情，那就是我們經常說的，如何化腐朽為神奇的功夫。其實，從事電影創作，不論題材取自小說或戲劇，或任何來源，貴在能夠把看似陳腐或平淡無奇的事物轉化成新鮮超俗的藝術形式。因此，小說改編成電影的最見本領處，莫過於能夠美化所借用的物，把陳腐平淡的題材轉化成富有至高意義的電影藝術形式，此乃有創造力的導演的最大考驗。總的說來，終究還是創造力和表現能力的問題了。如張藝謀從小說《妻妾成群》所改編而成的《大紅燈籠高高掛》一片，就是一至佳例證。（圖書館部落格，2010）

有些人說，看了小說就不用去看電影了，因為他們認為結果往往是電影不如小說，所以說看小說前先看電影。但我認為，就算先看了小說，也是可以走進戲院看改編電影，因為想像永遠比真實美好，而這一份想像如何化成圖像的美好，我覺得是值得觀看的，並且從中體會到編劇的功力與用心。不論是當一個讀者或是觀眾都必須要有自己的想像力，藉由觀看小說和電影的不同經驗，或是會引發自己更深一層的想法。如果我是編劇或導演，怎樣拍才會更有價值，我想走出戲

院看完小說，讓自己又得到多一點的東西。證明了小說與電影不止是娛樂，也是能讓心靈成長的東西。

其實，小說改拍成電影，導演的詮釋角度和拍攝方法才是真正重要的關鍵所在。我認為小說改編成電影基本上應該不只是形式互通的問題，歸結起來主要還是在詮釋的方式上面是否與現存三大文化系統能相輔相成。如同本文所探討到的小說改編成電影的變異現象中，小說與電影間的重疊性；電影異於小說的延展部分；小說異於電影的留白處等都無法捨棄任何一方而談論。在傳播媒體這麼發達，有越來越多樣藝術形式被發展的時代中，如何構築一套屬於這個世界的評論觀點，而非人云亦云，相信是一項值得研究與發展的課題。

參考文獻

Dalloway68（2007），〈亨利詹姆仕小說與電影改編理論〉，網址：http://blog.
　　udn.com/Dalloway68/662843，檢索日期：2011.4.29。

互動百科（2011），〈互文性〉，網址：http://www.hudong.com/wiki/%E4%
　　BA%92%E6%96%87%E6%80%A7，檢索日期：2011.4.25。

王夢鷗（1976），《文學概論》，臺北：藝文。

布魯克著，王志弘等譯（2003），《文化理論詞彙》，臺北：巨流。

朱　　剛（2006），《二十世紀西方文論》，北京：北京大學。

周慶華（2005），《身體權力學》，臺北：弘智。

周慶華（2007），《語文教學方法》，臺北：里仁。

周慶華（2009），《文學詮釋學》，臺北：里仁。

周慶華（2011），《語文符號學》，上海：東方。

姚一葦（1985），《藝術的奧秘》，臺北：開明。

高辛勇（1987），《形名學與敘事理論──結構主義的小說分析法》，臺北：聯經。

張曉華（1999），〈創作性戲劇〉，《創作性戲劇原理與實作》，網址：http://www.
　　hyes.tyc.edu.tw/~sk5/creativetheatre.htm，檢索日期：2011.5.4。

程予誠（2008），《電影敘事影像美學》，臺北，五南。

黃春明（1974），《兒子的大玩偶》，臺北：大林文庫。

維基百科（2011），〈代言人〉，網址：http://zh.wikipedia.org/wiki/%E4%BB%A3%
　　E8%A8%80%E4%BA%BA，檢索日期：2011.4.22。

圖書館部落格（2010），〈小說改編電影的問題〉，網址：http://www.library.
　　fcu.edu.tw/libstories/?p=997，檢索日期：2011.4.27。

臺灣電影筆記（2009），網址：http://movie.cca.gov.tw/files/11-1000-231-2.php，
　　檢索日期：2011.5.1。

臺灣七零年代的鄉土文學（2011），〈黃春明〉，網址：http://life.fhl.net/ic975/
　　RegionalLiteratures/index.htm，檢索日期：2011.4.28。

劉森堯（2001），《天光雲影共徘徊：文學‧電影及其他》，臺北：爾雅。

中西方科幻小說的文化性差異

——以張系國《星雲組曲》和艾西莫夫、席維伯格《正子人》為例的比較探討

蔡秉霖

臺東大學語文教育研究所

摘　要

　　科幻小說是人類想像力下的產物，閱讀科幻小說不僅能拓展我們的視野，更可以馳騁我們的想像力。艾西莫夫對科幻小說作了一個簡單的解釋：「科幻小說可界定為處理人類回應科技發展的一個文學流派。」所以從閱讀科幻小說中，我們可以領略到一些人類對科技文明的態度、一些科學的概念、對於未來的想像。在中西方文化薰陶下的科幻小說，也呈現出各自不同的文化性，對於未來的發展，中西方也各有其因應之道。因此，就中西方科幻小說中的文化性差異來作比較，以張系國《星雲組曲》和艾西莫夫、席維伯格合著《正子人》為例，正可以探得當中的秘辛。《正子人》甚至還改編成電影《變人》，二者有各自的文化觀，就這兩種文化觀來作深入的探

討。最後再延伸到教學上的運用，如：閱讀教學、寫作教學、傳播教學等。

關鍵詞：科幻小說、張系國、《星雲組曲》、艾西莫夫、席維伯格、
　　　　《正子人》、電影《變人》、文化性差異

一、前言

　　科幻小說可以說是科技文明下的產物，是西方 19 世紀末才出現的文學型態。科幻一詞是由英語而來的，「科幻」可以指「概念性的超現實合理現像」，「科幻作品」則指小說、影視、動漫畫等作品，而廣義的科幻則可以包含科幻概念與科幻作品。（黃海，2007：4）「Science Fiction」一詞就是俗稱的「科幻小說」，這個英文名詞剛傳入東方時，也眾說紛紜。根據張系國的說法：

> 當初定科幻這個名稱事實上是有別於所謂的科學幻想小說。科學幻想小說應該是根據科學而產生幻想的小說，有很強烈的科學意味，小說裡的科學「比重」要大，儘可能不違背科學道理。我提出的「科幻小說」，是認知到它既然已經形成一個新的文類，就突破了單純的科學，也不只是幻想，是二者合而一的，不偏向科學或幻想任一方。它既不完全是科學，也不完全是幻想，不必一再去追問它是否合乎科學或者通通是幻想，新文類必然逐漸形成它獨有的藝術觀。（黃海，2007：iii）

根據黃海的解釋，科幻小說包含了科學小說、科學幻想小說、幻想小說（或稱為奇幻小說）。黃海曾為「科幻小說」下了一個定義：「以科學為基礎，探索未來或未知情景的小說。」認為這「科學」一詞包括了自然科學、社會科學、或人文科學，「未來」或「未知」則包括了時間與空間的任何型態。但是黃海經過幾十年的反省思考，認為這樣定義沒有什麼意義，因為有多少科幻小說家，就有多少科幻小說的定義。最後他總結認為：「科幻小說是科學想像或科學幻想的戲劇化。」最後他體悟到：

　　科幻小說，是一種童話特質的文學。

　　科幻與兒童文學之間，有交叉點。

　　科幻文學是科學想像或合理想像的戲劇化。（黃海，2007：5）

根據葉李華的解釋：科幻的定義眾說紛紜，莫衷一是，尺度差異極大。其中最廣義的一種，認為只要故事中含有超現實因素，便可算作科幻作品。根據科幻的嚴格定義，不難導出如下定理：科幻基本構思必須符合兩個條件：（一）現在絕不可能；（二）未來一定要有可能。因為倘若是現在已有可能，則見不到幻想的成分；而假如未來也無可能，那就代表該構思已牴觸了既有的科學。（葉李華，1998：99）真正有內涵、有深度的科幻小說，應該是結合科學、哲學、歷史、宗教、神話與傳說，以及各種人文思想與社會科學的綜合文體，簡直可以無所不包、無所不容，而且時空舞臺與角色變化更是無窮無盡，讓作者與讀者都能無拘無束地盡情發揮自己的想像力——這正是科幻小說最大的魅力與魔力！（葉李華，1998：100）

　　正因為對科幻的定義眾說紛紜，在討論本文主題前有必要對科幻小說作個界定。本文所探討的科幻小說以較狹義的科幻小說為主（具有強烈的科學意味），而奇幻、幻想小說（如：《哈利波特》）則不在討論之列。正因為科幻小說背後蘊含了獨特的文化性，值得讀者們去深入探討，期望透過這份研究可以了解中西文化間的差異。

二、科幻小說的文化性

　　「科幻」這一個概念是由西方傳入中國，大抵上是由於西方工業革命之後，科技日新月異，人們在科學與現實中產生了想望與衝突，對於未來有些想法或不確定感，在科技、物質、幻想之間交織在一起，由作家的筆下寫出一種富有想像力的文學作品——科幻小說。在科幻

小說背後一定有所從屬的文化，而在討論這些文化之前必須對世界上的文化有所認識，以及了解各文化間有哪些代表性的象徵。藉由分析這些象徵，我們才能了解為什麼科幻小說家會這樣寫以及科幻小說裡面所代表的意涵，所以在討論科幻小說作品前，必須對文化有所分類與定義。在這裡所採用的是世界三大文化系統的論點（周慶華，2010：93～96），把整個世界簡易區分為——創造觀型文化、氣化觀型文化與緣起觀型文化。文化是一個歷史性的生活團體表現他們的創造力的歷程和結果的整體。（沈清松，1986：24）文化之下還可以分出終極信仰、觀念系統、規範系統、表現系統和行動系統等五個次系統。

　　底下就根據沈清松對文化五個次系統所作的解釋與舉例來說明。所謂終極信仰，是指一個歷史性的生活團體的成員由於對人生和世界的究竟意義的終極關懷，而將自己的生命所投向的最後根基；如西方的基督教的終極信仰是投向一位唯一的造物主——上帝，而漢民族的終極信仰是道，印度佛教的終極信仰則是佛。所謂觀念系統，是指一個歷史性的生活團體的成員認識自己和世界的方式，並由此而產生一套認知體系和一套延續並發展他們的認知體系的方法；如神話、傳說以及各種程度的知識和各種哲學思想等都是屬於觀念系統。所謂規範系統，是指一個歷史性的生活團體的成員依據他們的終極信仰和自己對自身及對世界的了解而制定的一套行為規範，並依據這些規範而產生一套行為模式；如倫理、道德。所謂表現系統，是指一個歷史性的生活團體的成員用一種感性的方式來表現他們的終極信仰、觀念系統和規範系統等，因而產生了各種文學和藝術作品。所謂行動系統，是指一個歷史性的生活團體的成員對於自然和人群所採取的開發和管理的全套辦法；如開發自然、控制自然等技術以及政治、經濟、社會等管理技術。（沈清松，1986：24～29）

　　文化中的五個次系統既分立又有交涉，用來分析各個文化間的獨特性和差異性相當方便實用，而且好理解，所以就以這文化的五個次系統來統攝科幻小說間的文化性。

　　把文化的五個次系統整編成一個關係圖，而有了順序關係，就成為如下圖所示：

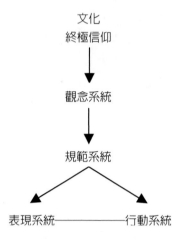

圖 1　文化五個次系統圖

資料來源：周慶華，2007a：184。

　　確定用文化五個次系統來分析科幻小說的文化性差異後，就要確定研究範圍與研究方法。近幾年來，隨著科技的日新月異，人類對科技產物（尤其是電腦 3C 產品）已經有愈來愈依賴的趨勢，生活中幾乎無時無刻仰賴著這些機器（大到研發新藥、發展太空武器，小到利用手機紀錄行事曆）。人們愈依賴這些機器，也會愈對未來產生想望（如：探索宇宙）和憂慮（如：機器最終是否取代人類？）如此交織的思想，因而創造出愈來愈多的科幻小說作品。近幾年來科幻小說的數量已多到不可勝數，所以研究範圍僅侷限在較為經典的科幻小說，尤其以美國科幻大師艾西莫夫所著《正子人》和臺灣科幻大師張系國所著《星雲組曲》為重點。這兩本科幻著作有明顯的文化性差異，從中我們可以分析出中西文化中的獨特性。

　　研究方法則使用社會學方法、文化學方法、美學方法。這裡的社會學方法是指解析語文現象或以語文形式存在的事物所內蘊的社會背景的方法。這裡的「解析」分成兩個層面：一個是解析語文現象或以語文形式存在的事物是如何的被社會現實所促成；一個是解析語文現象或以語文形式存在的事物又是如何的反映了社會現實。（周慶華，2004：89）例如張系國〈望子成龍〉裡在未來的世界雖然有了改變遺傳基因的先進技術，但基於人口數量的限制即使想要生小孩也都要通過政府的許可，而且並不是每對父母都可以依照自己的理想設定小孩的基因，政府有最終裁決權來改變新生兒基因的優劣，「一個社會既不能只有一種人，賢愚不肖一定要有適當的比例。」（張系國，1980：43）這反映當時 1980 年代中國大陸實施的「一胎化」政策，為了防止人口遽增強制進行計畫生育。張系國寫成這篇小說距今已三十年，卻有一種「先見之明」。科技不斷進步，並且沒有趨緩的現象，所以基因改造的技術勢必在不久的將來一定會實現。但是這個世界總不可能所有人都擁有特別優秀的基因，誰會願意屈居劣者？勢必就得有一個平衡人口素質的機制。這無疑是給現代的我們一種對發展先進技術的省思。

　　文化學方法是評估語文現象或以語文形式存在的事物所具有的文化特徵（價值）的方法。（周慶華，2004：120）這裡的文化學方法，就用文化五個次系統來統攝既實用又有效。例如艾西莫夫《正子人》裡的機器人安德魯因某種電子路徑產生了變化，使得它有了類似人類的思想，而不只是運作僵硬的二元領域（開／關、對／錯、正／負）。它經過一連串的困難與思考，最後決定要把自己改造成「人」，捨棄了永生而得到死亡，這就是西方基督教文化裡英雄必須經歷過一連串的困難考驗才能得到救贖而回歸天國的翻版。

　　美學方法是評估語文現象或以語文形式存在的事物所具有的美感成分（價值）的方法。文學作品完成後自然而然就會成就一種美的形式，這就屬於美學的範疇。人們藉由閱讀文學作品而得到抒解、慰藉、

甚至激勵，這不只是現實中的喜怒哀樂而是從現實中喜怒哀樂混和成
一種更純粹的感情品質。這裡的美學可藉由下圖來分類：

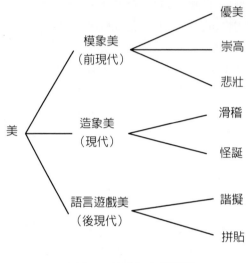

圖2　美感七大類型圖

資料來源：周慶華，2004：138。

　　當中優美，指形式的結構和諧、圓滿，可以使人產生純淨的快感；
崇高，指形式結構龐大、變化劇烈，可以使人的情緒振奮高揚；悲壯，
指形式的結構包含有正面或英雄性格的人物遭到不應有卻又無法擺脫的
失敗、死亡或痛苦，可以激起人的憐憫和恐懼等情緒；滑稽，指形式的
結構含有違背常理或矛盾衝突的事物，可以引起人的喜悅和發笑；怪誕，
指形式的結構盡是異質性事物的併置，可以使人產生荒誕不經、光怪陸
離的感覺；諧擬，指形式的結構顯出諧趣模擬的特色，讓人感覺到顛倒
錯亂；拼貼，指形式的結構在於表露高度拼湊異質材料的本事，讓人有
如置身在「歧路花園」裡。（周慶華，2004：138～139）以張曉風的〈潘
渡娜〉為例，便是七大美感裡的崇高美。潘渡娜是由一群科學家在試管

裡培養出來的人造人，文本中的科學家自比為上帝，利用先進的基因科技在試管裡造人，造出來的「潘渡娜」擁有人的一切生理器官。雖然生活上與常人無異，但是在肉體中缺少了靈魂，只能算是個不完全的人，最後終歸死亡。（張曉風，1968）在這文本裡呈現的美是崇高的，人類追求像上帝一般的能力，到頭來還是只能造出半成品，最後終於認清人要扮演上帝是不可能的。張曉風這篇小說純粹是對上帝信仰的告白。

三、中西科幻小說文化性中的世界觀差異

西方科幻小說可以說是工業革命以來必然的產物。1818 年瑪莉·雪萊出版的《科學怪人》可為代表，可以說寫出了工業文明的夢魘，它是一則永恆的科學寓言：人害怕被自己所造之物傷害。（黃海，2007：10）在眾多的科幻小說裡不乏這類型的題材，以現階段來說預言或許可能成真（可能性還挺大的）。西方文化中上帝創造人，人為了要媲美上帝，比照上帝造物，所以把科幻小說認為是西方工業文明的原生種一點也不為過；反觀中國文化中認為人是由精氣化生，人死回歸精氣，所以對未來沒有想望的動力，也就不可能創造出類似科幻小說的作品。這可以由中國文學創作中頂多只有奇幻、幻想類作品（如：《西遊記》、《聊齋誌異》）極少科幻意味的作品得到印證。所以我們可以確定科幻小說是由西方傳入中國的。

中西方為什麼會造成這樣的文化性差異？我們可以由兩方的世界觀來探討。西方所崇拜的唯一真神是上帝，體現的世界觀是創造觀。基督教的教義：上帝用五天時間造出了萬物，第六天造人，第七天歇息。人是由至高、至美的上帝所創，人有別於其他動物在於會思考、有創造力。既然上帝賦予了人創造力，人類必須善用這份能耐來榮耀上帝，也媲美上帝，因此強調科學。再來西方有原罪說，人類始祖亞當和夏娃受蛇的誘惑，吃了禁果，違反上帝的禁令，被逐出伊甸園，從此人有了原罪。所以人生在世就是要贖罪，以得到救贖，如何得到

救贖的機會，就是從現世去表現自己的能力：對科學有興趣的人努力研究科學，在科學上創造一番事業，來讓上帝看到他的存在；對體育有能力的，在運動方面得到頂尖的稱號，一方面榮耀上帝，一方面讓上帝在芸芸眾生中看到他的成就。綜合這些理由，人們會竭盡所能去開發自然、利用自然，以成就上帝造人的美意。

反觀信守氣化觀的中國終極信仰是「道」，認為人為精氣化生，死後回歸精氣、回歸自然，不必追求創新，對未來不會想望，科學發明也沒有可以榮耀、媲美的對象，也就不會「戕天役物」而去窮盡力量發展科學了。（周慶華，2007a：187）從這裡就不難看出中西方對於科技文明的觀點有根本性的差異，因此在科幻小說創作的數量上，西方遠大於中國。即使近代在臺灣有張系國、黃海、葉李華等人的推廣，但在創作的數量上還是遠低於西方。這一點也可從戲劇創作方面看出來，西方的科幻電影非常多（如：《回到未來》、《侏儸紀公園》、《駭客任務》……），題材包羅萬象，創造力十足；而中國的科幻電影則十分缺乏，我們的電影題材大多圍繞在人與人之間的關係上（如親情、愛情），如近期電影《未來警察》雖包裹著科幻的外衣，實際上仍是圍繞在親情、愛情上，科幻只是一種表達的方式而已。

接著我們從更深的層面去探析原因，西方對生命是線性觀的，人在世上只有一世，肉體死後靈魂不是回歸天國就是下降地獄；為了避免墮入地獄就必須在這僅存的一世裡創造一番事業以期待上帝看到他的成就而被引渡到天國。那創造一番事業的方式有很多種，科學家試圖去研發奈米技術、運動選手爭奪奧運金牌、文學家創作大量作品、商人製造大量財富……每個人都需要發揮創造力在各自的領域裡奪得第一，因此西方人創造力相對豐富，科學幻想濃厚；中國對生命是非線性觀，生死是輪迴，沒有唯一真神可以榮耀也就沒有像西方那麼明確的目標。中國崇尚自然，與自然取得和諧，對科學的態度相對的就沒有追根究柢的慾望，也沒有創新的欲求。而且在氣化觀的社會裡，人與人生活在交織的網絡裡，太過創新凸出會遭受旁人異樣的眼光，因而不見容於團體，所以也就不願去創新改變。

　　因為中西文化在本質上的差異，所以在科學幻想上就有相當程度的差異。科幻小說的題材也有迥然的差別：西方科幻小說的題材大多著重在提供新知、想望未來、冒險遊記、預設外星生物入侵；而東方科幻小說題材則偏重在關懷人群、探討人類前途問題、藉由科幻的外衣對宇宙人生作省思。

> 九歌出版社的現代兒童文學獎，也常以科幻作品入圍或得獎，形成了臺灣科幻文學追求「文以載道」，不與通俗文學合流的傳統；21 世紀初的今天回顧過往，臺灣科幻文學從 1980 年以來的一大特色，表達了生態環保概念與反烏托邦思潮──包括探索科技發展帶來的負面影響與反省。（黃海，2007：142）

試舉幾個例子，宋澤萊的《廢墟臺灣》（宋澤萊，1986）內容描寫核能電廠災變和電視洗腦，透過小說讓我們反省核能的必要性；劉臺痕的《五十一世紀》（劉臺痕，1993）描寫臭氧層破壞後，人類躲到地底生活，綠色植物因而滅絕、疾病反撲；許順鏜的〈外遇〉（許順鏜，1988）描述電腦受邪惡人性的挑戰慫恿下，不斷發出「必須友善人類」的訊息來抵抗人類的不當使用，這讓我們反省科技倘若為人類不當使用下的後果。經由黃海的觀察臺灣三十年來的科幻文學，都不知不覺以生態環保與科學技術的善惡為探索主題。

四、張系國《星雲組曲》和艾西莫夫、席維伯格 《正子人》的文化性比較

（一）張系國其人及其著作

　　張系國，江西省南昌縣人，1944 年 7 月 17 日出生於四川重慶，1949 年來臺灣，在臺灣長大。畢業於新竹中學，後進入臺大電機系，

留美專攻電腦科學，於 1967 及 1969 獲柏克萊加州大學（Univsityer of California，Berkeley）碩士和博士學位。除曾任教於康乃爾大學（Cornell），伊利諾大學（Illinois）、國立交通大學、伊利諾理工學院（IIT）電機系主任、匹茲堡大學（Pittsburgh）計算機系主任，還擔任過華生研究中心研究員、中央研究院數學、資訊研究所研究員。並創辦知識系統學院、推動資訊科學、系統科學及社會科學的聯合研究。現任教於匹茲堡大學。他的研究範圍包括知識基礎資訊系統、圖像資訊系統及視覺語言。

張系國於學術之餘，從事文學創作，出版有長短篇小說及隨筆等十餘種。在大學時期作品包含科幻、寓言，他極為重視時代脈動，並提倡科幻小說寫作，影響了許多年輕學子，蔚為風氣。

張系國在《香蕉船》一書中，曾經提到他的寫作因緣來自童年時期不愉快的經驗，因為他小時候常被同學捉弄，在這陰影下他變的孤獨。因此，他投入書本的世界中，藉由閱讀他有安全感，也因此寫作成了他最舒適自在的天地。（張系國，1976：145）

張系國也提到他為何一直「流浪在外」，因為他小時候被捉弄慣了，了解那種傷害和痛苦，所以他如果見到一大堆人欺負一個沒有力量還手的人時，他就會跟弱者認同在一起，去打抱不平；因此他參與了政治，而在那個敏感的時代，就為他帶來麻煩。因為許多事情都牽涉到政治問題上面，所以他就惹上了麻煩，無法回到臺灣。但是他又忍不住要「多管閒事」，因為他不能坐視不管。所以這變成他最大的矛盾和痛苦。（張系國，1976，148）

> 張系國從大學以後充分表現對社會、政治的關懷，在知識分子圈子裡時有聚會，當主編、辦刊物、寫文章，乃至於參加釣運，似乎看不出「孤僻」的影子；走過極為紛亂變動的時代，他關懷現實卻不捲入各種意氣之爭的論戰；在他的寫實小說裡，分析反省懷疑大過於對事件情感熱烈的描寫，描寫的對象也以上

層知識分子為主，流露小眾文化裡嚴肅而非通俗的色彩。他對現實政治的關懷投入，似乎主要來自知識分子的責任感、好管閒事的正義感，而非與人群交往的熱情。（范怡舒，1998：10）

從張系國的小說創作中，可以體會到他對社會時事、現實政治的關懷。20世紀80年代前，張系國的創作多半以寫實小說為主，努力描寫他生長的這塊土地，在觀念上強調「中國人整體經驗」不分臺灣與大陸。20世紀80年代後，他則著重在科幻文學創作上，《星雲組曲》是他以筆名醒時發表的十篇小說集結之作，勾畫從20世紀到200世紀的未來世界，探索人類生命在星雲宇宙的衝突和交會中所扮演的角色。張系國以科幻小說預言人類的命運，更透過悲憫的諷喻，批判今日人類的自滿和愚妄。

（二）如真似幻的《星雲組曲》

《星雲組曲》這一本書是由〈歸〉、〈望子成龍〉、〈豈有此理〉、〈翦夢奇緣〉、〈銅像城〉、〈青春泉〉、〈翻譯絕唱〉、〈傾城之戀〉、〈玩偶之家〉、〈歸〉十篇短篇小說組成。〈歸〉描寫在海底工作站的一段愛情故事，其中也影射到臺海兩岸的緊張關係。〈望子成龍〉描寫人工受孕及遺傳工程學廣泛使用來控制人口素質。〈豈有此理〉生物工程學不斷有重大突破，人造生命終於出現，不過也造成了一段遺憾。〈翦夢奇緣〉描寫商用的夢幻天視造成了無夢的世界，剪斷了人類幻想與創作的能力。〈銅像城〉以「旅行指南」式的敘述史實手法，描繪出「索倫城」文明發展到了極致終於毀滅的故事。〈青春泉〉轉世科技完備，各星球普遍設立轉世中心，除非被氣化，每個人都可以轉世永生，永生對敏感的心靈反而帶來更大的痛苦。〈翻譯絕唱〉描述一個翻譯學家不斷輪迴卻一直堅持翻譯工作，在其中一世因翻譯錯誤而經歷一段驚險的冒險。〈傾城之戀〉有關時間旅行的研究，到了65世紀才漸有收穫，時間甬道通車後，全史學的研究因而興起；到了180世紀，卻導致不少星

球文明的崩潰。〈玩偶之家〉遙遠的未來人類的文明逐一崩潰，終於為機器人文明所取代。〈歸〉在偏遠的星球，存在著一段夢幻的愛情故事。

（三）艾西莫夫、席維伯格及其著作

艾西莫夫是猶太裔美國人，生於前蘇聯，三歲時隨父母移民美國，定居紐約市。雖然身為猶太人，他卻始終不能算是猶太教徒，後來更成為徹底的無神論者。未滿十六歲，艾西莫夫已完成高中學業，進入哥倫比亞大學攻讀化學。他於 1948 年獲得化學博士學位，次年成為波士頓大學醫學院生化科講師；1955 年升任副教授；三年後，由於太熱衷寫作，他不得不辭去教職，成為專業作家。

艾西莫夫與科幻結緣甚早，九歲時在父親開的糖果店發現科幻雜誌，便迷上這種獨具一格的文體，從此終身不渝。十九歲就正式發表一篇科幻作品，並開始創作他最有名的「機器人」系列；二十一歲時，發表了題為〈夜幕低垂〉（Nightfall）的短篇小說後，立時在科幻界聲名大噪，其不朽之作「基地」系列的首篇也在同年完成。

艾西莫夫除了寫科幻小說，也寫推理小說，非文學類作品寫得更多。他一生編寫的書籍近五百本，其創作力豐沛，產量驚人，而且文筆流暢，平易近人，更難能可貴的是始終質量並重。他所以如此多產，除了天分過人、記憶力超強之外，更因為他熱愛寫作，視寫作為快樂的泉源、生命中最重要的一件事。他是個勤奮的作家，就連住院時只要病情稍為穩定，也會在病床上寫將起來。他不喜歡旅行（因為有懼高症，他幾乎沒搭過飛機），也沒其他嗜好，最大樂趣就是窩在家裡寫個不停。

20 世紀 40、50 年代，艾氏的作品以科幻為主，重要科幻著作泰半在這個時期完成，包括「基地」三部曲、「帝國」三部曲，以及「機械人」系列的《我，機械人》（I，Robert）、《鋼穴》（The Caves of Stell）與《裸陽》（The Naked Sun）。1957 年，前蘇聯發射世界第一枚人造衛星，美國大感震撼，艾氏遂決心致力科學知識的推廣。

　　艾西莫夫著作逾身，他曾贏得五次雨果獎（Hugo Award）與三次星雲獎（Nebula Award），二者是科幻界的最高榮譽。其中尤以 1987 年的第三次星雲獎最為特殊，那是他以終身成就榮獲的科幻「大師獎」。除了科幻創作，他也寫科幻評論、編纂過百餘本科幻選集，並協助出版科幻刊物。以他的大名為號召的《艾西莫夫科幻雜誌》，是美國當今數一數二的科幻文學重鎮。

　　席維伯格是美國籍知名科幻作家，畢業於哥倫比亞大學英文系，出版過上百本科幻小說，至今榮獲四次雨果獎與五次星雲獎。其科幻代表作包括短篇小說〈隱刑人〉、〈過客〉、〈太陽舞〉，長篇小說《荊棘》、《夜翼》、《玻璃塔》，以及和艾西莫夫合著的《夜幕低垂》、《醜小孩》與《正子人》。除科幻外，他還寫過多本歷史小說，以及考古學方面的著作。（艾西莫夫，2000）

（四）長達兩世紀的心路歷程：《正子人》變人

　　《正子人》是艾西莫夫晚年的作品，艾氏晚年健康狀況甚差，到最後根本寫不了長篇小說。聰明的出版商遂突發奇想，建議他選出最心愛的短篇集舊作當骨架，和另一位美國科幻名家席維伯格協力，擴充成有血有肉的長篇科幻小說。

　　《正子人》是描述 2027 年機械人已被廣泛利用，在眾多機械人中一具擁有正子腦的機械人被送入洲議員的家中，它的代號是 NDR113，但議員家人們認為這樣念很拗口，就把它取名為「安德魯‧馬丁」，從此安德魯就成了它的名字。在議員家人們的友善對待下，安德魯的電子路徑裡產生了某種變化，使它漸漸具有了類似人性的思考，它可以創作出細膩的木雕藝術品，也可以感受到類似人類的情緒（當它覺得開心時，電路會流得流暢些；當它難過時，電路會流得困難些）。當它漸漸發展出特殊的思考模式後，它對它的主人——洲議員提出一個史無前例的請求，讓它成為一個「自由」的機械人，不屬於

任何人的機械人,當然它還是會服從機械人學三大法則,還是會繼續
服務洲議員一家人。最後在議員家人的支持下把這請願書遞交法院,
經過一連串的辯論,法院總算承認了安德魯是史上一位「自由」的機
械人。爾後它開始穿起了衣服,並被人類取笑,差點被拆解掉。從此
之後它開始鑽研一切知識,改造自己,使用生化器官,最後它了解到
自己與人類最大的差別在於它是永生的,不會死的。因此,它在自己
的正子腦上調整了介面,電位慢慢地流失掉,終於他成為了人類,以
人類的身分,無怨無悔投向死神的懷抱。

(五)《星雲組曲》與《正子人》的文化性差異

《星雲組曲》與《正子人》的文化性差異,可以透過文化五個次
系統推敲出來。《星雲組曲》由「短篇情志集結」而成,表現出的美感
是「優美」的,溯其規範系統在內容上是「內煥／縮結人情」,此文化
屬於三大文化系統中的「氣化觀型文化」,終極信仰是「道」,圖解如下:

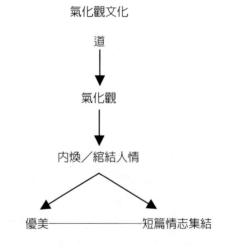

圖 3　《星雲組曲》的文化類型圖

　　反觀《正子人》是一「長篇敘事」，表現出的美感是「崇高」的，在規範系統上是「外爍／馳騁想像」，這是屬於「創造觀型文化」所特有的，而終極信仰當然就是「上帝」，圖解如下：

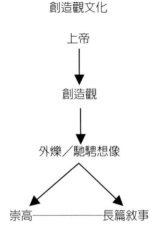

圖4　《正子人》的文化類型圖

　　西方傳統深受創造觀的影響而有了詩性的思維在揣想／神的關係；而中國傳統深受氣化觀的影響而有情志的思維在試著縐結人情和諧和自然。詩性的思維是指非邏輯的思維（原始的思維或野性的思維），它以隱喻、換喻、借喻和諷喻等手段來創新事物，從而找到寄寓化解人／神衝突的方式（也就是試圖藉由文學創作來昇華人性中而解決人不能成為神的困窘的「化解」跟神性衝突的一種作法。（周慶華，2007b：15）西方人因為有這樣的想法所以一再地創新。例如科學一度創新：用以證明上帝的英明賦予人類聰明的頭腦，並用發明創造來媲美上帝；科學二度創新：促成科學幻想，科學幻想又提供科技改良的想法，相輔相成。

　　西方人在這裡得到的已經不只是審美創造上的快悅，它還有涉及脫困的倫理抉擇方面的滿足，直接或間接體現作為一個受造者所能極

盡「回應」造物主美意的本事。（周慶華，2007b：16）《正子人》中的主角安德魯就是由人所創造的，人模仿上帝造人的本事，機械不再只是機械，而有了「人性」會去追求自己所想望的事物，這個機械「人」甚至一再地改造自己，實施各種手術來安裝生化器官，為什麼它不甘安於機械人的身分而一再創新改變？它要「回應」人類賦予它生命，再度創新，也模仿了上帝造物，創造了一個和人類一樣會生命消失殆盡的機械「人」。這樣的再度創新，體現了創造觀型文化的思維。

至於中國傳統情志的思維，是指純為抒發情志（情性與性靈）的思維，它的目的不在馳騁想像力而在儘可能的「感物應事」。《星雲組曲》中第一篇〈歸〉提到人類發明「心靈感應波收發器」能夠與機械工程坦克（機一隊）溝通，但機械電腦表現出來的卻不是死板板的接收命令，反而是像一位老父親一樣關心著女主角吳芬芬，甚至還會板起臉來對她說教。至於吳芬芬與男主角烏世民隱隱約約的愛情從文末就可以體會得出：

> 「烏世民！他志願出去求救？」
>
> 「對，他已經準備好，就要出發。他想和妳說幾句話，妳等一下。」
>
> 隔了一會，她的腦海裡浮現烏世民寬闊忠厚的臉孔，微笑著說：
>
> 「吳芬芬，明晚的舞會，我只好失約了。到了岸上，我們再相聚。」
>
> 「烏世民，我……我對不起大家，我對不起你。」
>
> 「什麼話。機一隊的測試警句不是這麼說嗎——愛就是永遠不必說對不起。」烏世民說：「我們認識的時間太短，我也不好對你講什麼。可是現在不同了。我……有人永遠會愛著妳。記住，不論發生什麼事，有人永遠愛妳。」（張系國，1980：16）

人因感到危機感、感到可能沒有機會再跟對方說出自己的情感，還要藉著說「有人會永遠愛著妳」這種含蓄的說法，就屬於氣化觀型文化的理路。

情志的思維很明顯就少了那麼一點野蠻／強創造的氣勢；它完全從人有內感外應的需求去找著「文學的出路」。而這無虞是緣於氣化觀底下為回應上述的「縮結人情和諧和自然」的文化特色使然（因為氣化成人，大家如「氣」聚般的虬結在一起，必須分親疏遠近才能過有秩序的生活，以致專門致力於經營良好的人際關係或無意世路以為逆向保有人我實存的自在，也就「勢所必趨」；而同樣是氣化，萬物一體，當然就不會像有受造意識的西方人那樣為達媲美上帝的目的而窮於勘天役物）。（周慶華，2007b：16～17）

雖然〈歸〉裡有著「科幻」的元素，但實際上讀起來的感受到的卻是一篇愛情故事，這也就是作者在意識裡還是受著氣化觀型文化的影響。

在文學的表現上創造觀型文化屬漫長的敘事寫實；而氣化觀型文化屬抒情寫實取向。因為敘事寫實是在摹寫人／神衝突的形象；而抒情寫實是在摹寫內感外應的形象。（周慶華，2007b：13）

五、相關研究成果的運用途徑

倪匡曾說過：科幻小說，尤其是極具獨創性的科幻小說，對讀者而言就像一種全然陌生的色彩、聞所未聞的天籟，不但能夠讓人大開眼界，更能擴展心靈視野、開拓潛力無限的心靈空間。（艾西莫夫，2000）張系國也說：科幻小說的長處，正是它處理的題材包括人類的過去、現在以及未來。科幻小說的基本精神，就是它不斷在突破「過去」的束縛，設法一窺「未來」的究竟。（艾西莫夫，2000）但科幻作家又深知，「過去」和「未來」之間，並不存在無法跨越的鴻溝。科幻小說可以趣味，但科幻並不是逃避，而是在更深層次反省人類的處境。

閱讀科幻小說不僅能提供我們天馬行空的點子，也可以從情節裡反省我們自身的處境，進而思考人類未來應走的道路。科幻小說在教學上可以運用的方向有三：

（一）在閱讀教學上的運用

科幻小說不一定只能給成人閱讀，運用淺顯易懂的少年科幻小說介紹給兒童、青少年閱讀是一個絕佳的開拓視野的途徑，提供兒童及青少年對於未來的想望。或者是運用富於教育意義、啟示性質的科幻小說讓兒童們閱讀，他們可以從中去思考「要是發生了……我該怎麼做？」、「有什麼方法可以避免……」在科幻小說裡無窮無境的題材，總是提供我們一些方法去解決可能發生的困境。

有些科幻小說甚至在結局留下伏筆，留下空白讓讀者去自行填補，這類小說更適合開啟兒童的想像空間，在藉由小組討論、腦力激盪，教師或許只需要提供科幻小說的其中一段情節，就能讓這些小讀者們樂此不疲地討論著。

黃海在《臺灣科幻文學薪火錄（1956～2005）》中提供了一些少年兒童科幻創作，整理成一列表（參考自貓昌編的〈臺灣科幻全書目〉），供讀者參考：

表 1　少年兒童科幻創作

書名	作者	出版時間	出版社
金星探險記	陸震	1967 年	百成
流浪星空	黃海	1975 年 06 月	新兒童
空中戰艦	周弘	1978 年 09 月	王子
真假金剛	郁文	1978 年 09 月	王子
異星探險	余國芳	1980 年 03 月	王子
宇宙遊俠	蔣曉雲	1980 年 03 月	王子
機器人大逃亡	蔣曉雲	1980 年 03 月	王子
嫦娥城	黃海文、張麗雯圖	1985 年 10 月	聯經兒童
機器人風波	黃海著、陳曉菁繪圖	1987 年	民生報
機器人遊歐洲	張寧靜著、林文義圖	1988 年	九歌
地心歷險記	張寧靜著、劉宗銘繪圖	1988 年	九歌

地球逃亡	黃海文、蒙傑圖	1988 年	東方
大鼻國歷險記	黃海撰、王平圖	1988 年	洪建全教育文化
全自動暑假	黃素華著、郭國書圖	1988 年	洪建全教育文化
航向未來	黃海	1989 年 06 月	富春
時間魔術師	黃海	1991 年 02 月 10 日	九歌
帶電的貝貝	張之路	1992 年 10 月	國際少年村
大鼻國歷險記	黃海著、謝敏修圖	1992 年 11 月	聯經兒童
地球闖入者	劉臺痕	1993 年	紅番茄
奇異的航行	黃海	1993 年 06 月	聯經兒童
魔錶	張之路	1993 年 10 月	小魯
51 世紀	劉臺痕	1993 年 10 月 08 日	九歌
秦始皇到臺灣神秘事件	黃海	1994 年 03 月	小魯
安妮的天空‧安妮的夢	胡英音	1994 年 07 月	九歌
辛巴達太空浪遊記	劉興詩	1994 年 08 月	小魯
帶往火星的貓	黃海	1994 年 11 月 05 日	皇冠
外星人留下的天書——科幻寓言故事	莊大偉等	1995 年	牛頓
魔衣	南天	1995 年 10 月	業強
隱形恐龍鳥	張永琛	1996 年 02 月 10 日	九歌
誰是機器人	黃海	1996 年 07 月	國語日報
戈爾登星球奇遇記	陳曙光	1997 年 04 月 10 日	九歌
生死平衡	王晉康	1997 年 12 月	小魯
複製瞌睡羊	管家琪	1997 年 12 月	民生報
西元 2903 年的——次飛行	卜京	1998 年 03 月	民生報
魔鬼機器人	葛冰	1998 年 03 月	小魯
孿生國度	陳愫儀	1998 年 06 月 16 日	九歌
瘋狂綠刺蝟	彭懿	1998 年 07 月	小魯
螳螂	張之路	1998 年 10 月	小魯

地球小英雄	王天福	1999 年	富春
少年行星	眠月	1999 年 02 月 10 日	九歌
宇宙大人	張嘉驊	2000 年 06 月 30 日	幼獅
2099	侯維玲	2000 年 07 月 10 日	九歌
世界毀滅之後	王晶著、徐建國圖	2001 年 01 月 01 日	九歌
非法智慧	張之路著、林崇漢圖	2001 年 11 月 01 日	民生報
基因猴王	王樂群著、陶一山繪	2003 年 07 月 01 日	九歌
千年烽火奇幻遊	黃海著、王陞圖	2004 年 06 月	國語日報
流星雨	林杏亭著、徐建國圖	2005 年	九歌
極限幻覺	張之路	2005 年 06 月	民生報

資料來源：黃海，2007：274～276。

（二）在寫作教學上的運用

　　美國著名科幻家弗里蒂克・布朗（Fredric Brown）寫的一篇被稱為世界上最短的科學幻想小說：「地球上最後一個人獨自坐在房間裡，這時忽然響起了敲門聲……」雖然短卻寫得十分別緻、耐人尋味。或許有人認為這麼短也稱得上小說嗎？小說一定要很長嗎？其實小說也有極短篇的，而這篇就成為經典，故事的結尾留給讀者無限想像的空間。科幻小說運用在寫作上其實一點都不難，只要有一個極富創意的點子，或許幾行字就能成為一篇佳作。創意就是要：無中生有／製造差異（水平思考／逆向思考），其中困難度最高的是無中生有，或許要有因緣巧合的靈感才能造就無中生有的創意，那我們退而求其次去製造差異，而逆向思考就是非常好的方向，上述的極短篇就是運用逆向思考的創意。在寫作上我們也可教導兒童運用逆向思考去構設情節，這是一個很好的起點。

　　科幻小說寫作通常有一個很簡單的模式：「如果……會怎樣？」，例如：

　　・如果外星人來到地球，會怎樣？

・如果我們可以到木星旅行，會怎樣？

・如果隕石掉到地球，人類會怎樣？

・如果可以到未來旅行，會怎樣？

有太多的「如果」可以想了，也有太多「會怎樣」可以想。經由討論、腦力激盪，兒童們的腦海裡或許可以迸出倍數成長的好點子。教師不必預設立場幫他們解決，只要站在一旁，任憑兒童的想像力飛馳！

黃海列出了一個科幻元素列表，都是寫作科幻時可以靈活運用的科幻名詞或科幻概念，在此提供教學者參考運用：

表2　科幻元素表

太空	太空電梯、太空城、太空旅館、月球城、火星城、太陽帆、太陽系開發、捕捉小行星、小行星採礦、星戰計劃、太空工廠、太空旅行、宇宙方舟、都市太空船、星際殖民……
天文改造	在彗星上植樹、綠化銀河系、排列重組星球、改造火星成為第二個地球、有效利用太陽系或黑洞能源……
地球改造	人工控制天氣、海底城市、海底牧場、沙漠綠化、地心探險……
外星	與外星人通訊、外星人、外星文明、外星動物、外星植物、飛碟綁架、地球古代外星人、外星機器人、外星殖民……
超時空	時間旅行、時間空間變形、穿越黑洞、多重宇宙、宇宙力場、黑洞、白洞、宇宙的終極、宇宙創生……
生物科技與電腦合作	與動物通訊、複製人、試管嬰兒、基因改造生物、基因改造人體、人機共生、超人、電腦人、人造器官、性別控制、智能動物、智能機器、機器人進化、無線電神經學、基因培植肉類……
電腦	世界腦、電腦教師……
人體	長壽、永生不死、青春藥、人工冬眠、生機暫停、人造子宮、人造器官、動物器官移植人體、變形術、縮形術……
奈米技術	超微機器人、超微電腦、物質複製……
物質	核子能融合、物質循環利用、新材料、物質複製……
心靈心理	奇妙的預言、心靈感應、傳心術、念力傳輸、思想控制、行為控制、靈異現象、腦細胞的直接教育、腦部移植、腦體分離……
傳送	思想傳送、物質穿送……

宇宙	多重宇宙、宇宙力場、黑洞、白洞、宇宙的終極……
未來文明	烏托邦、反烏托邦、文明毀滅、文明重建、未來高技社會、未來原始社會、銀河帝國……
戰爭	核子戰、生化戰、氣候戰、基因戰、心靈感應戰、心控制戰、機器人戰爭……
世界局勢	人口爆炸、環境危機……
發明	有益的發明、帶來負面後果的發明、反重力發明（即引力控制）……
災難	星星或殞石撞地球、大地震、大冰河、大洪水、大火災、南北極磁場互換、地球崩裂、大瘟疫、地軸變化……
不明的奇異事物	奇蹟、神蹟、四次元世界、突然消失的城市、人物、怪獸出現、不明的古代物體、神秘的麥田圈、百慕達三角……

資料來源：黃海，2007：197～198。

（三）在傳播教學上的運用

　　直到今日，西方科幻文學還是出版市場的主流之一。西方的科幻小說分為娛樂性和嚴肅性的作品，娛樂性的科幻小說還是比較為大眾所接受；但是嚴肅性的科幻在主流文學中佔有一定的地位，而且西方的科幻文學作品每年出版產量之大（源於創造觀型文化的因素），是我們無法與之相比的。那我們的科幻小說要走向怎樣的道路？張系國提倡「科幻小說中國化」，葉李華指出華文科幻故事中的文化背景硬要區分為是中是西有其難度，像他指出張系國的「城」三部曲雖然內容中國風十足，但卻沒有明顯的中華文化背景，他記述的索倫城與呼回世界，是地球文明與文化的大雜燴。（葉李華，1998b）科幻小說發展至今，科幻元素幾乎用盡，要創新實在是難上加難，通常也只能舊瓶新裝。那科幻小說在傳播教學上還有發展的空間嗎？這約略可以從兒童科幻小說的途徑著手，由兒童創作，鼓勵他們運用科幻元素，然後投稿發表、出版。並著重在中國傳統文化的獨特性，或許在他們未受西方文化影響太深的心靈上，能創作出獨樹一格的科幻小說。

六、結論

　　愈研究科幻小說，愈令我產生矛盾的感覺。科幻小說是西方創造觀型文化下的產物，在中國傳統氣化觀型文化下理應不會產生科幻小說的創作，但是現今科技發達，訊息藉由網際網路快速地流通，西方文化以強勢之姿席捲了東方世界，在這個時代潮流下，我們已不可能把自己屏除到這股洪流之外。科技促成科學幻想，科學幻想助長科技發明，創新導致想望，想望無可避免導致耗盡地球資源，所以創新並不代表一定能促成文明進步，反而有可能毀滅整個文明，如何在創新與節制之間取得平衡點，或另闢一條蹊徑（解決之道），是一個值得我們深思的問題。

　　研究科幻小說也是如此，西方鼓勵創作，鼓勵向外拓展；中國傳統文化著重關懷人群，反省自身。期望我們能重拾本心，也許可以成為一股潮流與西方分庭抗禮；或發展獨特的中國式科幻，讓西方科幻能觀摩借鏡中華文化的精髓。

參考文獻

艾西莫夫、席維伯格（2000），《正子人》（葉李華譯），臺北：天下。

宋澤萊（1986），《廢墟臺灣》，臺北：前衛。

沈清松（1986），《解除世界魔咒——科技對文化的衝擊與展望》，臺北：時報。

周慶華（2004），《語文研究法》，臺北：宏葉。

周慶華（2007a），《語文教學方法》，臺北：里仁。

周慶華（2007b），《紅樓搖夢》，臺北：里仁。

周慶華（2010），《反全球化的新語境》，臺北：秀威。

范怡舒（1998），《張系國小說研究》，國立臺灣師範大學國文研究所碩士論文，
　　未出版，臺北。

許順鏜（1988），〈外遇〉，收錄在《臺灣科幻小說選》，臺北：二魚。

張系國（1976），《香蕉船》，臺北：洪範。

張系國（1980），《星雲組曲》，臺北：洪範。

張曉風（1968），《曉風小說集》，臺北：道聲。

黃　海（2007），《臺灣科幻文學薪火錄（1956～2005）》，臺北：五南。

葉李華（1998a），〈開宗明義論科幻〉，《科學月刊》第 29 卷第 2 期，臺北：
　　科學月刊社。

葉李華（1998b），〈宇宙香爐——科幻小說風潮論〉，《臺灣現代小說史綜論》，
　　臺北：聯經。

劉臺痕（1993），《五十一世紀》，臺北：九歌。

個人主動追求孤獨的價值與意義

——以現代小說《傷心咖啡店之歌》為例

鍾文榛

臺東大學語文教育研究所

摘　要

　　在訊息更迭快速的社會中，在尚未釐清眼前現象卻又得面對新的課題的狀況下，社會規範與自我定位二者間產生混沌的灰色地帶，未及思索的部分就成為人們心中不確定的因素。在個人定位不明加上經驗不足的狀況之下，即使有社交行為卻缺乏認同感，甚至沒有參與的興趣且無法長久持續，便容易與團體、社會產生疏離，使個人內心感受到孤獨。

　　過去關於社會孤寂的研究，大多將孤獨定義為較負面的心理表現，現在則得將由造成疏離的三層面：（一）心理、（二）社會、（三）文化，與其相互辯證的三種孤獨感受：（一）正向型（自我察覺的／主動的追求）、（二）負向型（被人劃分的／被動的接受）、（三）高處不勝寒型（規範程度不符個人需求）。以科克（Philip Koch）所提出的孤獨三大特徵以及孤獨的五大好處為參考，說明條件相符的《傷心咖啡店之歌》中角色們為了追尋自我定位陷入負向型孤獨，漸而轉為正向

型孤獨的歷程，探討個人正向且主動追求孤獨以追尋心靈之路的價值
與意義。

關鍵詞：疏離、孤獨、社會規範、自我定位、追尋心靈

一、前言

　　身處在資訊豐富且多元的社會中，我們接觸的面雖然廣，但在快速變遷的過程，人們尚未意識及釐清眼前現象的同時，新的課題便接連出現，挑戰著人們思索的極限。不同於過去以勞動為主的農業社會，以服務業為主的現今，加強了人際之間的互動，在這樣看似互動機會眾多、資訊學術等等資源豐富的社會之下，未及思索的部分反而成為個人心中不確定的因素，導致我們不免會去思索諸如：「我是誰？」「我為何而活？」之類的課題。在尚未釐清自我，無法為自己定位之前，為了生存於社會中，人們轉而在社會中扮演一定的角色，企圖在自我與團體中取得定位及平衡。

　　在追尋自我的過程中，除了自我以外，不免還是要與外界接觸甚至同步，在個人定位混沌的狀況下，社會支持成了重要的一環。在 Haluk A, Ozden S. & Huray F.於 2004 年的研究發現，當年輕人經驗到社會支持不足而產生的孤寂感，會對他的人際、心理間產生重大影響，這主觀、不愉快的經驗會限制年輕人是否有動機去完成行為，也會影響健康上的生活品質。（引自郁惠純等，2009）換句話說，在個人定位不明加上經驗不足的狀況之下，倘若無法得到有力的社會支持，或即使有社交行為卻又缺乏認同感，甚至無法長久持續、缺乏參與的興趣，便容易與團體（甚至是社會）產生疏離，而個人內心便容易有孤獨的心理產生。

　　在過去關於社會孤寂的研究，都將孤獨定義為較負面的心理表現，討論擁有孤寂感的人是否容易有憂鬱症狀等相關課題，近些年則開始出現蔣勳等學者，提出對孤獨的追尋。孤獨一詞，不再只是隱含病症可能的詞彙，而可能是一種自我對話的過程；在此過程中，我們藉由自己與自己的對話，企圖為自我找到新的方向，甚至是心靈上的一條出路，這樣的孤獨反而成為正向的表現。

　　礙於篇幅所限，本文將聚焦於探討個人主動追求孤獨的層面為主，試圖藉由科克（Philip Koch）於《孤獨》一書中針對孤獨所提出的孤獨三大特徵以及孤獨的五大好處，以小說《傷心咖啡店之歌》中小人物們在變化多端的大環境下說了哪些話，為什麼要這麼說，他們所追求的是什麼，從他們所表現出來的行為與對話，來呼應菲力浦‧科克對孤獨的說法，說明人在社會變遷中產生的孤獨與疏離，以及個人主動追求孤獨的價值與意義。

二、「疏離」與「孤獨」的界定

　　一般來說，每一個團體都會有一套為人處世的方式和法則，被團體裡的人所採用、接受，這些標準往往是團體裡的人能生活在一起的力量，社會科學家稱為「規範」（norms）。（阿雷克〔Ronald V. Urick〕，1986：12）但是規範並非所有人皆適用，當一個人感到自己在這規範的領域之外，或者因為自己別於他人而排斥這種規範，在失去對這種規範的認同時，就容易產生所謂的「孤獨感」。更進一步的動作，會因為從團體中找不到自己的立足之地，無法確認自我存在的價值，因此轉換為孤獨的追求，企圖透過孤獨來尋找自我。

　　此部分不單是孤獨產生的議題，相互辯證的還有「疏離」一議題。疏離一字源自於拉丁文 Alienatio（異化、外化、脫離）和 Alienare（轉讓、異化、分離、讓人支配、讓異己力量統治），在英文則演變為 Alienation（疏遠、轉讓、異化、精神錯亂）。翻譯名詞的正確解釋，並無一固定說法。李牧從各方論點中找出一個類同概念：

> 疏離（Alienation），是說明主體在發展的過程中，經由自身的活動而漸次產生一種疏離，或異於自己的對立面。當這種對立面形成一股外在的，或異於自己的力量時，便會進而轉過頭來反對主體的本身。（李牧，1990：2）

由李牧歸納出的解釋中不難發現，疏離的概念是一種具有辯證的過程。（李牧，1990：2）以首段提到規範來說，疏離它可能是人主動離開規範後，內心所產生的疏離；也可能是人不符合規範，反被團體排擠在外而造成的疏離；還有可能是在整個大社會文化認同不明確而產生的疏離感。根據上述，我在本文中主要將「疏離」分為三個層面：（一）心理的；（二）社會的；（三）文化的：

圖1　疏離層面概念圖

團體中的規範構成小型社會，社會的組成則成為文化，文化是一個值得探討的龐大體系，牽涉到終極信仰、觀念系統、規範系統、表現系統和行動系統等五個系統（周慶華，2007：182～184），但非本文所要探討的主題，本處僅取此系統的架構理念來解釋疏離：

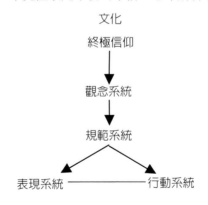

圖2　文化五個次系統關係圖

資料來源：周慶華，2007：184。

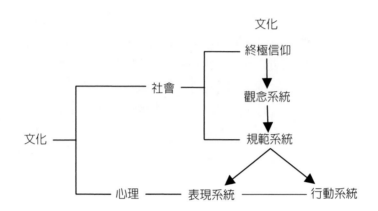

圖3　文化五個次系統中的「疏離」層面分布圖

　　與疏離相辯證的「孤獨」，同樣以首段提到的規範來說，孤獨的產生可能是人感覺自己在規範之外和別人不一樣；也可能是無法融入團體規範中而被疏離，所感受到被孤立的孤獨；還有可能是該團體規範程度與當事者不符，導致當事者抽離自我追求孤獨。在本文中我也將「孤獨」分為三種：（一）正向型（自我察覺的／主動的追求）；（二）負向型（被人劃分的／被動的接受）；（三）高處不勝寒型（規範程度不符個人需求）：

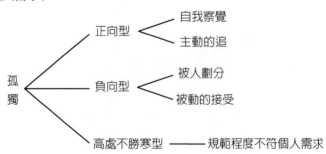

圖4　孤獨類型概念圖

　　為將本文中所界定的「孤獨」與「疏離」表現出相互辯證的關係，特將此二者之間的關係以及層次性作了以下圖示：

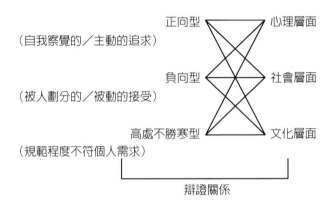

圖5　孤獨與疏離辯證關係圖

三、從《傷心咖啡店之歌》看社會造成的「疏離」

　　由於每一個作家都會非常著重自己對那個時代或文化的體驗和觀察，像「詩歌」、「劇本」、「小說」等等文學作品，都可以是反映當代社會的產物之一，也因此每個閱讀者都可以從自己讀過的書或文章裡注意到作者在當下社會中所欲表現及描述的情景。換句話說，作品是順應社會現況而生的產物，透過閱讀作品，我們便可發現當前社會中的現象或問題，甚至是對人的心理有什麼影響。

　　在小說《傷心咖啡店之歌》（朱少麟，1996）中，寫的是在臺北這個文化變遷快速的環境（一群在咖啡廳遇見彼此的人們所交織而成的

故事)。這一群人在社會上扮演著不同的身分及角色,在不同的際遇遇到失去工作、失去愛情等不同的絕境,傷心苦悶的他們在咖啡廳中遇見彼此,發現彼此都有著對當前的社會架構、生活方式、價值觀念質疑的地方。《傷心咖啡店之歌》中的角色各自代表一個面向,作者安排他們在大都會下相識、彼此相伴,透過對話、旅行、實現自我等方式尋找各自的方向,展開尋找生命意義的旅程。本書有諸多條件符合本文所要討論的議題。以下便以此書為例,分項列舉說明。

社會就像一個大舞臺,而我們則是這舞臺中的一個角色。所謂的角色,意指在特定的社會結構中,處於某個特定的位置時,某人所執行的職能。在我們執行職能的時候,其他人會假定該角色應該要以怎樣特定的方式行動,當一個人同時處於幾個互不相容的地位時(角色間衝突),或當一個角色具有幾個互不相容的期望時(角色內衝突),就會產生角色衝突。(杜加斯〔Kay Deaux〕、威茨〔L. S. Wrightsman〕,1990:10-11)

當社會下的角色產生了角色衝突,便會有疏離感產生。例如大學生從校園畢業進入職場,在生活習慣和人際互動上一時無法轉變過來,感覺脫離學生時期親密依附的團體關係而感到無助,或是無法釐清學生與社會人士兩個身分間的差異,造成角色的混淆,輕者會感到困惑與徬徨而產生不確定的疏離感,嚴重者有可能乾脆把角色拋棄,拒絕接受規範,甚至逃避現實,最後造成憂鬱症等相關疾病的發生。(青青我的寶貝,2011)

上述舉例,僅就個人對自己角色無法釐清的部分進行解釋,說明個人定位會對個人造成一定的影響。而更大範圍的來看人與人之間的應對,最基層的狀況為雙方價值觀不合,上一層為團體性質影響個人被疏離與否的感受,再上一層為社會規範影響所造成的疏離,最頂層則為文化體系差異所造成的疏離。

阿雷克認為社會所造成的疏離特徵有二:一是社會孤立現象,人會把自己看成孤島,跟同伴隔離,不和人接近,跟人的聯繫少得可憐;一是即使被丟在茫茫大海中的小島上,人只會感到自己的生活甚至於

生命沒什麼意義，對自己的生存不抱意義感。(阿雷克，1986：12) 以下針對個人與個人、個人與社會兩大部分作初步的探討。

（一）人與人之間的互動

從變動的社會中最底層的人與人之間說起。以臺北為例，臺北是個步調快速的工商業社會，有著高密度的人口，但看似緊密的人口結構，卻不表示人與人之間彼此更加親密，相反的所有與人的互動變得形式化，例如《傷心咖啡店之歌》中的「遞名片」。以女主角馬蒂在小說一開始去參加婚宴的經驗為例：

> 沒有任何招待，馬蒂直接走進空蕩的筵席中。一個年輕男子匆匆向她走來，走到一半又恍然止步，從口袋裡摸出「總招待」紅卡別在衣襟上。他很活潑地與馬蒂握手，同時不失憂慮的瞄了一眼禮金檯。這男人馬蒂認識，是她大學同屆的國術社社長。他並不記得她，完全依傳統方式與他交換了名片。

> 總招待以職業的熱情細讀馬蒂的名片，盛讚她的名字令人印象深刻……她周圍的氣氛是蕭條的，但是她知道不久之後，這新娘同學保留桌，以及其他桌次都將坐滿賓客。他們將敘舊，吃喝，言不及義，總之要社交。（朱少麟，2005：5）

由此段文本不難發現，「名片」成了人與人之間互動的橋梁，上頭記載的職業身分，成了人評估彼此之間有無交流必要的考量，變成有目的的社交。

再引一段與名片相關的片段來說：

> 法蕾瑞很寂寥地靜靜抽了一根煙……她用全部精神研讀著馬蒂的名片……

「唉，很不錯嘛妳，薩賓娜。」她將名片放進手袋，順手又掏出一根香煙，「這家公司很難考的耶。做多久了？」

「不久，才四個多月。」

馬蒂不想騙人，她的確是在這家公司待了四個多月，只是已經辭職了半年多。

「真好。聽說妳結婚了是嗎？怎麼不見你老公？」

……談話至此，法蕾瑞大致覺得以善盡了禮節。（朱少麟，2005：7）

女主角馬蒂必須用根本已經離職無效的名片來介紹自己，她無法說出她目前無工作的真實狀況。（陳韻琳，2008）這樣的狀況除了印證社會交換理論（Social exchange theory）中人們之間的相互作用取決於報酬及相應的成本，會尋求報酬大於成本的行為之外，也正說明著「遞名片」這種社交的動作成為社會中的「潛規則」。（杜加斯、威茨，1990：17）透過報酬心態的考量，人們間的互動少了單純關心對方生活，甚或關心對方這個人到底為人如何等背後的意義，這樣的狀況間接讓人與人之間變得疏離，導致這個社會越來越常被人描述成：冷漠而疏離的。

然而，這個社會並不是每個人都靠名片走天下，其實大部分人內心都有種飢渴，希望相信自己的生命就某方面來說，是英勇的或是有意義的，面對這些事情，就會產生所謂的反抗者。他反抗的只因為覺得這些規矩把他釘死，而且在意識中堅持自己應該是隻飛鷹之類的，這種人並不是反常的人。事實上，他們其實是被時代的弊病所苦。

這樣反抗的角色，在《傷心咖啡店之歌》中男主角：海安的表現可見一斑。在馬蒂進入「傷心咖啡店」，第一次被引見認識海安時，馬蒂想表現的與眾不同一點，但她卻不由自主地、不能免俗地拿出名片給對方，海安卻回答：「我沒有名片。」同樣面對用名片代表自己

這個問題，海安有了不同的反應，爾後甚至企圖引導馬蒂說出她最真實的自我。

> 「妳太在乎別人對妳的認同了。」
>
> 「是嗎？如果是這樣，我就不會像今天一樣頹廢了。你根本不認識我。」
>
> 「好，那麼我給妳一分鐘，告訴我妳是誰。」……「我叫馬蒂，今年二十九歲，輔大外文系畢業，主修英語，已婚……現在分居，我在一家電腦公司上班，擔任秘書，血型 A 型……現在住木柵……」
>
> 「這就是妳？……我所聽到的，都是社會或團體的標籤，是從一般社會認同的角度下去描寫的妳，那是別人眼中的馬蒂……拋開社會符號，再告訴我妳是什麼人？」（朱少麟，2005：103）

如果一個人被社會孤立，在團體中也沒有一體的感覺，那麼他必然很難回答：「我是誰」這個問題，去掉社會所賦予的標籤後，就等於抽掉最開始與他人的位置關係，從沒想過拿掉角色期望與角色定位後會如何的我們，自我認同變成了一個不確定的問號，無法將自己擺放在社會中適當的位置，甚至感受不到社會支持，漸漸便會容易與這社會產生疏離，於是個人覺醒變成了另一項值得追尋的問題。

（二）個人角色的界定

正因為社會所賦予的標籤，提供了我們定位的依據，所以造成社會疏離的另一種狀況，便是價值觀的改變。高度現代化的結果，產生商業消費主導、強調專業分工、科層組織，甚至整體社會出現用「金錢」為衡量標準，用一個人的薪資多少，一個人的公司如何，一個人

能買得起多高價位的東西，來評估一個人能站的多高、多有價值。（陳韻琳，2008）

在小說《傷心咖啡店之歌》中，作者一開始就透過婚禮場合的同學相會，刻畫出都會社會下，以成就、收入定位自我的困境。馬蒂除了在團體中無法說出自己的實際狀況，她還必須聽著同學法蕾瑞用同樣的社會價值觀介紹其他的同學：

> 「妳看戴洛，帥吧？他現在是 P&D 廣告公司市場部總裁，早就說他很有前途的。克里斯多佛，聽說體重不足不用當兵，畢業不久就去作貿易，專門賣鞋子到中東，再進口毛線原料回來，生意越來越大。皮埃洛作國會助理，不過上次他的老闆落選了，現在作什麼我不知道……凱文，聽說很不得意，工作換了又換，現在又跑回去念研究所，你不覺得太晚了嗎？」（朱少麟，2005：9）

法蕾瑞這些社會價值觀評論的言語，讓馬蒂沒辦法專心融入，在這種大環境之下的人，倘若沒有達到這套社會標準的條件，便會容易覺得自己像在孤島上，與他人格格不入，所以讓馬蒂覺得自己像是個局外人。

同樣的價值評論，不只是出現在朋友同事的交際之間，有時候連家人都固守這套遊戲規則，用這套規範來評論我們的行為。這樣的社會價值，在《傷心咖啡店之歌》中出現了兩次，一開始是馬蒂在婆家遇到的狀況：

> 馬蒂辭職賦閒在家，公婆什麼也沒說，只是自動將每日聚餐延伸到午餐與早餐，以一種老人家的耐心與執拗強迫馬蒂規格化她的生活。馬蒂在家的時間長了，他們就非常愁苦，認為這媳婦異於常人；馬蒂出門的時間久了，他們也非常煩惱，隱隱約約覺得沒有幫兒子管束好媳婦……「馬蒂呀，我們方家可以說是從來沒有餓過妳一頓飯。妳去整理行李吧。妳走吧。別說

我們兩老妨礙了妳。」……兩肩各背了一包行李，馬蒂步出巷
子……終於，終於走出了這個家。（朱少麟，2005：25-35）

在女主角沒有工作的情況下，她成了婆家的壓力，於是被請出家門，
無路可去的她，只好回家。但作者並沒有因此讓馬蒂好過，雖然馬蒂
是回家投奔父親，但在她小時候父親就和其他女人共組新的家庭了，
馬蒂則是與母親離開，那時候的她也才三歲，一直到後來在母親的葬
禮上，她才又遇到自己的父親，且還是透過別人的介紹才認出這個人，
因此對她來說，父親是陌生的。這樣的過去，讓被請出婆家的馬蒂站
在家門口猶豫，後來剛好父親走出門外遇到她，在家中的阿姨同意之
下，馬蒂回到了家中。

其實馬蒂自己心裡很清楚：

人不是風，人甚至不是狗。馬蒂想到唯今之計，是儘快找到工
作，找到住所，找到她在社會上的定位。（朱少麟，2005：35）

即使馬蒂心裡很明白，在借住父親家時也很努力的投履歷想找個不錯
的工作。這一回她不是被動的在家中等機會，但是社會價值的影響在
馬蒂等待的時間中又發生了：

「爸爸幾年前還在想，妳要不就趕緊生個孩子，孩子來了，有
事情忙忙，人也好比較安定一點。妳說是吧？」又來了。爸爸
還有方家公婆最喜歡的論調，「有事情忙忙」，好像馬蒂的生
活一向多麼偏差頹廢放浪形骸，好像沒有一個固定的工作把作
息穩定下來就是一種精神上的病態一樣……「工作找得怎麼
樣？」……「這家公司老闆姓陳，他爸爸是我老同學，現在他
們公司在找一個女秘書，得懂英文，我跟他們說過了，他們說
想請妳過去談談。就談談嘛，也不費多少工夫，妳去不？」（朱
少麟，2005：44-46）

一般的社會價值觀，已經發展到完全以產品與工作為主的階段。你要
是沒一份工作，就不算是人。有份工作的意義是，你得從八點工作到
五點，每個月領一張薪資證明；要是沒了工作，那你就是家裡的廢人，
或經濟社會的累贅。倘若你跟別人說你不必工作，別人就會替你緊張。

在《傷心咖啡店之歌》中代表當下社會大眾價值的老闆陳博士，
在一次臨到展覽員工才辭職說想回鄉重新開始的情況下，與當他秘書
的馬蒂聊起個人在社會上的前景與個人內心的理想問題。陳博士認為
那位離職的同仁還年輕，薪資也合理，再熬一陣子就可以出頭了，卻
在這展覽的緊要關頭放棄了大好前程，但馬蒂卻認為鄉下有鄉下的人
生，如果人的一輩子不只是要賺錢，那離開工作也不算損失，但是陳
博士說了以下一段話：

> 「……一個人能保證他的價值觀一輩子不變嗎？人都是這樣
> 的，年輕時追求狂放痛快，到老了又要安逸舒適的生活。自己
> 的價值觀別人無可干預，但如果到最後變成了社會的寄生蟲
> 時，社會何需平白對他付出成本？……這個社會是處處充滿極
> 端，所以才需要有步伐沉穩的人，不受風潮左右，維持著社會
> 生存的命脈。人到了一個年紀呀，就得要有社會使命感才沒有
> 白活。」（朱少麟，2005：142）

以這段話為例，表現出的正是社會中每個人面對工作、金錢、前途的價
值觀差異。也許我們沒有想過拿掉社會標籤，也習慣活在這樣的社會之
中，但是我們都是透過認知學習，來取決生活所需，到後來我們開始會
去想自己在這社會做這些事情到底是為了什麼，什麼才叫做沒有白活。

在《傷心咖啡店之歌》中，作者便藉由在咖啡店內相遇的人們，
在一次大夥兒從高處俯望臺北並暢談感想的橋段中，企圖用不同面相
觸碰在這社會上屬於每個人自己的問題。

吉兒是個堅持人對社會有權利也有義務的人（陳韻琳，2008），
因此她說：

> 這隻巨獸（社會、或命運共同體）往東我們就全體往東，巨獸
> 呻吟我們就全體受苦，巨獸思考我們就全體困惑，有時候其中
> 一個覺醒了，開始反省到底這是自己的生命，還是巨獸的生
> 命，但他只有更疑惑。我們脫離巨獸就死亡。這巨獸生成我們，
> 我們又組成了它。（朱少麟，2005：135）

而海安，是堅持徹底的自由不肯受拘限、徹底的反抗社會規範的人，
於是他說：

> 人的生命不會受限於這巨獸的生命，只要一個清晰的注視，你
> 不止看穿它還主宰它。這個巨獸阿，我要它既美又醜，讓我儘
> 可能的經驗它，我要用神的思維來看它，我從超人那裡得到神
> 的思維。（朱少麟，2005：135）

素園，是個重感情重友誼的人（陳韻琳，2008），她說：

> 這片燈海像是滿天星斗，星星之間互相有重力牽引，互相影響
> 對方的生命……有緣的星星不斷重聚，互相成就彼此的方向。
> （朱少麟，2005：136）

一直以為她的漂泊心情，跟失落一段感情、拋棄她的男友有關，直到
婚禮上聽見男友的死訊，才突然開始思索自己存在社會到底為了什
麼（陳韻琳，2008），而變成最沒有目標方向，活得很無奈的馬蒂
則說：

> 這片燈海像是壓力鍋裡的沸騰的泡泡，大家都在壓力鍋中拼命
> 伸展自己，它們以為上面有寬闊的空間……我不要這種典型的
> 人生，工作工作賺錢賺錢，劇本就是這樣。這是一個枯燥的劇
> 本，可是人人搶著當主角，誰也不願意跑龍套。每個人都汲汲
> 營營創造人人可認可的身分與生活，卻都忘了自己到底希望怎
> 麼活。（朱少麟，2005：136）

最後發言的，是相較之下最平凡沒有藝術才情的藤條（陳韻琳，2008）：

> 這片燈海像閃閃發亮的鑽石，到那裡去找這麼密集的財富？坐
> 在這裡需要錢、活著需要錢、連呼吸都需要錢，你們不屑講出
> 來但是我敢，我要賺錢，我愛臺北。（朱少麟，2005：138）

從以上對話中，不難發現，在這個社會裡，每個人都想要做自己，但
是卻又苦於被社會所制約，就如吉兒所說的：這個社會，是我們所構
成的，即使我們把它推翻掉了，後來還是我們再一次把它聚起來。因
此，人們開始反問自己存在這社會的目的，企圖為自己找到適當的定
位；但這個問題並沒有一個標準的答案，倘若像馬蒂這樣不曉得自己
能夠做什麼來擺脫被社會侷限的感覺，就容易有導致對自己的命運無
法控制、束手無策的「無力感」。

四、從《傷心咖啡店之歌》看孤獨心理與追求

人們經常意識到自己是屬於某種特定的文化、職業或社會群體
的。因此，會因為意識到自己在複雜的社會結構中扮演著某種角色而受
到影響。也就是說，個人行為都是社會性的。（杜加斯、威茨，1990：2）
意識到這種狀況後，每遇見一件事情開始反問自己在做什麼時，便開始
會有無力感，這種無力感也是疏離感的一部分。（阿雷克，1986：12）

在現代資本主義蓬勃發展的社會中，我們開始有「個人」的觀念，
為了擺脫完完全全的群體認同，掙脫這樣的受制於社會侷限所產生的
無力感，但又不將自己完全獨立於其他群體之外，於是開始有了自我
的追尋，企圖透過自我對話來解決社會與自我間的衝突，在追尋的過
程就表現出「孤獨」。

孤獨和疏離，在程度上是有所差異的。疏離，是一種加諸於一個
人身上的痛苦、不快樂的狀態，它發生在社會之中（也或許是社會的

邊緣)；而孤獨，則是一個人自發主動的離開社會，尋找內心的寧靜快樂。(科克，2004：55)

孤獨與疏離的差異有兩大點：第一，疏離本質上是一種不快的狀態，而孤獨則否。第二，儘管疏離是一種人際關係的斷裂，但疏離的意識卻仍然是一種指涉他人的意識，例如你對你的同事產生疏離感的話，表示你注意到他們的存在；要是你沒注意到他們存在的話，根本不會有疏離不疏離的問題。也就是說，疏離的意識是一種關於他者的意識，孤獨則相反，它是一種沒有他者的意識。(科克，2004：63)

（一）孤獨的特徵

孤獨的三項特徵：獨處、意識中沒有別人的涉入、帶有反省性(反省性意指將觀察到的事物賦予新的意義)。(科克，2004：21)單說理論不易理解，以下以《傷心咖啡店之歌》其中的片段來分項說明：

> 向著初昇不久的朝陽而行，馬蒂很快就接進了大山……剛開始上山時，馬蒂還頻頻回首，山下是一望無際黃褐色的短草原，草原上疏落點點棕櫚樹影，就在山腳下不遠，幾十間草屋麇集而立，是那個死村。一整村子的人，在這一天黎明死光了，他們死在馬蒂的眼前。但親眼看見全村死絕，還是讓馬蒂難過極了。總覺得人不應該這樣無助地消失如同草芥……

> 背靠著崖壁，大風吹來鼓脹起馬蒂的袍子。站定後，馬蒂才發現以爬上了大山的三分之一高度……因為坐在此刻的高度，馬蒂不只看到了死村，她的雙眼看見了死村以外更多的地方……這個死村看起來不再陰氣森森，事實上正好相反，馬蒂看到了一片繁榮的生命力……從現在的高度看下去，馬蒂才知道，看起來毫無意義的隨處生長的刺蘆筍，原來是這麼有規模、有計畫的在發展它的巨觀生命體……刺蘆筍緩緩地伸展過來，正要

淹上死村的現址，而死村所處的位置，無疑是曠野裡的水源地……對人來說，是個淒涼的死村，在曠野裡，這是另一片生氣盎然的滋養美地。

……一個村子死了，馬蒂非常悲傷，因為她終究是一個人，有著人的感情……但如果不以人的角度去觀望呢？那麼就沒有悲傷的必要，連悲傷的概念都沒有了，人和大地上所有的生物一樣，活過、死了，存活下來的繼續生活，就是這麼一回事。不管是橫死、暴死、悄悄的死、寂寞的死、整群的死，死於天災、死於戰爭，結果都是一樣，只有人才會為了死亡而悲傷。

而大自然不用人的觀點。它集合了萬物的生滅、增減、垢淨、枯榮，大自然不用人的觀點，大自然沒有人的悲傷……人的情感，到底是一種高貴的本質，還是作繭自縛的未進化象徵？馬蒂陷入了思索。一個嶄新的感覺正在萌生，從山上俯瞰這點點綠意的曠野，那死村帶給她的感傷正在淡化中。（朱少麟，2005：351-354）

在這段文字中的三項孤獨的特徵：

1. 獨處。在登山的時候，馬蒂是孤身一人，在她可以知覺得到的範圍內，並沒有半個人。

2. 意識中沒有別人涉入。即使馬蒂剛開始心中還帶著死村在她眼前結束的傷痛，但在登山的過程中，她既沒有在找誰或躲誰，也沒有在思念誰或受誰說的話支配。她的心靈完全被視野所見的環境所佔滿。

3. 帶有反省性。由上述文本內容可看見，即使大部分時間是在描述馬蒂爬山的過程和上山之後所看見的景象，但最後兩段卻透露出馬蒂對自己所看到的事物，並不是沒有帶任何反省性。從不同的角度再去看那片刺蘆荀，讓她發現大自然中的生命，將

被觀察到的事物「毫無意義的刺蘆筍、凄涼的死村」賦予了新的意義「有計畫在發展的巨觀生命體、生氣盎然的滋養美地」，因為有此反省，也才能淡化死村所帶給她的傷感。

即使此段文意剛好符合孤獨的三個特徵，但是有孤獨感的人，不見得非有上述三項特徵不可。

例如一開始討論「名片」代表一個人時，海安企圖讓馬蒂拋去社會的標籤，當他再一次問馬蒂她是什麼人時，這一次馬蒂這樣回答：

> 「我，馬蒂……沒有一年過的是我要的生活，我花了目前生命的三分之二在讀教科書，我很孤獨，那是因為我從小沒有家，個性又內向，我很愛幻想，可是又好像太懶，我有滿腔的柔情，可是不曉得該去愛誰。我現在又上班了，可是上班好像讓我更茫然，我害怕做一個作息刻板的上班族做到退休，我想找機會脫離這種生活，我要什麼生活？我要的也不太多，就是自由吧？比如說，今天天氣這麼好，有陽光，我就想去指南山走走，不用去向別人請假，得到准假後才去自由走走。」（朱少麟，2005：104）

這一回，雖然馬蒂學會了用自己的角度表述自己，但當海安跟她說她沒有理由不自由時，馬蒂又開始用社會規範來拒絕海安太過理想的自由說。

> 「妳沒有理由不自由。」
>
> 「在這個世界上，誰自由了？」
>
> 「……妳太在乎別人的認同了……翅膀長在妳的肩上，太在乎別人對於飛行姿勢的批評，所以妳飛不起來。」
>
> 「難道掙脫了一切社會規範枷鎖，就不會變成『不受拘束的激情』的奴隸？」
>
> 「有何不可？」
>
> 「……人人都這麼想，社會就垮了。」（朱少麟，2005：104）

孤獨感不會發生在有其他人出現的場合嗎？由這段文本為例，正是說明獨處在孤獨中的重要：即使人企圖回到獨自一人的角度看事情，但只要身邊有其他人在，便很難不受影響。這裡要說的不是不可能，只是很難不受影響。

另外，雖然孤獨可以催生反省，但這也不是必然的事。（科克，2004：24）例如一個學生全神貫注的製作海報，或是農人一心一意的插秧，他們的時間都在不知不覺中流逝，過程中忘卻時間、忽略旁人，只有自己的情景，也正是一種孤獨的表現，然而他們獨身於事物中，反省？

寧靜、沒有聲音、沉默，這是人們在談論孤獨的時候總會聯想到的東西，極度的安靜本身就足以構成孤獨，可是孤獨不見得非得有寧靜無聲的環境不可，它可以在安靜的場域，也可以在一個活動的場域，因為重點不在於周遭的聲音，而是當事人的意識中有沒有別人的涉入。（科克，2004：31）

有孤獨感的人，不見得都會有這三項特徵，但是其中第二項：意識中沒有別人涉入，卻是最重要的核心。而驅使我們去探討孤獨本質的另一個動力，就是尋找更理想的生活方式的欲望。（科克，2004：9）

（二）孤獨的追求

科克認為有一項孤獨所饋贈於人的禮物是無可爭辯的：休息與恢復。它提供給人一個時間與空間，讓人那被社會所扯裂的傷口癒合。（科克，2004：9）說被社會扯裂的傷口，也許適合放在談論諸如二二八事件等衝突事件的人的心理狀態，在這裡引用的重點，要講述的是「孤獨」能提供一個人時間與空間，來思索自己在這個疏離社會中的定位。

要是孤獨本身沒有內在價值的話，又怎能幫助人止痛療傷？孤獨的好處非絕對的價值，而是透過過往歌頌孤獨的人所展現的。以下將以《傷心咖啡店之歌》中的片段，來說明科克所歸結出大部分孤獨者的共同經驗：自由、回歸自我、氣入自然、反省的態度、創造性。

1. 追求自由

有時候孤獨並非出自於自由選擇；不過，要是把孤獨所要求的自由理解為擁有自我的自由活動時間，而非社會規範允許之下獲得認同的自由，情況看起來會好一點：

> 「……當妳說妳不自由時，不是指妳失去了做什麼的自由，而是妳想做得事情得不到別人足夠的認同，那帶給妳精神上或道德上的壓力，於是妳覺得被壓迫，被妨礙，被剝奪……」（朱少麟，2005：104）

其實不論如何身處囹圄之中，孤獨的人仍有自由活動的餘地，也才能在自己的孤獨時光盡其所能的去發揮自由。剝奪了所有的自由選擇、所有的自主性，孤獨再不能稱其為孤獨。（科克，2004：29）由以上海安企圖對馬蒂說明的自由中，我們可以發現：某種程度的自主性，是孤獨所必須。倘若無自主性，而只是受限於社會規範，便會像馬蒂一樣，只能在未跳脫的思維裡繞著自由的意識轉圈：

> 「……沒有一個人自由，我渴望找到自由，可是萬一竄出鍋子，結果呢，泡泡迸裂，變成空氣變成一陣風，風也許就自由了，我不知道，泡泡怎樣想像風的自由？」（朱少麟，2005：136）

但是自由不是完全無拘無束、隨心所欲，而是根據你自己所選擇的規則來行事，是一種自律。如果把自由當成是無拘無束、隨心所欲，就誤解了自由的真義。（科克，2004：149）一個任性的小孩，不知道什麼對自己好、什麼對自己不好，憑一時的好惡去做事情，只會自食惡果。以小說中的角色之一：藤條為例，在本文第一大段討論個人在社會的價值定位中，曾引出小說中所描述的藤條，他認為臺北的燈火就像閃亮亮的錢幣一樣，於是他回應馬蒂的自由變成：

> 「鍋子裡也是有自由的，我告訴妳自由在那裡：錢有多少，空
> 間就有多少，只要在屬於妳的空間裡，誰也管不了妳，妳才自
> 由。」（朱少麟，2005：138）

對藤條來說，他的價值觀呈現：有錢就會有自由，這樣的價值觀我們
並不能完全否定，但是追求錢來換取所以為的自由，這中間的分寸拿
捏，便會關係到自律。在小說的最後，藤條因為加入標會公司（也就
是所謂的老鼠會），透過借款人的利滾利賺取大錢，並以擁有業務副總
裁這樣的頭銜為傲，在過度追求金錢而迷思的情況下，公司猝然倒閉
且負責人不知去向，藤條因此成了代罪羔羊，被關進監獄中。

　　有時候孤獨所賦予人的自由之感是強烈的，以致於即使一個人身
處囹圄，都有可能不再覺得監禁是一件那麼難以忍受的事情。不受約
束的自由，擺脫社會束縛後的自由之感，都是人在孤獨中的追求。（科
克，2004：149）過去以追求金錢為自由的藤條，在進入獄中服刑後，
自己孤獨的面對公司倒閉所帶來的災難，在監獄中獨處的情況下，他
才開始領悟什麼叫做自由：

> 「……以前在一起的日子，那一大堆說到自由的話……其實，
> 吃飯的時候吃飯，上課所的時候就是上廁所，不用整天在那裡
> 拚命動腦筋。想一想以前的生活還真奇怪，什麼都想要……真
> 的是很諷刺的一件事，我覺得我在監獄裡，比在外面還自
> 由……」（朱少麟，2005：389）

自由的追求，並不是非得在監獄這種被孤立的情況下才能有所獲。其
實真正的自由，不是有限存在的物質，而是無限的思緒與體悟。除了
自己的抉擇以外，不受任何事物的約束，而抉擇又是從自己對生命的
了解而來的。要追求自我就得先了解自己內在的聲音，只有聽見自我
心中的聲音，並將無限的思維昇華，內心也才會感受到自由。簡單來
說，回歸自我去找尋答案、找尋自我的方法，就是：擁抱孤獨。

2. 追尋自我

我們和別人相處時容易導致自我的破碎和流失，原因是因為人的不安全感。在別人面前，我們總是會自覺或不自覺的築起一道道防線。有時是為了保護某些我們覺得很重要的自我形象（例如父母會在孩子面前努力保持有責任心的形象）；而有時候，是因為面子的問題。（科克，2004：152）

在《傷心咖啡店之歌》的角色中，有著俊俏臉龐的男主角海安是其中最富有的一位。金錢不缺的他出資讓朋友們開咖啡店，卻又不參與經營；他和朋友們大談如何追求自由，卻不輕易談他的感情。對感情可有可無的態度，對其他人而言，是海安對自己美貌太過於自戀的表現：

> 「我總是覺得海安是美好形貌的受害者，我認為他病態的自戀，自戀到這種程度是全世界最孤獨的人，因為他拒絕面對其他人的感情。海安他病了，瘋狂一樣追逐著他自己的影子，已經陷入一種旁人無法觸及的孤獨絕境……」（朱少麟，2005：193）

覺得孤獨的人，會覺得自己活在沒有共鳴的世界裡。海安從不覺得自己孤獨，但是他不斷想要擺脫大家在遵循的社會價值，一直在追求自由，覺得沒有辦法與社會共鳴。這種感覺其實是心理內部狀況的投射，一個人會把自己內心理原發的意識和感覺，當作是外面來的。（魏蘭〔Joanne Wieland-Burston〕，1999：84）覺得孤獨的人，其實是因為他的心靈缺乏共鳴的情形相當嚴重，或因為他對自己欠缺了解所致。也就是說，因為海安缺乏對自我的追尋，所以他並沒意識到自己表現的追尋行為其實已表現出他是孤獨的。

其實海安並不如朋友們所想的這般無心，朋友們只知道他一心嚮往再到馬達加斯加見耶穌一面（耶穌是另一個長得很像海安的人），所以誤以為海安只是自戀的在找自己的影子。到小說的最後，女主角

馬蒂到馬達加斯加追尋自由時遇到耶穌，並在耶穌面前被當地的強盜誤殺而死，帶著馬蒂骨灰的耶穌巡著馬蒂皮夾裡一張傷心咖啡店的卡片，來到海安的面前。直到那時候，大家才看清海安一直在追尋的：

> 「你能夠對自己坦承嗎？……你不能對自己坦承，所以你不能面對我……你想要我。為什麼不敢說？我花了三十年才找到你，難道你還要再躲我？」耶穌說話了，他說著清楚的中文，「是的，因為我們相像，所以我不願再見到你……讓我去吧，不要再拉住我。」「我讓你自由，只要讓我跟著你走。」海安叫道，他搶過耶穌的小陶甕，狠力摔擊到地上，喊道，「我讓你自由。」小陶甕在地上摔裂了，迸成碎片……海安撿起了陶甕碎片朝自己的臉頰猛割下去……原來海安真的有感情，他愛他。原來那一切的狂放不羈，頹廢荒唐，都是因為海安封死在內心深處的，冷峻的純情。（朱少麟，2005：373-374）

當我們碰上太痛苦的事的時候，常會把我們的注意力從經驗裡抽離；這類經驗和意識或知覺的關係，因此失落無存，以致我們再也沒辦法了解這些經驗，而我們也假裝這些經驗沒發生過，這些都屬於一種叫「壓抑」的複雜心理。出現壓抑，我們不只是和痛苦的記憶失去了聯繫，連帶也和受制於該經驗的那部分自我失去了聯繫。（魏蘭，1999：84）

海安雖然在大家面前表現出無所謂，但在他給予大家揮灑歲月的空間的同時，他自我內心其實是有所追尋的，但是礙於大家將他引以為目標的面子問題，以及不確定他人如何看同性之戀的不安全感，他只能將這份情感放於心中，而轉化成用優勢塑造自己為大家的偶像，企圖表現他人眼中的那個自我，才會表現出放浪不羈的樣子，當他這樣做的同時，等於是放棄與內心的自我對話。

但是這個社會並非每個人都有著海安這樣優勢的背景能去營造自己想要的自我，沒有足夠的籌碼，這時候人的自我被綑綁了起來，也

因此孤獨的存在就更顯得重要。只有在孤獨中，在感到絕對安全的時候，人才會解除一切的防線。當一個人在不受外界干擾的情況下開始親近自己的自我時，它的內心才可能滋長出一種圓滿的感覺。而回歸自我，便是在追求人在不受干擾的情況下，傾聽自我的聲音。（阿雷克，2004：153）而回歸自我最簡單的說法，就是找到適合自己的頻道，找到頻道的另一種方法，便是融入自然。

3. 融入自然

在孤獨中，一個人會發現自己和自然世界發生一種異乎尋常的關聯性。他會發現自己的感官變得更加敏銳、更加全神貫注、更加充滿激情。作者通常會設計一個自然景物，將主角放入其中，企圖藉由主角融入自然當中，來表現情感與大自然的融合，也就是所謂的契入自然。

科克認為所謂的「契入自然」，可以表現在三個不同的方面：高度清澈的觀察力、象徵化的觀物方式，以及與大自然的融合。（科克，2004：161）以馬蒂為了追尋海安口中的自由而到馬達加斯加的旅途為例，那時候的她剛經過整村滅亡的震撼，但是透過爬山與大自然契合，讓她發現大自然的觀點，也看見在自己對生存在這個社會有什麼意義的答案：

> 現在身處在接近雲端的高度。從這裡望下去，大地又是全新的風景。死村已經看不見了，像綠色巨手的刺蘆筍叢也隱沒成了一抹淡綠色的痕跡。那些死亡，那些欣欣向榮的生機，從這個高度看下去，都模糊了，都失去了它們的觸目驚心……從大山上看下去，眼前只有黃色的土地藍色的海，錠放橘紅色光芒的天空。生命在這三者之間太微小、太微小了，只是附著在地球表面的微塵……可是天地長存，一百萬年後的浪花還是要照樣拍打著海岸。潮來潮往，只有不用心靈計算時間的，才能脫離時間的擺弄。活著的生命阿，在長存的天地裡是何許的短暫渺小。（朱少麟，2005：354-355）

　　一開始登山，馬蒂表現出高度清澈的觀察力，她的清澈表現於內心擺脫死村的陰影，轉而看見山下另一種面貌，接著她看著海與天空，透過象徵化的觀物方式，將刺蘆筍看成是綠色的巨型手臂，緩緩伸出手掩上死村。她將刺蘆筍象徵成不動聲色的贏家，用充滿生命力的綠爪，延伸向黑暗的死村。後來馬蒂將自己融入風中，用精神穿梭於宇宙空幻之間：

> 坐在世界的頂端，馬蒂將自己融化在風中。於是它進入了一個無邊之境，無生，無息……只剩下最後一縷呼吸，維繫她的人的思維，人的生命……在冥想中，她與宇宙同等大，於她之外別無一物，連別無一物的概念也沒有。於是不在因為找不到方向而徬徨，因為所有的方向都在她之內，自己就是一切的邊境，所以不再有流浪。（朱少麟，2005：357）

於是她體驗到人的生命來自虛無，終於虛無。而最根本的意識就叫做神，它不屬於任何一個宗教：

> 人的虛無就是虛無一物，而「神」的虛無，是一切衝突、一切翻騰之後的一切抵銷，一切彌補。因為平衡了、圓滿了、寧靜了，所以虛無。（朱少麟，2005：358）

　　透過契入自然的三個不同的注視方式和感覺，與大自然產生融合，人的喜怒哀樂便會流到體外的世界去，而自然界的各種力量，也會貫穿到人的靈魂之內，就像馬蒂感覺自己與宇宙合而為一，與宇宙一同縮小又放大，於是她在內心中感受到圓滿與寧靜，這些昇華正是孤獨所賜與的禮物。

4. 反省性

　　人不能老是處在孤獨的狀態中，也不能老是處在互動的狀態中。沒有了互動的自由，孤獨的自由最後只會讓人漫無節制地自溺於死寂

之中；另一方面，沒有了孤獨的自由，人的自我也將永遠被埋沒於他所扮演的各種角色之中。（科克，2004：186）

也就是說，人倘若想追求自由，那他就不能只有孤獨或是互動二者之一，不然他對自由的領受，將是不完整且有所欠缺的。一個人沉醉在鏡子前的遐想，不表示他的自由感就會減少，但是他減少的是去經驗自由的寬廣度。就像小說中的海安一樣，他將自己侷限在追尋類似自己的耶穌身上，在生活上他的財富並不會讓他有比別人少的自由，但他卻因為侷限住自己的寬廣度，走不出耶穌的影子，於是他總覺得自己不自由。

這也正是孤獨中的反省性，即使在回歸自我，但是我們某個意義上還是需要別人。再引一段文本來看：

> 山頂上的馬蒂領悟了，生命的意義不再追尋答案，答案只是另一個答案的問題，生命在於去體會與經歷，不管生活在哪裡。繁華的大都會如臺北，人們活在人口爆炸資訊爆炸淘金夢爆炸的痛苦與痛快中，這是臺北的滋味，這是臺北人的課題。也有活在刺棘林叢中的安坦德羅人，他們的生命紓緩池滯，享有接近動物的自由，卻又限制於缺乏文明的困苦生活……馬蒂體會了，哪一種生活都有它必須經歷的路程……經歷過了，收近自己的意識理，又朝圓滿接近了一步。（朱少麟，2005：359）

孤獨能幫助我們了解心中的自己，但是倘若沒別人來分享，那種在自我內心中強烈的自我感受就不會增加它的價值，馬蒂雖然透過孤獨尋求所謂的自由、企圖發現自我，甚至透過與大自然契合來看見人存在於社會的目的其實都是為了更接近圓滿，但是她自我體悟完後，接著就遇到意外死亡了。這份體悟並沒有分享給他人，於是這樣的價值只停留在馬蒂自己的心中，也就沒後續加值的功能可言。

不論我們如何透過孤獨契入自然，自然終究只是人類生活的一個組成部分；組成我們生活的，還有其他人群以及更大的社會，這樣才會顯得完整。

5.創造性

在某個意義下，孤獨為人提供的創造性，其價值要超出於前四項，因為無論是回歸自我、契入自然還是反省的態度，基本上都是針對既有的東西而發，但創造卻是針對未有的東西而發的；也就是說，創造性可以為孤獨中的追求自由提供某種秩序性和方向性。（科克，2004：183）

自由讓我們可以去從事創造，自由的想像力更是創造的媒介；回歸自我讓我們可以接受內心的呼喚；契入自然可以讓我們在材料上遇見創作輪廓；反省則可以把分散在創作作品中的每個元素匯集到思維裡。

但無論如何，創造性可以說是孤獨的獎賞，透過創造性產出的作品，不管創作者是有意識或無意識要給別人評論與否，創作的表現其實就是行為者的一種溝通方式。雖然他可能只是藉由創作來與自己溝通，在不一定要直接和他人對話的情況之下，作品的呈現還是會與他人產生對話效果。所以說孤獨的最後我們還是得回到社會中，與他人分享、互動，也才有價值。

五、結語

即使我們的認知是發生在孤獨中，我們的認知活動仍然是一種隱含的指涉其他主體的活動。意識的存在，在我們與他人間設下了一道無形的聯繫，這聯繫超出一切有型的社會結構之上，即使我們獨自進行認知，但我們在某意義下仍是與別人在一起的。

人存在這世界上，即使每個人選擇的生活方式各有不同，但都沒有辦法完全屏棄與他人之間的關係，也不完全能放棄自我對內在精神超越的嚮往，這正是現在這個社會所有人所共同面對的問題。寫小說

的作者們清楚明白：即使人再孤獨，它終究只是人追尋自我定位的一種方式，最終還是得回歸到現實社會。也正因為這樣的覺醒，有越來越多的作家開始在作品中透過各主角間大量的論辯，或是設定有衝突的情境，企圖透過作品來表達人在他人與自我這二者之間如何追尋迷失的自我，甚至是與他人間到社會中取得平衡。

有無意識都好，作者們在現代小說中所表現的孤獨及社會疏離，說明的正是一個大環境之下的現象：在這什麼都迅速更迭且爆炸的社會，我們很清楚的意識到社會的變化之快容易使我們感到被社會疏離。面對這樣無法掌握的狀況，且害怕自己迷失在其中，於是我們企圖為自己找尋一個定位。而追尋定位的同時，我們帶著這個社會的價值，卻也同時試圖傾聽自己的內心，於是我們回到自我的孤獨狀態。追求孤獨，簡單來說，就是「心」的追尋。

不論是存在主義的論辯也好，追求自由的爭論也好，價值觀差異的衝突也好，這個社會太過龐大，卻也是我們自己的產物。就如小說《傷心咖啡店之歌》中的吉兒所以為的：社會是我們所創造，即使毀滅了，我們仍會再創出社會。個人與社會二者之間，說穿了就是個循環。看清這樣的關係之後，未來面對每一次的小說閱讀，其實我們都可以當作是再一次的自我反省，幫助我們再次思索自己與社會之間的關係，以避免迷失自我，而在這社會上失去定位而茫然度日。至於「心」的追尋，則又是另一個涵蓋更多領域且可以俟諸異日再行討論的課題了。

參考文獻

朱少麟（2005），《傷心咖啡店之歌》，臺北：九歌。

杜加斯（Kay Deaux）、威茨（L. S. Wrightsman）（1990），《當代社會心理學》（程實定譯），臺北：結構群。

李　牧（1990），《疏離的文學》，臺北：黎明。

青青我的寶貝（2011），〈疏離感的種類〉，網址：http://www.bamboo.hc.edu.tw/~amychen/advance/304/fp03.htm，點閱日期：2011.04.18。

阿雷克（Ronald V. Urick）（1986），《疏離感──個人問題？社會問題？》（沙亦群譯），臺北：巨流。

周慶華（2007），《語文教學方法》，臺北：里仁。

科　克（Philip Koch）（2004），《孤獨》（梁永安譯），臺北：立緒。

郁惠純等（2009），〈高孤寂感者之社會支持感知歷程的初探研究〉，《第二屆東、北臺灣心理系聯合研究成果發表會》，67，花蓮：東華大學臨床心理學系。

陳韻琳（2008），〈不確定的年代──《傷心咖啡店之歌》中的都會反文化〉，網址：http://Yife.fhl.het/Lulture/20081122/sadcoffee.htm，點閱日期：2010.10.11。

魏　蘭（Joanne Wieland-Burston）（1999），《孤獨世紀末》（宋偉航譯），臺北：立緒。

廣告文案的網絡化

黃梅欣
臺東大學語文教育研究所

摘　要

　　現今社會廣告普遍，廣告文案的運用更需要巧妙，文字著墨雖然越趨簡略，但文案的架構設定，是一種很特別的寫作模式，灌注創意使其推廣物有著鮮明的靈魂，才能產生與消費者的緊密互動。在現今多元社會，廣告文案所呈現的作用和影響，除了打動消費者的心，也相互影響文案創作者的思維，並經由多方的傳播管道行銷推廣，期使廣告文案能發揮最大效用，經過社會反映的消化後，消費者與社會大眾更反過來牽引著廣告文案的創作走向，使得廣告文案在內成外塑之下，更加多元面向的發展。在這些環節中，再思考回饋予文案創作的價值，及投入語文教育的可能性與運用途徑。

關鍵詞：廣告、廣告文案、創意、文案創作、語文教育

一、前言

　　「廣告」人人都知道，廣告是什麼？是電視節目中間所穿插的休息時間，讓我們能去上個廁所、拿個飲料，甚至轉轉臺的空檔？或是打著趣味的口號、推廣某項物品讓我們知道？以前可能大家都這麼打趣的說著，覺得廣告對我們的生活並沒有太大的影響，抱持著走馬看花的輕鬆心態，只是小小增添了我們看電視的樂趣，和日常溝通時候多了一份話題。

　　現在已經有許多人拿廣告當成看電視的主角，經常守在廣告前，分析討論廣告所說的字字句句，像是研究般的作出批判，甚至好像自己是審核文案的在位者，驚艷於文案企畫的高明，或是雞蛋裡挑骨頭般評論文案的低俗。近年來大家投入更多的注意力在廣告的文化影響上，但每個人仍覺得自己不受廣告所影響，認為廣告不會影響他們，但其實在很多的方面，我們忽然想起、或是莫名烙印在心裡面的，就是我們不以為意的小小廣告。所以廣告文案的撰寫，真的有它神奇的地方！

（一）廣告成形

　　廣告是一種具有宣傳性質的傳媒，透過影音或文字媒介，把商品或服務的信息有計畫的傳遞出去；尤其是商業資訊傳播，加強商品的流通，影響和改變市場的消費，最終目標就是擴大銷售，增加商品銷量。廣告的製作，一般經過以下階段（賴蘭香，2000：151）：

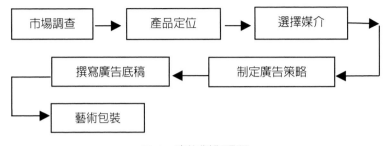

圖 1　廣告製作過程

資料來源：賴蘭香，2000：151。

　　隨著媒體資訊的發達，技術環境的進步與改善，廣告已經成為生活的一部分，製作手法也越來越高水準，出現許多讓人感動或拍案叫好的廣告；但倘若只有這樣，而無法使消費者採取廣告中期望的行動，並不是廣告製作的單純用意。不論是哪一種廣告，基本上都是一種有所目的而為的傳播活動，不是商業銷售、就是資訊推廣、概念灌輸，希望抓住接收者的心產生共鳴與有效溝通，最終採取行動。而外在市場也非完全一成不變，市場的動態會隨著時間與市場的競爭態勢轉換，除了對商品（推廣事物）基本的品質、屬性、功能有所了解外，有關商品市場的各類情報，如現有的產品種類、產品的 SWOT 分析（Strength 優勢、Weakness 劣勢、Opportunity 機會、Threatness 威脅）、生命週期、行銷網等都必須想辦法挖掘，並且想辦法找出更多產品本身的意義，透過廣告將這些意義表現出來。（蕭湘文，2002：50～51）

（二）研究動機

　　當我們外出時，搭乘大眾交通運輸，候車亭與月臺各處可見的各類廣告，正努力地吸引我們的目光；車廂內的廣告，正好陪我們打發坐車時光。當場景轉回街頭，各種動態、立體、平面的廣告，及隨處

可見的店家招牌和看板，以各種有創意的方式在召喚我們注意。廣告以各種不同的形式，出現在不同的地點，透過各種傳播媒體的運用，傳遞企業主（或廣告人）的訊息，進而對接受者的想法或者行為造成影響。（蕭富峰等，2010：32）精采成功的廣告，總是能讓人莞爾一笑，但卻沒有仔細想過它們為什麼可以這麼巧妙的將想法打入我們心裡，最多就是對於某些趣味或吸引人的口號，琅琅上口而已。

其實就在那些順口的標語或口號當中，或是某些固定的標誌、重複的音樂旋律，都把很多廣告的理念植入腦袋；甚至沒有特別意義的字詞，在我們透過廣告而輸入腦海中的同時，實際上就已經潛移默化我們對該廣告背後的聯想，不管是刺激消費、政令宣導、還是什麼文教服務的。但在大量、甚至盲目接收的時候，並沒有仔細去留意思考，這樣的廣告到底是怎麼做成？也許有人探討文案架構、或是了解廣告的行銷通路，但這些層面都似是交叉互動的，希望能有個健全的網絡架構，可以確實歸結出廣告文案到底從哪些層面影響了社會？它可以這麼淺顯卻又深入的影響我們、改變我們，那該怎麼去解讀？甚至可以怎麼被運用在語文教育，或其他途徑上？而不要只當一個眼花撩亂的門外漢。

（三）名詞解釋

1.廣告文案

中文「文案」在《辭海》中有兩種解釋：其一是「公文案卷」；另一解釋是「舊時衙署中草擬文牘、掌管檔案的幕僚」。這與現今同時以「文案」指廣告作品中的文案和文案創作者的情況似乎大抵相同。（Kcliu，2006a）而「廣告文案」來自於英文 advertising copy（或稱 copy），用來指稱每個廣告背後原始的架構創作，「COPY」也有抄寫的意思，而廣告文案著重創意新成，但也有相同的架構規則要遵守。而文案的撰稿人（或稱文案創作者），便稱為 copy writer。（Galaxy，2005）

2. 網絡化

「網絡」在辭典中有幾個相似的解釋，而中心的概念就是「各相關部門互相聯繫，密切配合的組織系統」（教育部重編國語辭典修訂本，1994）；倘若放在各種不同類型的關係中，網絡就是直接或間接地連接成類似蜘蛛網狀的結構模式。網絡化則是釐清該結構形成的緣由，以及過程之中的相互影響。「網絡」是交錯的結構，「化」是一種動態的詞，所以「網絡化」便是持續在架構、結合成新的網絡。如本文就在探討廣告文案創作與呈現的網絡化。

3. 廣告口號

又稱為廣告語、或廣告用語，英文為 slogan，就是我們常說的口號或標語的意思。在廣告設計中，為了加強訴求對象對品牌、企業、產品或服務等主打的印象而在廣告中長期、反復使用的簡短口號性語句。（Kcliu，2006a）

4. 標題

原本是 catchword，用在廣告創作後直接稱 catch，常是平面廣告文宣的開頭或重要位置，所以在文字廣告中或稱為 headline，是在每則廣告中最顯著位置以特別字體或特別語氣凸出表現的語句，為傳達最重要或最能引起訴求物件興趣的資訊（Kcliu，2006a），常為趣味語詞或字句。

5. 創意

這是我國廣告界最流行的常用詞，對於廣告文案創作來說也很重要；英語為 creativity，「創」是創新、「意」是想法，所以就是「創新的想法」。換句話說，是以前還不曾存在的想法。（蕭富峰等，2010：192）則廣告創意是介於廣告策畫與廣告表現製作之間的藝術構思活動。（Kcliu，2006b）

二、廣告文案現象

很多人會認為廣告和廣告文案是新生事物，而它卻它已有悠久的歷史。廣告作為一種資訊傳遞形式，在商品和商品交換最初產生時就出現了。只是由於受到經濟發展水準和人類傳播工具的制約，早期的廣告功能和形式都十分簡單而已。（Kcliu，2006a）現今社會的商品、消費已經琳瑯滿目，想要能獨樹一格連廣告宣傳都越來越發達；也因應社會傳播資源的進步，形式越來越多變，不只宣傳意味更強烈，更要爭奇鬥豔，而其中必有道理可說。

（一）廣告目的

廣告的最基本目的，就是喚起接受者的需要，使對方與欲連結的物品或事件，產生共鳴。最終目的當然不只是要他們注意，更會對推廣物發生興趣，而自己作出購買（或參與）的動作。文案的目的，是將商品的訊息或企業者的理念向消費者訴求，大部分以散文表達，將商品形容得盡善盡美。（渡也，1995：47）為文案作計畫，也就是為廣告本身作計畫，決定了廣告目的，同時擬定各種能有效達到目的的方案。

文案的使命是去形成動機與欲望，建立信任感，給消費者在眾多品牌中找一個一定要選擇某一品牌的理由。因此，廣告文案拒絕平庸，更忌諱抄襲。（Kcliu，2006a）廣告主要的功能在於，提供推廣物的辨識，使人更清楚的了解；提供相關資訊，刺激並吸引目標接受者（可能是觀眾或聽眾）能產生廣告主所期望的某種反應，作出行動反應且最好能長期愛戴！

（二）創意發想

如果你要做一則幽默的廣告，不要把好笑話和好創意搞混了。搞笑沒什麼不好，但是先要有趣，得要有創意。（路克・蘇立文〔Luke Sullivan〕，2000：179）廣告的企畫與設計，極重視「創意」；而商人、廣告人動詩人的腦筋，在近年來的廣告中屢見，十分可喜。（渡也，1995：48）例如「飲冰室茶集」，借用了梁啟超的書名改編。把飲品與文學接上線，飲用時所流露出的心緒也可以用詩文傳達；除了想賣飲料，更想拉近與文學人的距離！其宣傳主軸標題就打著：「我的心理住著一位詩人」，下面接「飲冰室茶集」，這也是創意的一種發想。也許讓文人因為同理心而想去購買，或許也讓自認沒有文學氣質的人，感覺喝了可以和詩人沾上邊，能夠唯美的流露出心中思緒。

> 昏黃的燈光，
> 照在冰冷空氣中，
> 迎著徐徐晚風，
> 凝視這遠方軌跡，
> 思念起，家鄉的景物
> 泛起淡淡的鄉愁……
> （轉引自 ricky-ye，2008）

「創造」有人認為是將舊有的一些材料、知識重新組合，強調創造並非無中生有、憑空而來的；相反的，有些人卻認為創造是一種「無中生有」的創新。（林璧王，2009：81）因此，我們可以簡單的將創意定義為「無中生有」的創造，以及重整相關材料，重新構思創造的「製造差異」兩種。「無中生有」指的是一種原創性、獨創姓，也包含靈光一閃、突發奇想的新奇想法或創造力（同上，81）；而「製造差異」也就是指並非完全的創新，只要能顯現「局部差異」的創新，而這一部分，向來有水平思考和逆向思考可以撐起創意的架構。如簡圖：

```
              ┌ 無中生有
      基進創新 ┤      ┌ 水平思考
              └ 製造差異 ┤
                         └ 逆向思考
```

圖2　基進創新思考圖

其中水平思考被視為像在挖水井，發現某處顯然已經挖不到水了，就趕快換地方挖。（周慶華，2010）例如有個小故事：

> 一名猶太商人積壓了一大批滯銷書，當他苦於不能出手時，一個主意冒了出來：給總統送一本。於是，三番五次向總統徵求意見。總統每天忙於政務，哪有時間與他糾纏，為了敷衍，便隨口而出：「這本書不錯。」於是商人便大作廣告：「現任總統愛書出售。」於是，這些書在短時間內，兜售一空。

> 才過了一陣子，這個商人又有賣不出去的書，他便又送了一本給總統。總統鑑於上次一句隨意的話，讓他發了大財。所以想奚落他，就說：「你這書糟糕透了。」商人聞之，依然是滿心歡喜。回去以後又作廣告：「現任總統討厭的書出售。」不少人出於好奇爭相搶購，書又兜售一空。

> 第三次，商人又將書送給總統，總統接受了前兩次教訓，便不予作答而將書棄之一旁，說了句：「我不下結論。」是想看看這名商人還能編出什麼來。沒想到商人離開後又大做廣告：「現任總統難以下結論的書，欲購從速。」居然又被一搶而空。總統哭笑不得，猶太商人大發其財。（王軍雲，2010：176～177）

猶太出版商借「總統」作廣告，有誰會不關注？而總統說的話，有誰會不感興趣？聰明的猶太商人在第一次無中生有，想到了「總統」這個活廣告牌，雖然總統有其他的變通想為難他，但他也針對所遇到的

狀況作水平思考的轉變。這也不失為一種廣告的創意，但可能沒有逆向思考來得更精妙！

　　逆向思考的創意是往反方向去做而顯現的。例如有人開便當店叫「黑店」，經營餐館招牌菜叫「最糟菜」或「隔夜菜」。（周慶華，2010）或像一般壽險業著重強調自己所提供的保障值得信賴，如國泰人壽以大樹為象徵；新光人壽以一把大傘呈現保障；有別於正面性的象徵表現，安泰人壽直接觸及消費者所以需要投保的關鍵──死亡，一系列的死神廣告獲得好評，主要因為該廣告以人們日常生活中可能遇到的危險為表現，「死神可能就在你身邊」的提醒隨著廣告的伏筆表現，引發消費者進一步的思維。此系列廣告以逆向性的思維，不怕用死亡觸及消費者的霉頭，有別於一般的創意思維。（蕭湘文，2002：127）

　　創意是廣告的靈魂，廣告創意是對廣告作家能力的挑戰，它要求廣告作家要思考而不能乞求於靈感，要遵循一定的創意原則。（Kcliu，2006c）一部作品所以具有獨創性，是因為它的每個方面都促成作品整體的內在秩序的形成作出了自己的貢獻。（周慶華，2004a：3）因此，我們不用侷限在特定思考，或必求「無中生有」，只要能找各種有趣的想法。如林內‧波林（Linus Pauling）所說：「找到好創意最好的辦法就是先有一大堆想法……剛開始會像在地毯上找麵包屑一樣困難。接下來就一籮筐一籮筐的來了，這時候先不要下判斷；不然就會截斷脈絡、節奏感和靈魂。先記下來，繼續往下。」（路克‧蘇立文，2000：104）只要能夠善用水平及逆向思考，必定迸發出更多創意的火花。

（三）文案架構

　　廣告文學和一般的文學不同，本身需要精簡俐落的詮釋和表達。廣告的存在，就是為了立即的互動，新出爐的好廣告馬上就會蓋過其他廣告的風采。要能創作出令人耳目一新，卻又能過目不忘、餘音繞樑的廣告文案，是很重要的一門學問。而在廣告的發展過程中，一代

一代文案人員的經驗積累下，廣告文案形成了以廣告語、標題、正文、隨文四個部分，分別傳達不同的資訊、發揮不同作用的資訊傳遞模式。（Kcliu，2006a）這一模式可以有效地提升資訊傳達效果，也提供文案寫作的基本思路，大致不脫這四個環節。

1.廣告語

代表品牌和銷售承諾，在廣告中長期反覆使用的簡短有力口號語，利於記憶、琅琅上口；在長期的發展中形成一定的風格，在寫文案時可以根據企業和品牌的特性以及廣告的內容，選擇不同的風格，有著畫龍點睛的作用。（Kcliu，2006a）即使廣告文宣改版，或是商品、推廣物有所改變，代表品牌精神的廣告語不會改變，會出現在平面廣告背景、下方品牌標誌處，或是口語廣告的最後，長期點出品牌核心理念，不斷加深觀眾的印象。

（1）撰寫重點

　　a. 力求簡潔，方便記憶及普遍流傳。

　　b. 單純明確，體現的觀念要單一精確。

　　c. 要避免時間和地域色彩，要能適應各種媒介的廣告使用。

　　（Kcliu，2006a）

（2）範例

戴比爾斯（De Beers）鑽石廣告：「A Diamand is Forever.」（鑽石恆久遠，一顆永流傳）還有什麼方式更能提醒男男女女贈送鑽石象徵的意義？這句話深切捕捉了鑽石的浪漫氣息與璀璨魅力，並將其轉化成永恆之愛的象徵。（史提夫・寇恩〔Steve Cone〕，2010：152）或是耐吉（Nike）聞名全球的「Just Do It.」（做，就對了）和同業對手愛迪達（Adidas）的「Impossible is Nothing.」（沒有不可能），更是讓人印象深刻，隨時都能琅琅上口，適用生活周圍大小瑣事。又或者是全國電子專賣店，大家都喜歡他們親切又貼近心聲的「全國電子，揪感心ㄟ」，這類標語都很契合平常生活用語，成為街頭巷尾的「名言」。

2. 標題

是每一廣告作品資訊、趣味和創意展現，作用在能於最短的時間內傳遞出最重要的資訊或者引起注意的字句。優秀的標題可以說是整個文案的靈魂，也是整篇文案創造力的凝聚點。（Kcliu，2006a）精妙的標題一針見血，能夠有效吸引讀者及傳達資訊當然在廣告中最明顯的位置或最大、最特別標示，在單則廣告中實為最重要的功臣。

（1）撰寫重點

　　a. 緊扣創意，準確的直指宣傳核心，並且要集中一點。

　　b. 避免平鋪直敘，應找出人意料的角度切入。（Kcliu，2006a）

　　c. 語言簡潔精短，專注展現推廣事物的特性。

（2）範例

福斯汽車（Volkswagen）的金龜車系列廣告：「Think Small.」（小才是王道）。用短短一句話完美定位了金龜車的產品特性。（史提夫・寇恩，2010：155）又如幾年前開始推廣的樂透彩曾經有過一句人人愛說的名言：「喜歡嗎？爸爸買給你！」都很能打動人心，誘發人們心裡的渴望和依賴。還有例如鑽石廣告其中一期主打「都是鑽石惹的禍」，或是聲寶（SAMPO）冷氣機某海報廣告，以戲劇性的圖搭配標題「蟎不住」（時報廣告獎執行委員會，2003：31），也很有吸睛效果。

　　「標題」與「廣告語」在廣告中的作用同等重要，但二者的本質迥異。長遠效果來看，廣告語的重要性無疑超過標題，它代表長期主要精神、意義；但就單一則廣告作品，尤其是平面作品，標題遠比廣告語重要，它是文案的關鍵點！是大多數平面廣告最重要的部分，它決定讀者讀不讀廣告內文的關鍵。（Kcliu，2006a）這是一般人較容易混淆不清的地方，但基本上，會讓你想起固定品牌或廣告單位的，就是它的 slogan（廣告語）；而每個廣告主打最有趣好玩的「重點句」，常引起我們對該廣告的注意與討論，那大概就是 catch（標題）。

3. 正文

廣告作品中承接標題，對廣告資訊進行展開完整的說明、對訴求物件進行深入說服的語言或文字內容，是廣告訴求的主體部分。出色的正文對於建立接受者的信任、令他們產生欲望，起關鍵性的作用。（Kcliu，2006a）標題抓住接受者目光後，正文等同追打一劑強心針，要能扣住主題再作重點渲染！可以有趣、可以幽默、只要能夠將宣傳或推廣的中心確實表達。在企業形象廣告中，訴求重點常常是企業的優勢或業績；在品牌形象廣告中，訴求重點集中於品牌特性；在產品廣告中，訴求重點集中於產品或服務的特性和對消費者的利益承諾；在促銷廣告中，訴求重點是更具體的優惠、贈品等資訊。（同上）

（1）撰寫重點

    a. 內容可長可短，需準確的提供推廣事物的特性，達到說服目的而不過於冗長贅述。

    b. 深入解釋，提供更多、更全面資訊使重點更能令人信服。情感內容也要展開，以增加感染力。

（2）範例

Motorola P7689 手機（施樂事達廣告）（時報廣告獎執行委員會，2003：66），廣告海報的正文就在說明手機功用，尤其該款主打的「答錄機」功能。運用「懷孕」的概念，斗大的手機照超音波圖遠遠的就引起好奇，配上它的標題文字「恭喜妳，你有了……一臺答錄機……」，更讓人覺得新奇好玩，手機竟然會懷孕？而近看想了解手機到底主打什麼功能，內容也是銜接懷孕話題，作了有趣的開端……

> 老實說，這種 CASE 我還是第一次碰到，MOTOROLA 這些科學家也真夠瘋狂，竟然讓 P7689 裡懷了一臺答錄機！以後，我只要用 P7689 聽取留言，就不必再透過系統語音信箱，不但省錢、更省麻煩；而且，我還能在對方留言時同時監聽，再決定我要不要

接。這麼優的科技結晶，光用想的怎麼會過癮？還是趕快去全省各大通訊行……（時報廣告獎執行委員會，2003：66）

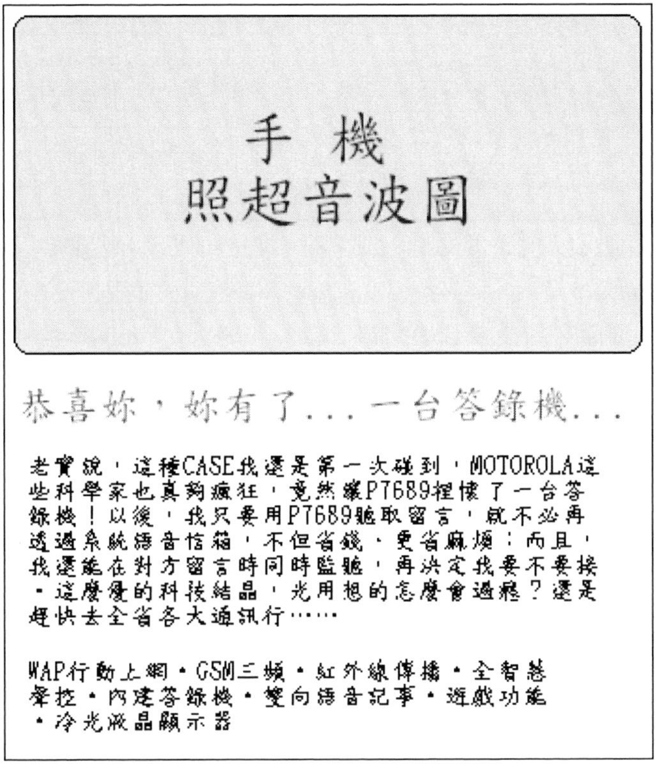

圖3　Motorola 手機廣告示意圖

資料來源：研究者參考自繪。

4. 隨文

又稱附文，是廣告中傳達購買產品或接受服務的方法等基本資訊，促進或者方便接收者採取行動的語言或文字。一般出現在影視廣告的結

尾或印刷品的最邊角，但是它不是可有可無，它是正文的補充，是廣告訴求的最後推動。（Kcliu，2006a）例如上一則廣告中，放在最後再強化說明其他功能的敘述，也許不是主打或其他手機也有其中的功能，但集結這些良好的功能於一身，更是在補強廣告商品的優良特點。如：

> WAP 行動上網．GSM 三頻．紅外線傳播．全智慧聲控．內建答錄機．雙向語音記事．遊戲功能．冷光液晶顯示器。（時報廣告獎執行委員會，2003：66）

　　成功吸引人的廣告文案，要能簡短有力，瞬間引發迴響，被大眾所理解易懂。當然，更必須要富有創意。並注意文案是否命中目標對象，不同的溝通對象有不同的溝通策略，可分男女、不同年齡、學生、上班族、家庭主婦……評估過後考慮主打的方向，而且目標對象及社會的接受程度，也會反過來影響廣告文案的創作走向。這部分於後面文案分類、及創作背景處將作相關說明。

（四）廣告的圖文關係

　　廣告乃是集體的創作，文案本身應和其他要素，如畫面（攝影或繪畫）配合，形成整體的美（渡也，1995：49），撰寫文案的人員必須考慮這些實際問題。每當廣告中出現了精神價值或宗教的圖像時，它的作用便是將它們正當化，以便向我們推銷東西。（基爾孟〔Jean Kilbourne〕，2008：80）廣告將我們的神聖符號與語言連結在一起，以便激起我們立即的情緒反應。文字的存在固然重要，佐以圖像配合，更能迸發出強烈的效果。

　　一般來說，在圖文配合的關係中，可以分為四種模式，常見的「互證模式」與「互釋模式」，還有較為少見的「互補模式」，以及「互斥模式」。這些刻意製造出的圖文效果，都有不一樣的吸睛所在。以下列點說明：

1. 互證模式

就是指圖文二者相互印證需求。在圖文互計的關係中，有一個最明顯的判斷方式，是圖畫與文字的扣合程度。也就是檢視圖畫是否將文字中所提到的元素表現出來？（陳意爭，2008：102）廣告中引人注目的文字需要簡短，倘若能同時搭配視覺圖像所呈現出的相同概念，除了圖片直接吸引人之外，跟主打的標題更是有加乘效果！例如Volkswagen（福斯）的金龜車，主打時當然強調車子的小，也說出訊息接受者就是想買小車的意圖，所以一般汽車廣告總將車體放大，尤其在那個車子大就是性能好的年代，其他主打的總是大與舒適，但為了配合其特殊賣點，海報上標題直接寫著「Think Small」二字，上面的小車也要跟著「small」，只佔了海報的八分之一大小！聲寶（SAMPO）冷氣機海報廣告（時報廣告獎執行委員會，2003：31），用戲劇方式畫出蟎正要搬離（或像是逃離）海報圖畫中那個地方，標題命為「蟎不住」，也是簡單又明瞭的圖文互證。

2. 互釋模式

所謂「互釋」，是依讀者的解釋觀感對圖、文二者的詮釋來分辨（陳意爭，2008：135），這種表現形式關係到創作者或接受者對於圖與文的相互詮釋，將文字及圖像的意義串聯起來。在 ERICSSON（易利信）電池回收廣告中（時報廣告獎執行委員會，2003：13），配合半公益的宣導，標題點明「回收是一種美德」，將手機設計成印刷版，使它可以像廢紙、鋁罐等回收般的動作，用以推廣電子產品、手機廢電池也可以回收的；倘若沒有配上文字，只流於一般回收的圖象罷了。而推廣婚育的廣告中，充滿了一堆小孩子可愛模樣及歡樂笑聲，這樣的影像再配上廣告唯一的口白文字：「有孩子的家，就像天天在開同樂會。」影片固然表現出很美好的感受，但倘若沒有加上文字說明，無法馬上連結到想表達的婚育概念。像這樣的廣告便是以具象的文字解讀抽象

的圖畫，沒有文字就失去完整的意義（陳意爭，2008：155），但圖文二者的存在都有相當的重要性。

3. 互補模式

互補就是「互相補充」，這是依圖文二者相互影響後所能衍生的意義來分辨。其中也涉及到創作者、作品及接受者三者彼此間的關聯。但與「互釋模式」不同的，這一類模式作品中，以第一眼印象來觀看，其中的圖畫與文字不見得完全相關，但是透過讀者對圖、文二者所傳遞訊息的重新組合，卻能彼此激盪並引發新的意涵。（陳意爭，2008：175）例如杜蕾斯（Durex）保險套廣告，只簡單在海報中央畫上一個嬰兒座椅，配上標價，下方自己的品牌圖像處，也標上一個價錢，單看海報主題的座椅標價，實在無法聯想是要宣傳什麼？細看後才發現，兒童安全座椅的價位是下方保險套的一百倍！經過思考後，相信大家就能意會廣告的主打方向了。另外，國外一則推廣核電的廣告中（邱玉容，1995：26），上半部只出現一個針筒寫著「FOREIGN OIL」，在看到的瞬間無法會意什麼；配上中間副標題寫著「JUST SAY NO.」，圖文搭配才能作結合；要向外國石油說不。但即使配上圖文，還是沒有直接說出「倚靠自己能源」的宣導主意，這都是要我們經過組合思考才能真正理解的意涵。

4. 互斥模式

簡單來說就是「互相排斥」，一般會利用文字強調、圖像渲染的方式直接強化廣告所傳達的意念，但有些文案則設計反向的感官認知落差，刺激人們對於整個廣告的好奇或蠢蠢欲動的心態，誘惑著自己對某項物品（商品）的渴望，繼續查看廣告的發展脈絡。如美國保護大自然協會的宣導（邱玉容，1995：68），雖不是商業廣告，但是利用整篇近半畫面的野生特殊種鴨子圖片，卻凸顯出上方的斗大標題，說出：「NOW DISAPPEARING AT A LOCATION NEAR YOU.」（這正從你的身邊消失），這樣驚駭的效果，更誘惑讀者往下探索，細究廣告內容所

要傳達的宗旨，更提醒讀者稀有動植物生態正從我們身邊消失的急迫性與嚴重性。

（五）文案呈現效果

觀看廣告的人，年齡層廣涵。因此，文案創作者必須考慮：如果文案深奧難懂，則失去效果，應力求淺白，使可讀性提高；但也不能完全背離文學技巧，否則就會流於低俗，或引發社會大眾誤解。而為了在流行與賣弄文學間取得中庸，讓人有喜歡、驚嘆、又不流於俗氣的感覺，整個廣告文案的布局自然必須加以琢磨。

1. 趣味與雙關

廣告創意所謂獨創性原則，是指廣告創意中不能因循守舊、墨守陳規，而要勇於或善於標新立異、獨闢蹊徑，製造出人意表的趣味，甚至在訊息接收者繼續閱讀瀏覽時，發出會心一笑。這類廣告帶有幽默趣味、詼諧調侃、或製造引人興趣的雙關音義和字詞，具有最大強度的心理突破效果，往往更能在廣告接收者的腦海中餘音裊裊，使他們對推廣物充滿渴望。不管是趣味性或雙關技巧，有與眾不同的新奇感就能引人注目，其鮮明的魅力便會觸發人們強烈的興趣，而能夠在接收者腦海中留下更深刻的印象，長久地被記憶，更能達成廣告的目的。

例如，數年前「Qoo」（酷兒果汁），就是用「cool」的意義取其諧音，製造流行趣味；除了可愛的角色拉近與孩童的距離，廣告歌曲更是許多人琅琅上口的可愛唸謠；歐蕾（Olay）化妝品廣告：「我是你高中老師！」竟然可以用來讚美女人保持得很年輕（曹銘宗，1995：32），這兩個廣告都是已經有一段時間距離了，可是大家卻還依然熟悉記得廣告詞。而舒適牌刮鬍刀（男人的刀系列）的經典廣告主標語：「要刮別人的鬍子，先把自己的刮乾淨。」不但與產品十分貼切，雙關語的聯想，更讓人叫絕，非常成功。（同上，56）直到現在，還是會在日常

生活中聽到有人這樣在訓別人話呢！甚至前幾年的總統大選，有民眾自拍創意影片，敘述還沒選新總統前的生活，連接到最後要去看棒球賽，最後說：「這一次，讓我們好好的投……」用「投球」雙關「投票」，也很有創思。

2. 營造信賴感

廣告不在於它創造了人為的歸屬感與需要，而是它利用我們真正的人性慾望。廣告在某種程度上，比我們還了解自己，它們也運用這些知識反過來利用了我們。（基爾孟，2008：92）這些廣告將我們的需要與產品結合起來，信誓旦旦的保證這些東西將帶給我們一些利益、好處，提供我們與產品之間的關係。透過廣告，我們找到商業的崇拜根源，例如：買下這件東西便能得救、非君莫屬、關懷無微不至、一切都交到我們手中、我們最關心您、信任我們……都是有救贖大眾的宣導。如：「信任，帶來新幸福」的信義房屋；紐約人壽的「傳家之『保』」；甚至被拿來開玩笑的「全家就是你家」等等。

再如 1998 年萬事達卡的系列廣告，其廣告語長久的烙印在人們的心裡：「萬事皆可達，唯有情無價」，訴求重點為「有些東西錢永遠買不到，除此之外，萬事達卡為您達成」。將無形的情感和值錢的活動串連在一起。廣告片中一對父子在棒球場上，任何與比賽相關的東西都被貼上一元的標籤，門票一元、點心一元和親筆簽名棒球各一元，但「和十一歲兒子真心對話」是無價的。（基爾孟，2008：92～93）藉此除了表示親子感情高貴無價，其餘有價錢的東西，萬事達卡都可以協助達成，幫忙解決，徹底的營造出除了情感，其他無所不能的形象，想抓緊卡友顧客的心。

3. 審美消費

上述兩項都是文案構思中，圖像或文字給予閱聽者的心動感受，但在廣告之中，其實有些並不需要經過特意的包裝或修飾，單純是廣

告物本身給予人美好喜悅的感受，因此產生消費的念頭與行動。例如最明顯的案例，美國的 Apple 大廠（蘋果牌），不管是電腦、i-pod（一款 MP3），還是到現在的 i-phone（手機）、i-pad（平板電腦），除了現在因為競爭及盜仿激烈，才開始有了多一些的宣傳廣告；否則在之前，Apple 的相關產品幾乎很少在作行銷宣傳，就已經吸引了許多朝聖者，甚至定期追求新的 Apple 產品，自封「蘋果迷」。每個人購買、喜愛的原因可能有很多，但基本上它的專屬功能及亮麗有型的外型，不需要多作廣告，大家就是衝著 Apple 產品而瘋狂。即使現在推出新產品有作上市的廣告，但也不需要任何有趣或特殊的宣傳效果，只要展示出產品本身，帶有「蘋果標記」，大概就會形成一股瘋狂熱潮了。這就是完全以產品本身為主的審美消費。

三、文案五花八門

現今廣告已經成為社會溝通的一個有力角色，對經濟與社會的影響與日俱增。除了傳遞商品資訊外，也是經濟體系和社會文化的重要傳播工具。廣告的類型是相當多樣的，在選擇與運用上，企業主或廣告主依據其行銷策略或是推廣方向，來判斷溝通的目標對象、環境地點、及傳播媒體類型等。廣告文案的分類，簡略的先以功能方向來區分。如下：

（一）商業性質

常見的 commercial advertising，以獲利為前提，推廣產品、服務或觀念。（蕭富峰等，2010：50）這是我們對「廣告」最普遍的認知，也是最常出現的廣告類型。一般出現在大眾媒體上的廣告等，通常屬於這個類型，廣告中會有明確的產品或服務的廣告主名稱。（同上，43）且用來推廣產品或服務、銷售所使用的廣告，其目的在激發消費者的

行動或建立品牌本身的知名度。而提升知名度除了放送自己的產品廣
告以外，迎合現今社會多元文化的腳步，在各種影音媒體管道都可以
互利的置入宣傳。因此，可以分為直接和間接兩種討論：

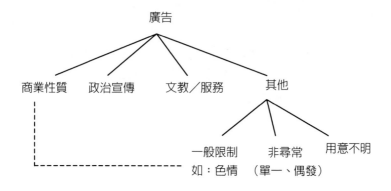

圖 4　廣告文案性質分類圖

1. 直接廣告

　　就是我們一般最常見的廣告，主要推廣其廠商（廣告主）的產品
或其他可獲利的服務，同時可能提供有關價格、服務資訊、與商品或
業主本身相關的資訊；另一方面也不能忽略兼顧廠商、企業形象的傳
遞。而這類商業廣告最關心的是實際獲利，因此能引發消費者直接行
動的廣告，是最重要也最常見的模式。

　　任何我們所見的銷售廣告與宣傳，不管在平面或是什麼類型的傳
播媒體出現，都屬於這類的直接宣傳廣告。如大金（DAIKIN）冷氣
機的廣告「用大金，省大金」及味丹礦泉水廣告「多喝水沒事，沒事
多喝水」，直接用廣告語點出自家產品，強烈主打。或如同先前裕隆汽
車的某一車款 M'car，利用歌手輕快可愛的廣告歌「卡通人生」，讓人
琅琅上口、容易熟記，並配合歌手宣傳；這首歌更是不斷放送，流傳
在大街小巷都會哼這首歌，除了歌曲中直接注入 M'car 的名稱（音同

my car），想要帶給購買者「擁有自己車子」的概念，M'car 這款車的名號和意涵也跟著打響！

2. 間接置入

除了上述普遍的廣告手法，這一項間接廣告的案例，我們常聽到稱為「置入性行銷」（或稱為隱藏式廣告）；因為現今社會媒體發達，所以也甚為普及。需要廣告宣傳的業主，與其他可以予以宣傳協助的相關廠商，相互配合、各取所需，將雙方的彼此利益都提升。例如電影或電視劇的金錢贊助，換取在片中更多亮眼的機會；演員通常會使用某種牌子的產品，或是在舉辦各種活動時所需的支援與協助，也會在活動場所看到贊助商業主的公司單位或商品宣傳……也是不勝枚舉。

像是許多廠牌的車子及手機，都會出資贊助電影戲劇、偶像劇的拍攝，有時甚至不需要金錢援助，只要全程贊助該公司車款或功能手機，方便戲劇進行拍攝，即使有意無意間展示一下廠牌，對於品牌企業來說，就是開拓另一個廣告宣傳的環境！一個很明顯的例子，法國電影總愛用自己國家廠牌的車子，我們所熟知的電影《終極殺陣》系列，真正的主角其實就是法國名車「寶獅」（PEUGEOT）本身。電影《終極殺陣》（Taxi 1），以法國寶獅 406 作道具車，影片中一輛寶獅 406 的計程車，在舊金山的坡道上飛馳追逐，把它的性能發揮得淋漓盡致。這部電影的情節就完全著重在這款寶獅 406 的計程車身上，它以時速兩百零八公里的高速追逐歹徒，撞毀一百一十輛車子，仍能達成任務。車廠免費為電影公司提供道具車；而電影的大銀幕，也為汽車作了最好的宣傳，觀眾透過電影情節，可以充分認識寶獅 406 的特色。（趙惠群，1998）除了電影本身有很大的吸引力，不管導演或故事情節，最重要的一部分，也是大家已經了解這個電影系列都以寶獅車款作主打，因此也托車子的福，有廣大的觀眾客群是寶獅車迷，而電影也以此為號召

手法：「身為車迷的您，是否也因 Taxi Ⅱ 的即將上映而開始心跳加速了？」、「想感受新世代寶獅汽車速度感的影迷可別錯過這次『戲院飆車』的機會！」（張明玄，2000）這正是電影業與汽車業行銷整合的最佳示範。

（二）政治宣傳

廣告是一種傳播，廣告運用大眾傳播工具進行非個人的溝通，目的在將廣告主的訊息傳遞給目標閱聽眾。（蕭富峰等，2010：54）所以即使是政府機關想要推廣更多政令，或與政治、選舉相關的議題，都希望透過越多的傳媒流通，收到越多的效果。除了與一般廣告相同，需購買媒體版面（廣告篇幅或電視時段），「以新聞體撰稿推銷政策與績效」，以及置入性宣傳「在本土戲劇內，安排民代、地方官現身，並將政府政策安排入對話」。（王家俊，2009）另外，政令宣傳在解嚴前曾有制定《電影法》，規定電影業者在放映影片之前，需無償播放 3 至 5 分鐘不等的政令宣導短片，例如以前進場看電影時的開頭，總是會有兩三個廣告，不是出現陸委會主委一人分飾多角讚美勞保年金的好處，就是向民眾說明兩岸的政策現況，承諾做好「把關者」的角色，透過宣傳廣告向民眾傳達當局積極推動政策的努力。這些相信多數愛看電影的人都還有印象；不過新聞局正在進行修正這個實施 26 年的電影法，為回歸市場機制，以後想要在電影院播放政令宣導可以，但是要先給錢。（新聞大字報，2009）就像一般廣告那樣。

除了上述所說的電影前強制宣傳，在一般的廣告中，有關政治的宣傳可分為兩種：一種是政府策略或相關人民議題的政令宣導。例如稅務申報、防疫健康、環保……等，必須讓人民知曉或重複強調的概念。除了運用廣告原則，抓出關鍵宣傳文句，像是 2010 年內政部兒童局鼓勵婚育的宣導口號：「有孩子的家，（就像）天天都在開同樂會」；

另外有些可能生硬死板的宣導內容，更用各種不同的表現方式，增進閱聽者的吸收意願。如 2009 年綜合所得稅申報，廣告利用可愛動畫，講解完後結論「憑證報稅 e 點通，節省時間真輕鬆」，正是積極推廣網路上憑證報稅的時候；還請各領域名人代言，宣導繳稅方便，每個廣告重複：「優服務・好生活，愛上我的 E 政府」。而不僅請真正的名人代言，連布袋戲名人（素還真）都是協助推廣的好幫手，H1N1 新流感大爆發期間，由他們說出：「江湖一點訣，健康最價值」（臺語）、或是好形象的藝人桂綸美：「一起為健康把關」，好像更能親切的關心民眾，我們就更有意願配合。

　　另一種則是純政治的政黨人物理念宣揚，通常是在選舉的前後。選舉前需要狂打執政理念，越能打動人心越好。例如 2008 年總統大選，有主打溫馨路線，利用看球賽的情境，說出：「讓我們好好的投」，不只雙關，更想貼近民眾生活；還有廣告中各縣市的首長代表，輪流說出「準備好了！」這種正向肯定的號召語，配合氣勢磅礴的畫面和背景音樂，還被譽為最有水準的選舉廣告。（這裡所述為廣告人的創意呈現，姑且不論政治色彩）每個人說出的口號，前後都不離宣傳主軸，「改變、準備好了」，強烈的打出核心理念。因為簡單上口的宣傳語，最容易被牢記，最適合各種媒體場合，所以在民選已經行之有年的美國，甚至幫歷屆總統選舉票選列出好壞的政治廣告標語，如小羅斯福（1932 年）：「Happy Days Are Here Again.」（幸福日子又回來了），及雷根競選連任（1984 年）：「It's Morning Again in America.」（美國又見黎明），是屬於水準以上的政治口號！（轉引自史提夫・寇恩，2010：75、84）另外，今年剛推出的蔡英文競選廣告，主打「非核家園」，都是想接近群眾內心渴望，又搭上時下的流行話題列車，並巧妙的可以置入多數傳媒，電視、廣播、海報、甚至口語哼唱。只能說現今社會的創意發達，連給人強硬感受的政治宣言，越發創意走向，無形中就能灌輸我們思想，減輕民眾對政治話題的反感。

（三）文教／服務

　　此類型為非利益導向的教育性質或公益服務等相關宣導廣告。多由慈善團體、非營利機構、市民團體、宗教或政治團體，所贊助或上述團體自行製作的 noncommercial advertising（非商業廣告）。一般偏向「觀念廣告」（idea advertising），主要是在鼓吹對社會大眾福祉有關的社會議題或觀念。如環保、酒後不開車、家庭暴力防治，都是近年來運用廣告進行訴求的議題。（蕭富峰等，2010：51）尤其現在很重視教育相關的話題，更要積極消弭受教權的落差，不只許多企業機構或政府部門，都努力的想顯現對於教育的熱誠，例如心路文教基金會的廣告，希望社會大眾能一起關注兒童啟蒙療育，援助接受療育的兒童也能學習成長，「心心相惜，路上需要你」藉以感動視聽者。另有臺灣公益廣告協會所拍攝的兩則相似廣告：一句「這題你不是練好幾遍／笨得喔」，一樣的文字重新排列，變成「你不笨／是這題得練好幾遍喔」，簡單的文字、簡單的文案構思，卻非常清楚明白讓人了解對孩童的教育態度，「態度改變，孩子的人生也會跟著改變」；而在日本也有流傳世界的教育廣告，老師請學生畫出心裡想到的東西，自閉症學生卻畫滿黑色並不斷討紙作畫，師長與專家都問不出其畫作的答案，該生只是加快其作畫腳步，直到老師與護士發現了「拼圖」，以這樣的想法終於拼湊出學生的畫作——一隻大鯨魚！片尾只簡短秀出影片概念：「How can you encourage a child? Use your imagination.」，這兩個廣告都是以簡單的敘述大大震撼了我們！

　　隨著社會外在環境的改變，企業團體的廣告除了推銷，也擴大到塑造企業的公益形象；越來越多商業團體也成立相關基金會，協助推廣非關銷售營利的公益服務等宣揚，用以凸顯企業界也在整體社會有著應盡的一份職責，更能扣緊民生、拉近與社會大眾的距離。也是想減輕社會對企業總只有「利益為上」的半負面觀感。譬如 TVBS 創立

的「TVBS 關懷臺灣文教基金會」，請來名人羅志祥代言，「上學是舞臺，上學是未來」邀請民眾關心、付出。或是我們很常聽說的「董氏基金會」，多以推廣戒菸為主（其他相關公益宣傳也有），2010 年便先後找藝人蔡依林、周杰倫代言「Quit&Win 戒菸就贏」、「不吸菸，做自己，我挺你」；這都是公益團體或是企業機構為了社會文教環境，所推行的教育概念或服務性質的宣傳廣告。其實公益廣告本身也是一種企業形象廣告，只不過有時必須與其經營理念契合，而有時只是純關心、純回饋，別無他意。（楊梨鶴，1998：245）

（四）其他

資訊產業發達讓每個人都能經由許多管道接觸到任何廣告，只要它置入傳播媒體的管道，而且帶給我們許多不能控制的影響。不論哪一種廣告，基本上都是一種有所目的而為的傳播活動；廣告創意的主要目的，不僅是讓廣告能更有效的溝通、吸引消費者的目光，更希望能抓住消費者的心而有消費慾望與行為，這也正是廣告主關切銷售業績的關鍵，也是廣告人致力達成的目標。（蕭湘文，2002：9）而從上述的幾項廣告分類中，還是有些無法單純的放置在其中，可能是綜合、可能有其他考量，這裡再作幾項簡易的說明：

1. 一般公眾媒體限制

廣告的目的與最需要的部分，就是能廣泛地在媒體放送，尤其現今媒體科技先進，在整體社會幾乎無孔不入，這樣的效益很好，但是也有人人可探見、難以管制的後果。而且公開在整個社會中，更要考慮心智尚未成熟的年齡限制，以及我們華人文化的觀念；所以為了維持社會風氣，避免造成不良的負面示範，必須要篩選可能帶有爭議或不良觀感的資訊，最直接項目就是「色情廣告」了！色情經營在我們的文化中本來就屬於不便公開、甚至違法的範疇；這一部分即使合法

通過有關單位的核准，也因上述原因而有其限定的時段及媒體位置，並且不能夠在一般大眾可接觸的環境中，例如戶外宣傳、看板廣告……等，或電視頻道必須在夜間 11 點鐘後才可「有法令限制的」播放。連帶的，相關保險套或講明壯陽效果的廣告同樣一出現就遭受拒播。

除了本身為直接色情的廣告，還有不少精采巧妙的廣告因為其他因素受到限制，而無法呈現在大眾眼前；廣告表現手法是創意概念的視覺呈現方式，但如果創意沾染上可能有不良觀感或負面示範的爭議，無法「老少咸宜」，也就不能在一般公開的媒體資源放送。例如香港一個富有創意的洗髮精廣告，一對男女約會相看，男生撫摸女生的頭髮想靠近親吻她，卻因為頭髮過於柔順而手滑到胸部上停住，用來強調該洗髮精真的非常滋潤滑順。由於動作有不良示範的疑慮，再怎麼有創意的廣告也必須刪除，避免為人詬病；畢竟廣告出現的所在是不分年齡層侷限的，更要為心智及價值觀尚未成熟的視聽觀眾作考量。臺灣也有沐浴乳廣告無法播出，並非只因為穿著太少為由，而是廣告中女子家的蓮蓬頭故障無法淋浴，結果卻到停車場破壞灑水系統，赤裸的在停車場淋浴；該牌沐浴乳就主打「失控的 Feeling」（菲玲）。這已經不只是未成年不得觀賞，而是極度容易誤導其行為是正確的，恐怕會引起錯誤的模仿，因此予以限制。這就是廣告文案所要考量的社會層面。

2. 非尋常的偶發事件

廣告文案通常針對所要傳達的物品或概念為中心，有著普遍性；另外有些文案是針對單一特定原因，所製作的特殊事件廣告，其背景多為特殊情況發生所引導，且有著較為明確的時效性，固定的時間一過，極少見於廣告版面中。（雖然現今媒體科技發達，許多廣告資訊依然能在網路或資料庫中被尋獲）。例如，2006 年龍璽平面廣告獎，拍攝古裝情節的戲劇畫面，演出古代女性扮男裝卻無法掩蓋其凸出胸腺，想盡辦法「平胸」卻無計可施的故事尾端，結論只有「平

面不易弄」五個大字，卻傳神又確實的讚揚這個平面廣告獎的偉大精神！

至於針對單一特殊事件的非尋常廣告，最具代表性的作品便是921地震後，為感謝世界各國對於臺灣的重建協助，所製作的答謝廣告。片中為了詮釋地震造成的慘烈損傷，不用呈現斷壁殘垣的實景，利用小孩最喜愛的積木；原本蓋成許多形式房屋的積木群，在搖動中倒塌，一名小孩（代表臺灣）正在重建積木群，隨著出現不少各種國籍的小孩，大家都很努力的一起重蓋積木，背景配以輕柔的鋼琴聲，唯一的文字只有感謝世界各國幫助臺灣，卻簡單明瞭的傳達出真心謝意，及故事背景與原因。雖然此廣告是發送於國外，臺灣並沒有正式播放，但還是展現切合主題的廣告創意。又如時下最流行的話題，「寧裸不核」（Rather Nude Than Nuke），以裸體行動表示反核概念，也是針對推翻核電廠設立的宣傳廣告，這也是鎖定特殊事件所做的，有其時效性或熱門效度的非尋常廣告（即使反核污染的話題總是一直存在）。

3. 用意不明

此類廣告的最重要特點就是：連廣告內容（或影片）都讓視聽眾覺得不知所云！可能本身是個超現實或偏向所謂的「意識流」這種藝術層面。這種「高層次」的表現手法，就連內容情節本身都迷離複雜，也許連藝術家都要自我解讀，不能完全理解原創者的真實用意。最被人討論以及印象深刻的案例，就是早年的「司迪麥」口香糖系列廣告。口味分了很多種顏色，不同顏色利用不同意象的廣告呈現；例如橘色司迪麥：拍攝小孩們一直被打手心，沒說明前後原因，片中只有兩句話，一句：「請問校長，什麼護手霜最好用？」然後結尾是小孩叛逆的臉嚼著口香糖：「橘色司迪麥。」讓人有種丈二金剛摸不著頭腦的感覺。或是即使自以為稍微看懂了廣告所表現的意涵，卻還是無法與廣告的宣傳商品或推廣概念作確切的連結，如司迪麥系列的綠色，整個廣告短片都在噴香水，

最後只拿出綠色司迪麥來展示。韓國近年也有一支造成轟動的礦泉水廣告，利用短劇演出，男女之間因為貧窮的不快樂，間接引起了誤會，導致感情走向終點；雖然大家可以解讀出，貧窮沒有麵包的愛情，是沒有基礎不可能長久的，這也是在當地甚至傳到國外都很熱烈討論的原因，但其實從頭到尾都很難與廣告主打的礦泉水作直接結合。這些讓人又驚喜又訝異的廣告，雖然流於用意不明，但也因為夠奇特，引起很大的迴響，讓越多人討論及留意，這樣的廣告還是算成功達到吸睛的目的了。

不論廣告採用何種表現形式，最好能將消費者帶進廣告表現的情境中，使消費者產生溝通的參與感，進而影響消費動機，並且對品牌產生正面的情感與記憶，以達成廣告所希望達到的效益。（蕭湘文，2002：10）利用各種有趣或獨特、甚至誇張的呈現方式，越能引起話題性的廣告，再配上本身的文案也要能紮實的切合宣傳主軸，這樣的廣告不只可以成功植入人心，甚至能帶動社會思想及趨勢。

四、文案創作背景

寫廣告文案前，首先要找出你的目標群在哪哩，東西要賣給誰？因為年齡、教育、生活型態的不同，對產品認知的角度也不同，例如賣給販夫走卒的東西和賣給大老闆的東西，廣告手法絕對不同。（楊梨鶴，1998：91）好的廣告文案應建立在對產品及產品內涵深刻了解的基礎上，包括產品性能、或服務的優勢、與競爭對手的不同、對目標群體的需求喜好、市場動態等等，在這樣的基礎上，整合獨特賣點，重點明確後，運用文字組合及版面設計，以抓住目標客的目光。（blog ad，2007）

廣告文案拒絕平庸，更忌諱抄襲。而文案寫作也不是純粹的文字工作；文案創作者更不是純粹的文字工作者，不僅需要有嚴謹的思維、開闊的知識、嫻熟的寫作技巧，以及能駕馭各種文體和多種語言風格

的能力，還需要豐富的創造力和創造精神。（Kcliu，2006a）除了文案創作者本身必定要能操控文案的生成，幕後的廣告公司或廣告主也引導著廣告的方向；廣告訊息接收者（消費者）在文案創作中默默卻又更強烈的影響廣告的呈現。因此，這裡就這三項可能的創作背景予以討論。

（一）文案創作者

思考文案創作的過程中總是有與自己創作理想該注意的重要概念。創作者應準確把握自己所要解決的問題，也就是到底要寫什麼樣的文案，達成什麼樣的目標，幫助塑造什麼樣的品牌形象，採用什麼樣的訴求策略，以什麼樣的風格傳達哪些資訊等等。除了從周遭找尋所要的目標視聽眾，觀察他們的生活加以整理描繪外，另外還有一點就是對「人性」要有一番透徹的了解。廣告是做給「人」看的，廣告要深入人心，才能引起共鳴。（楊梨鶴，1998：97）因此，身為廣告文案創作人員，總要有敏銳的觀察力與創造思考，才能文思泉湧、天馬行空。此外，目標群明確的各種雜誌，也是創意人員研讀的對象，也許可以從中發現除了追名利、名牌之外，現在的女人、男人到底需要什麼？在想什麼？現在的青少年、流行語已進展到什麼樣子……太多太多的「目標群」問題可供作創意的素材與參考，是文案工作者每天必修的課程。（同上，101）

由於要撐起的創意架構其實很龐大，雖然廣告文案創作就是要能思考得很大量、甚至要能思路新穎不落人後，時時刻刻要從自身或生活周遭環境汲取對各種目標的透視解析，才能不管什麼題材，都創造出切合主軸、創新的手法、讓人感到耳目一新的效果（也許是切實的感受）。文案的寫作過程必然經過「山重水複疑無路」的過程，遇到這種情況千萬不能灰心，思考看似進入停滯階段，此時有必要放鬆自己，尋求新鮮事物刺激一下想像力。並且不要以為靈感是突然迸發，其實

是層層積累的過程，必須從生活中汲取獲得。而單靠靈感不必然帶來好的作品，需要經過檢驗才能落實於作品呈現。

廣告文案的威力當然要借重訴求方法才得以實現。訴求方法和技巧可以有很多種，但是並無好壞之分，全在於廣告文案創作者如何去運用，運用的是否得當！在文案的寫作過程中，需要針對不同的產品、不同的訴求物件，運用不同的廣告訴求手法。在不斷尋找有效的說服途徑的過程中，針對消費者認知和情感投入的差異，廣告發展出理性、感性和情理結合三種最主要的訴求手法。廣告使用的手法應該視消費者在消費購買不同的產品時理性和情感投入程度而定。理性訴求主要用以表達消費者對產品或服務的實用、功能的需求，如吃飽、穿暖、耐用等；感性訴求則主要用以表達消費者對產品或服務的心理、社會或象徵的需求，比如愛、快樂、愉悅舒適、尊敬……等。（蕭富峰等，2010：218）並且斟酌廣告的類型與目標接收群等上述因素，考量利益的輕重比率，選擇情感或理性訴求、或是結合二者方法（基本上，理性與感性訴求並非絕對的二分法，其中反而存在著許多混搭的可能性。事實上，多數的表現手法都是混搭）。更要顧慮消費者、訊息接收者的內心思想，即使是用自我出發的角度，但要轉換成接收者的角度，去揣測思考廣告的可行度、文案企畫的流暢及吸引力，都是在創作廣告時，必須反覆、深深思量過的要點。

（二）廣告主／廣告商

廣告是溝通與推銷的結合體，愈是面對普羅大眾的商品，愈需要深入了解當地風俗文化及風土人情。（李雪廬，2010：205）而廣告主及廣告公司本身因停留在非真正創作文案者的面向，也不是目標接受訊息者的角度；介於中間的廣告商，所要針對的除了考量相關廣告類型的撰寫、推出後造成的影響，業主本身因為要交付廣告出去，所要考慮的背景因素層面更廣。除了用創作者的眼光及學習消費者（接受

者）的感受去評估，還要顧慮自我的企業聲望、產品的市佔率、產品品質、服務品質、財務資源、工作需求人員、規模經濟、商業定價、通路經營理念……等等，甚至到產品的可替代性，這些可大可小、甚至細枝末節的管理事項，其實都會影響對於文案的決策，導致廣告的呈現。而關於產品是否被替換的可能，廣告主更要深入了解對於相關產品的基礎認識，甚至可能比構思文案的人還透徹，以期促進自我去經營一個消費者更加喜歡的形象識別。

品牌化活動的重點在於必須兼具娛樂及廣告效果，因此一方面要使內容具有可看性與吸引力；另一方面要將品牌核心精神巧妙的融入內容中，且不會因為廣告味道太濃而導致消費者反感，如此才有可能引起消費者的注意與共鳴。（蕭富峰等，2010：339）例如麥當勞試圖藉由一系列「I'm lovin' it」達到品牌年輕化，進而拉近與年輕人之間距離的作法，也是為了重新定位麥當勞這個品牌，並有效拉攏年輕族群這個市場，使得麥當勞不再是與年輕族群相距甚遠的「老品牌」。於是大量啟用年輕偶像當代言人，並不斷推陳出新，讓年輕人感覺新鮮有趣，產生對麥當勞的認同感，有效提升麥當勞的品牌權益。（同上，347）這些都是企業主本身在衡量自我商品品牌的出發點，找尋出合適且恰當的行銷廣告方案。

（三）接受者（消費者）

經濟環境的好壞足以影響消費者的購買力、消費意願，以及消費者信心；因此經濟對廣告溝通的影響不言可喻。景氣好的時候，消費者荷包滿溢，要說服消費者掏錢消費比較簡單；但在景氣不佳的時候，荷包縮水，甚至開始縮衣節食，要說服消費者掏錢消費的難度就大為提高，且訴求的方式也必須要有所改變。（蕭富峰，2010：117）消費者的言行及喜好等，都是廣告人撰寫文案時，需要先行研究了解的情報。掌握了這些資訊，創造出來的廣告訊息才會正中目標，搔到癢處。

不只可以用實地勘查的方式，觀察消費型態、購買力；或讓消費者說出他們的消費動機、對品牌的概念、使用經驗等。此外，自己也是某個消費族群的一份子，了解自己的消費習性、或同儕的習慣（蕭湘文，2002：51），也是洞悉所謂「消費者」的一大利器。即使沒有真正面對群眾市場，仍可以先行假設訊息被接收的回應及可能成效，回過頭來思考琢磨。

簡單來說，社會大眾接受廣告所言，或是會去努力思考、甚至自己積極去參考廣告宣傳內容，最可能是需要解決的難題；或再簡單一點，想要提高生活上的品質，甚至想要追求人生善與美的素養。最重要的是，就是只要讓消費者感覺到「嗯！我需要」；或是廣告訊息接收者感受到認同，就是廣告最簡單的初衷和理想任務了。除了商品本身的素質，其他的名氣、潮流、或外在的贈品、抽獎或是推廣的好處等等，不同的「包裝」就能串起新意。例如老牌手錶廣告（鐵達時），在當時不以準時（手錶價值的最重點）及耐用為宣傳，而是強調它的高貴，更搭配時尚潮流利用當時合適此氣質的明星，描述飛行員即將與愛妻分別，手錶勾起了浪漫回憶，「不在乎天長地久，只在乎曾經擁有」；除了隱含手錶所指當下時間，更產生強烈的感性訴求，引起人們心中的浪漫遐想，對這個原本可有可無的商品萌生想擁有的需求。

當今，許多公司都僱用人類學家、心理學家來檢視消費者對產品選擇、語言反應，甚至是更深一層意義的身體語言。（基爾孟，2008：46）因此現在廣告的包裝行銷手法，不一定圍繞著商品或是主要輸送的概念而走，從旁敲側擊，再吸引消費者的賣點打轉，天花亂墜的狂打廣告，說的很好卻不直接從商品下手，而是混合其他增值的要項，或是搭配時下的活動宣傳，甚至是如前面所提到的跟著環保議題一起主打回收愛地球，趁機宣揚出自身產品的優質等。除了商品本身，現在周邊發散出的相關訊息，也都是讀者、消費者所關心的考慮重點。因此，廣告商及文案創作者更把握這一面向去加強，創造出更高層面的宣傳價值。也許這些內外在的價值，讓消費者相信可以滿足需要；

可是倘若完全沒有使用過，心理對產品一定有疑慮，所以廣告因應消費者的這種心理狀態，借用權威人士，或像常出現民眾眼前的好名聲偶像明星，他們所謂的經驗和推薦，消除消費一切的疑惑和不安。好像經過這些名人、專家所言，即使原本完全不會相信的事物，也會抱持著懷疑動搖的心態，而且是偏向逐漸相信的那邊；當廣告再多主打幾次，我們就幾乎開始信服，並且自然的消除內心原本設定的恐懼與不確定，想著別人都了解了、也擁有或使用了，讓自己更加偏向廣告內容所言而跟著行動。

（四）整體回饋

當然，在創作廣告文案的時候，已然思考過上述的心理因素、社會文化、或其他種種的背景環境，也理解了廣告的傳播會再反過來改變創作者、廣告商及接收者的心態，反射在對於廣告的想法，而回過頭影響文案的創作走向。這樣交互的往來影響，也會直接反映在同樣的廣告上作出修正，以符合更切實的背景因素。例如經典的老牌可口可樂，從早期推出時的廣告語，就歷經了不少修正，而且在不同時期的廣告中，根據社會環境不同的時空背景，每個年代的潮流趨勢，打出廣告標語，好比 1976 年的標語是「Coke Adds Life」、1987 年的標語是「Can't Beat the Feeling」……等，在臺灣則有推出香草新口味時所打的廣告語：「好奇？賞你個痛快！」又如 7-ELEVEN 超商早些年前就已在商店內賣起現煮咖啡，只是當時喝咖啡並沒有這麼風行，喝咖啡的人數不多，7-ELEVEN 無法在這樣的環境下得到效益，只好草草收起；近幾年咖啡越趨平價化，加上外商星巴克等咖啡連鎖店的興起，嗜喝咖啡的人口增多，7-ELEVEN 評估後重整旗鼓，推出平價現煮的「City Café」，主打「整個城市就是我的咖啡館」而大受歡迎。都是交叉影響文案構思創作及修正更打動人心的案例。

　　慢慢地，廣告的創作進步到跟著每一時期的流行、最被人津津樂道的話題，搭上更直達人心的順風車，不只要自己創造許多時代潮流，再配上原本就在其他非廣告領域火紅的題材，錦上添花，迸發出更深刻經典的廣告！創作時模擬自己是觀眾去了解，甚至引發觀眾的好奇、激發自己的想像力，去體驗廣告所要表達的種種意念，已經不復以往，廣告一定要直接點出、一定要直接說服人……用了更讓閱讀觀眾及原創作者互動的手法，讓廣告跟觀眾相互都產生影響，就這樣靜默的深植人心。廣告界的傳奇人物愛尼斯特・艾爾摩・卡爾金（Earnest Elmo Calkins），曾在半個世紀前針對廣告作了肯定的評價：

> 這些地位屈居於文學之下的廣告在後世歷史學家的眼中，可能
> 比社論的內容更具價值。透過廣告，我們能夠追溯社會歷史的
> 發展，流行狂熱興衰的紀錄一一重現，看見人們不斷改變的興
> 趣、品味，從食物、服裝、娛樂到罪惡，人生百態盡在其中，
> 比起任何傳世手札、頹圮碑文，廣告傳遞的訊息更為豐富。（轉
> 引自詹姆士・堆徹爾〔James B. Twitchell〕，2002：13、23）

　　有些人，特別是廣告商仍繼續辯稱廣告不過是反映社會現況，但其實廣告的作為並不僅止於反映文化態度與價值觀。廣告當然不是被動的社會反射鏡，它是一種在影響與說服上相當有效和普遍的媒體，它的影響力是日積月累、巧妙且深入人們的潛意識。（基爾孟，2008：80）廣告的目的在於完成某特定工作，但除此之外，卻產生了更廣泛的後果。儘管有些是廣告商的意圖，但許多後果卻是無意間造成的，不論好壞，卻大大的改變了個人、文化與整個地球。整體來說，廣告營造出讓某特定態度與價值觀得以成形的氣氛，所以了解了商品、理解了所要傳達的概念本身之外，仔細的反思消費者及普羅大眾所能接受，或是會考量的其他種種社會因素外，最終還要能夠反覆的詳細考慮，這則將被公開的廣告（不管報章雜誌圖像或是電視網路動畫），是否會帶來其他非預期中、不是廣告所要傳遞的資訊及消息，加以評估

後才能確立所設計的文案是符合這個廣告主軸,又不流於負面的社會觀感,是很重要的課題!

五、廣告行銷通路

大眾傳播媒體具有很大的社會影響力,它控制著信息的流通,市民大眾想要獲得社會和生活資訊,幾乎都必須依賴大眾傳播媒介。(賴蘭香,2000:1)又因為傳播科技的發達,廣告已經不是只在平面紙張上的圖文罷了。就像基爾孟所述:

> 廣告不僅在電視與電臺中、雜誌與報紙上出現,它也圍繞著我們,出現在告示牌、在建築物的牆面上、在大眾運輸工具上。如今有許多城市,都將公車改裝成產品,所以我們搭上的公車是「丹綺思甜甜圈盒子」(Dunkin's Donuts)。載貨卡車現在除了運送產品也要載著廣告到處跑,這已是行銷策略的一部分……廣告也出現在我們所租的錄影帶,在商店裡所使用的推車上,在我們買的蘋果與熱狗上,我們使用的上線服務,以及我們所開的豪華汽車定位儀表板上。現在有一種新設備,可讓廣告商將訊息直接寫在沙灘上。(基爾孟,2008:68、69)

都在在說明著廣告文案的傳播管道有多神通廣大、無遠弗屆。其實每一種都有其特色,有些文案可以互通,有些則是不行;光是文案的版面、長度,設計的表現方式都會有所變化。

根據廣告的傳播方式,可分為視覺和聽覺,就是讓接受者用看或是用聽,來接收廣告所要傳達的訊息。有些是「讀」的信息,通常是刊在報章雜誌上的文字稿,較為著重敘述描寫,或是戶外的看板廣告等,有時也兼具圖文配合;而有些用聽的信息,則是出現在廣播這類有影音媒介的方式。至於電視則是現今最普遍、最五光十色、最受歡

迎的廣告傳播管道！影像與音效兼備，傳遞給接受者的成果最明顯也
最強烈，而且現在家家戶戶必有電視，所以普及率高、渲染力就高。
因此，廣告主最喜歡製作電視廣告，一定還是要有精采有趣的文案作
底，配上電視能佐以豐富的聲光效果，比單一接收方式的平版圖文廣
告更生動吸引人。另外，網路是近幾年竄起的新傳播世界，所以在廣
告宣傳上，可綜合圖文廣告，也可以有動態的廣告，甚至配上音效（只
是較少），可改變選擇的功能多樣；還有加上流傳率極高，所以也是一
種新興的廣告傳播管道。

　　除了廣告公司有決策影響力，主導整個廣告文案成立與否；文案
創作者本身可以對自己的文案內容整合自我創意，進行調整修改；當
然源頭如有委託的業主，也會影響廣告的型態，而訊息接受者也反過
來對文案的創作與呈現起了大小不定的作用。在這樣的前提下所完成
的廣告文案，更因為其市場走向或其他考量，被選擇置入不同的行銷通
路，形成互通的廣告網絡。如同下圖簡易標示出廣告文案的行銷通路分
類，而廣告文案傳播管道的交叉影響，前面已有作說明，此處不再贅述。

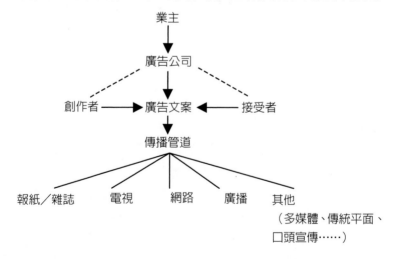

圖 5　廣告行銷通路圖

（一）報紙雜誌

　　原先報紙並不盛行刊載廣告，只把版面留給新聞，當時的編輯認為，辦「報」是文人的事，廣告則是商人的事。（李雪盧，2010：45）二十世紀五〇年代之後的報紙，才開始有了少量的廣告，如同現在報紙的分類廣告般排列印刷。後來廣告重新獲得定位，開始向外宣揚自己的報章擁有廣大讀者群，用以招攬有廣告需求的客戶在報紙上刊登文案，報紙業界才開始逐漸興盛廣告。報紙廣告依版面區分，大約可分為外報頭、報頭下、全三、半十、全十、全二十、全四十。（楊梨鶴，1998：159）「報頭下」位於報紙名稱的下面，版面雖然非常小，但注目率卻高，常為公告式的文案，商業廣告倘若用這種小版面，文案就必須非常精簡、點到為止；否則容易顯得雜亂無章、詞不達意，就失去了廣告宣傳的效果。「外報頭」是具有正式昭告天下意味的版面，如說明會、新品發表、公告……等，但目前真正的頭版外報頭已經少見了。「全三」的版面適合預算不多的廣告，且版面造型特殊（長長的），雖然版面不大，但倘若能有足夠的創意表現，許多促銷、大拍賣等可以有創意口號的廣告，都會在此出現。其餘的半十、全十、全二十、全四十和分類廣告那些，幾乎所有產品或事項都可以刊，發揮的空間也相對比較廣大。

　　版面大小配置除了與廣告文案的長度有關，也可以作不同創意的運用。例如高雄某建設公司推銷社區房屋，買下全二十及全四十的廣告版面，只主打「溫柔的巨人」為該社區的形象，整個版面只有一個芭蕾裝女孩，站在一隻獅子的旁邊。這樣龐大的衝突效果，佔據如此版面更有氣勢，更加凸顯社區房屋的依賴價值。而這樣的文案更是可以出現在任何地方，適用幾乎所有傳播管道，在雜誌版面，甚至後面提到的其他方式，路邊宣傳、廣播放送……都可以作發揮。

　　報紙與雜誌都是創意文案可以揮灑的舞臺，只是由於時效、質感的差異，某些商品例如女性內衣、精品高級服飾或珠寶……等等要表

現質感的商品，用報紙表現，因為印刷材質，效果會大打折扣！這類想要表現「潔淨感覺」的東西較不適合用報紙，倘若用質感光亮的雜誌表現就很完美。此外，報紙有時效性，今日報今日閱，舉凡開幕、拍賣等有時效的廣告，當天或前後左右的時期，用報紙比較有立即行動的效果（楊梨鶴，1998：166-167）；用雜誌的話，屬於周、月刊，甚至季刊，傳閱率及保存率高，但搞不好有消費者看到廣告時，廣告意義與目標已經過期，就成了無效廣告了。這是報紙與雜誌的差別，除了雜誌通常使用的紙材都較為光滑有質感，可呈現的效果就有不同；尤其雜誌的閱讀客群較容易鎖定，不是只有「大人」，而可能針對男女老幼、甚至各行業，因此鎖定某一族群的創意性更可發揮。然而，報紙卻要能普及全民，所以在刊登廣告上就有一些些的內容標準差異。

（二）電視

　　廣告原先不受重視，也很簡陋，直到傳媒科技與觀念出現變化。媒體除了為資訊提供媒介外，同時也是廣告的載體。印刷方式的傳媒存在多時，其廣告發展卻顯得緩慢，而真正加速廣告業發展的卻是電子媒體的進步。電視廣告具有強烈的影像效果，以聲、畫輔助，最具宣傳優勢。（賴蘭香，2000：153）例如我們熟悉的「全國電子，揪感心ㄟ」，很平常的一句話，出現在平面媒體就顯得很平淡，因為沒有來由可以體會；但在電視廣告中，透過各個溫馨的情境，有影像畫面、有貼切的真人演出，來串聯整個核心理念「揪感心」，才這麼深刻的打入人心，能讓人感同身受，這句簡短的廣告語才顯現出價值。

　　觀眾每天在享受電視節目，加上電視已由茶餘飯後可有可無的娛樂，深化為生活的一部分。晚上六至八時，被訂定為黃金時段，是根據先進國家的電視發展過程，為在家裡的人數最多時段。（李雪盧，2010：96）然而，節目的播放必須配合本地生活、作息時間表而定；選擇廣告播出的時間，又以觀眾多寡及是否適合為基本因素。例如前

面談的廣告播放有其限制，以及廣告是否太多，也會影響觀眾享受電視節目的連貫性。這「收視連貫性」，是保住觀眾的一大學問，有廣大的觀眾群，所呈現的廣告才真正有效。而節目及廣告時段組合的比例，如宣傳片佔多少比例，又或公眾事務，如防蚊、禁菸、防疫擴散等的整體組合，同樣要注意節目播出的起承轉合。（同上，149）注意觀眾群的觀感，使他們永遠對電視內容抱持著好奇及期待的心態，不只相關節目可以長久，連帶廣告也可以得到更多的支持者。

廣告設計常採用硬式銷售方式與軟式銷售方式。硬式銷售方式的廣告經常提及商品名稱，反覆出現所要銷售商品，語言表達較為堅定。軟式銷售方式則較為間接，訴求方式較柔和，廣告商品出現頻率較少。（黃仁宏、徐怡，2002）這些都可能出現在電視廣告中的情節。正因為電視媒體可以操作的變化較大，因此許多充滿創意、甚至天馬行空的廣告文案，都可以在電視傳媒上推廣。電視廣告現為廣告世界中很重要的一個「部門」，不管是銷售廣告、公益廣告、政治、創意……等任何形式文案，電視媒體都是最得人心的廣告利器。媒體經營者必須證明自己的傳媒為有效的宣傳工具，而收視率就是證明。能長時期保持一定水平的，更是一種證明。傳媒在推銷版位或時間時，也需提出有力的證據，才達到推銷的作用（李雪廬，2010：97），成就更大的電視廣告商機。

（三）網路

在現今興起的網路平臺上，由於使用的客群日益茁壯，瀏覽率與普及率幾乎都倍數成長，越來越多廣告也進駐其中。它有著更多元的功能選擇，結合電視與平面媒體的效能，加上民眾使用網路時間增長的社會環境之下，因此許多廣告商及有廣告需求的業主，都把腦筋動到網路平臺上。而跟多數傳媒業者一樣，「就像 google 的廣告制度，google 收其他人的廣告錢（就是跟 google 買廣告），我們提供一區塊

放 google 所提供的廣告（也就是像跟 google 賣廣告），他就把廠商提供的廣告錢挪一點點錢分給我們這些架網站的。」（iqmore，2008）這類似的互利方法，在多數的搜尋平臺幾乎都一樣，搜尋平臺提供廣告的版面，有廣告需求的業主經由廣告公司文案創作（或業主自行構思文案）。總括來說，一樣將廣告置入購買的頁面位置，達到廣告機能。而現在最常見的網路廣告方式，就是在打開頁面時，上下左右都可能會有的圖文連結，可能類似平面廣告只會出現關鍵詞，也可以像電視廣告般的動態畫面，但基本上是固定的版面位置，或者幾個廣告輪流在放送。例如前面提過的廣告，「非核家園」、「堅持，為了下一代」，這些有著關鍵廣告語的，也可以置入在靜態的網路廣告中。

除了置入的廣告，也有企業策略聯盟的和需要點擊的；以點擊廣告來說，這種廣告計算充分體現了網路廣告「及時反應、直接互動、準確記錄」的特點，是宣傳網站站點的最優方式。但此類方法就有不少經營廣告的網站覺得不公平。比如雖然瀏覽者沒有點擊，但是他已經看到了廣告，對於這些看到廣告卻沒有點擊的流量（以流量計算點擊狀況）來說，網站成了白忙活。（老男人，2007）

網上廣告收費最科學的辦法是按照有多少人看到你的廣告來收費。按照訪問人次收費已經成為網絡廣告的慣例。（老男人，2007）這也是一般網路廣告的互惠原則。現在網路更熱門到許多部落格（blog）的成立，不少部落客因擁有為數不小的閱讀群，也能自成一個廣告宣傳商機，「結合了部落格的緊密互動和串聯推薦擴散力量，讓你以最少的花費獲得最佳的廣告曝光和效果」。（iqmore，2008）例如某知名部落客老貓的廣告置入方案，「目前廣告都是固定不採用輪撥方式進行，皆是 24 小時 100%持續曝光，一個月至少 30000 次曝光，以包月新臺幣 600 元計算，曝光一次只要 0.02 元，點擊不需另收費。採包月與包年制，由客戶自由選擇，價格划算，滿一年以 9 折優待價為主。」（iqmore，2009）甚至也開始聽說有使用即時通訊的狀態訊息（暱稱）來掛訊息賺錢的廣告手法興起。

（四）廣播

電臺廣播廣告就是透過收音機播放出來的廣告，完全依賴聲音傳達訊息。像開車時總會開啟廣播電臺、唸書時有時也會收聽廣播節目，而其中穿插的廣告，不管像傳統的賣膏藥，還是讀稿般的重複碎唸，語言清晰、生動活潑是首要條件。雖然沒有任何視覺效果，只能用聽的，但費用便宜（比起電視廣告），喊久了又有「魔音穿腦」的效力，所以有時效果非常驚人，充分的展現「聲音催眠」的特色！只是文案的長度不宜過長，約以半分鐘一百字的廣告稿為適合，太長便抓不住聽眾的注意力。（賴蘭香，2000：154）但廣播也常運用「重複」的策略，將主打的產品或推廣的訊息不斷重複，藉以加深聽眾的印象，畢竟只靠聽覺也容易稍縱即逝，所以廣播的廣告文案就更需要精準有趣的內容了。

廣播文案形式通常可分為直敘式、對話式、情境式等等。直敘式的廣播稿就是只有一人發聲宣傳，只要聲音活潑、帶有情緒變化、能感染給聽眾，因著文案內容帶動宣傳的重點，就能收到廣告的效果。當然，也是要有一般文案架構的規則，主打廣告語或主要標題，簡潔有力的吸引聽眾。對話式就是由兩個人你一句、我一句的把要表達的情緒說出來，不管是以創意的喊叫或自然的對話，只要在有限的字數內把意思表達清楚（楊梨鶴，1998：183），抓住廣告的重點，也是一種活潑風趣的廣告方式。情境式廣播廣告最常見的就是將整個音效背景（也只能用聽的）置入想營造的環境，可能播放清柔簡單的鋼琴聲、流洩出潺潺的水流聲、或配上引人注意的強烈聲響（如碰撞或尖叫）等，再順勢播放出廣告的內容，影響聽眾融入廣告情境的感受，進而能夠增強廣告效果。

（五）其他

　　商業藝術是為推銷商品服務，廣告創作是有目的的創作。廣告公司以推銷商品為創作目的，而以美學為輔。（李雪盧，2010：96）除了上述幾項需有明確文案處理的形式，廣告也很普及在我們外出的每個角落，例如平面招牌看板、宣傳車，或現在時下很熱門的 LED 多媒體，都是廣告文案的出沒位置。以下再以戶外常見的廣告方式作區分說明：

1. 多媒體

　　戶外廣告的類型相當多樣，可簡單區分為電子類與非電子類。在電子類的部分，有電視牆、霓虹燈架、電子快播板（俗稱 Q board）、液晶活動顯示板（稱為 LED）等。Q board 特色在於即時訊息的傳遞，而 LED 則是透過電腦控制，可發揮電傳視訊、實況轉播的功能。（蕭富峰等，2010：47）電視牆的方式等於是將電視媒體置於戶外，並作放大版的宣傳，其主打可見度較遠，並且更有特殊誇張的效果；而霓虹燈架屬於 LED 的前身，利用顏色鮮豔多彩的燈管，組合而成平面廣告文案內容，但不同處是此類的廣告都是偏向放置戶外，因此文字放大、字數精簡，要能讓觀看者瞬間就看到重點宣傳，例如一般店家總是首重名稱或象徵符號，依照廣告位置，就發揮提醒或指示店家所在位置的功能。衍生成現在崛起的 LED，已經不只是固定文字的宣傳，還可以依照不同時期的推廣內容作更改，甚至可以替換不同的廣告資訊、圖文顏色，甚至已經接近「電視廣告」的使用了，更把廣告的多樣面貌發揮得淋漓盡致。

2. 傳統平面

　　傳統常見的平面廣告如大型的壁面廣告、常用於房地產的搭架式廣告、以及燈箱廣告等（蕭富峰等，2010：47）；或是有些裝置在交通工

具周邊設施的廣告，屬於平面的也一同列入此處討論。例如在外會接觸到的海報、看板，公車的車體或車廂內的廣告、窗貼，以及候車處的走道、牆柱上，或是路邊的站牌，甚至還有機場專用推車，和豎立在高速公路兩旁的巨型 T-bar，這些新穎的交通媒體廣告。啤酒公司更想到要將「該停下來多喝些庫爾思啤酒」、「將用過的百威放在這裡」諸如此類的訊息貼紙貼在尿盆上。（基爾孟，2008：69）即使是平面的圖文敘述，內容也是依篇幅大小有所不同，但要吸引群眾的注目，當然主題文字一樣要精簡特殊、活潑有趣，才能抓住目標的眼光；即使在不起眼的角落，被某一客群的人注視到了，才能在最短時間內達到最成功的廣告效果。

例如在臺灣，有人花錢租了大型看板，掛上「多吃蘇蔡，少喝九」的帆布，乍聽之下，從諧音有人聯想到，這或許是宣導「多吃蔬菜，少喝酒」，才會有益健康（張哲偉，2011），但實際上卻是政黨民眾表明支持理想者的告白。雖然只是短短的幾個字（甚至不成句），但這也是在視覺上才能這麼呈現趣味的文字創意。所以就算現今社會多媒體的進步，在很多空間環境裡，平面廣告還是有它存在的必要與效用，難以全然被高科技代替。

3. 口頭宣傳

口頭宣傳通常並不被列入廣告的範疇，但是在上述的交通媒體宣傳中，倘若是有「宣傳車」，常常也會伴隨著口語廣告的臺詞。它藉由語音的聽覺效果，補強只有視覺畫面的傳達，讓廣告的效度更整體。另外，還有現在又有不少店家或業主，回歸以往般的使用口頭宣傳。這個以前稱為「放送頭」（臺語）的廣告手法，還有早期從國外引進的工作，「sandwich-man」（身體前後掛著廣告牌的人）；現在由於廣告競爭更加激烈，除了隨著宣傳車播放廣告錄音，也常常可以看見許多地方重新開始聘用人員，在某些時段或是隨意遊走的喊著規定的廣告語，甚至還是「復古」的舉著廣告看板或掛在身上！這種口語的廣告手法，雖然較為不正式，但在宣傳的口語表達上還是有其技巧，不然

淪為一般的長篇大論，也只是徒增不討喜又浪費脣舌了。當然它與電臺廣播又有不同的地方，在於並不像廣播一樣有固定購買的時間，除了本身廣告就要精簡有力，時間到了也要播放其他的內容而不會一直重複；但這裡講的是自己單獨的宣傳廣告，如上面所舉例，有些是真人現場喊話，也有是錄音後播放的，而重點在於可以馬上重複宣傳的內容，讓周遭的目標聽眾耳濡目染的接收廣告內容。畢竟人的視覺較為狹隘，但聽覺卻無法被關起來，收到的效益會更大。

　　在上述的傳播管道所架構起的第一層網絡化形成後（如下圖所示），便會產生第二層的內部辯證關係。雖然不一定會發生，但它有存在的可能。例如文案創作多了，會回轉過來刺激創作者想及其他創作文案。又如接受者接受多了、久了，可能轉成創作者的角色。再如創作者得到了接受者的迴響，會調整創作文案的向度。如此影響了上述創作的背景及心境，便建立起更深入的互動關聯性，廣告傳播跟文案內部的創作其實同時交織著，形成嚴密的網絡化：

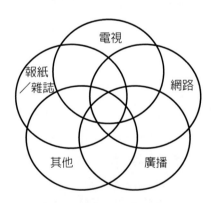

圖 6　廣告行銷通路網絡圖

　　當然，我們不會直接注意到這麼多的廣告，但我們沉浸在廣告文化中，而不自覺的受到廣告很大的影響。根據《廣告時代》的總編輯

克倫（Rance Crain）所說的：「只有百分之八的廣告訊息被人們有意識地接收進去；其餘的部分則隱藏在腦海深處產生作用或一再地發酵，因而在腦海中形成產品的定位或是重新定位。」就此角度來看，廣告是潛意識的：不在於冰塊中所隱藏的訊息；而是在我們對廣告的作用渾然不知之際，便產生了潛移默化的影響。（基爾孟，2008：69）所以廣告的傳播管道已經不是如此簡單的討論，而且在日常中無形的植入我們腦中，不論是好或壞的影響。

六、研究成果的運用途徑

　　社會對廣告的反應影響著新思維，讀者反應理論（或是讀者批評理論）和接受美學的發展，也讓廣告更走向多面化，社會大眾不只作被推廣的消極接受者，慢慢的敢講敢評論別人的推銷，挑剔字句、批評內容或代言人及物，甚至反對其立足的論點……或者開始討論，為什麼我們要跟著廣告走、上了它們故弄玄虛的當？也因為這樣，紮實的影響廣告及文創本身，希望更能迎合普羅大眾的胃口；而相關的這類研究，更成為大家開始會閱讀、討論的參考資料，藉以對廣告文案碩大的世界得以探索。

　　就廣告學相關來說，其實作跟「廣告」或「廣告文案」相關研究的人很多，但多偏向作者上面所敘述的各個篇章：有人探討文案架構及現象；有人專門整理廣告的製作與性質分類；有人專職廣告的行銷通路，或是著重創意思考、文案創作教學……等等，專精的討論某些環節，卻沒有完整的網絡形成。雖然有能夠深入研究的部分廣告相關專題，可是總建構在自我探討的那一片面上；所以就我的整個篇章來說，希望能將整個相關廣告文案的網絡建構起來，討論全面的網絡化。也許深度與廣度需要再強化，但希望至少兼備，希望本研究是廣告文案網絡的理論基礎，用以探索廣告複雜世界的開端。並期許也能回饋到文案創作的三

大主體者身上，以及運用於作者本身的語文教育產業之中，畢竟將日常情境就地取材的資訊作為教學相長的材料，更能活化平淡的語文教育。

（一）廣告業者

推動廣告文案成型的最大功臣就是廣告公司，他們依照行銷策略，也會有每個公司、廠商自己的理念和拿手項目，努力的推廣他們的「作品」（對他們來說並不是指廣告中的某項商品或是服務，而是那個「廣告」本身）！而廣告業者可能各有專長，有些擅長包裝性產品的廣告；有些擅長直效回應廣告；有些擅長公司形象廣告；有些電視廣告最拿手；有一些精於平面廣告；有些則是企業廣告、零售、貿易或分類廣告等等。另外，某些廣告商擅長於特定的行業，像是金融或圖書業。（艾力克‧班〔Alec Benn〕，2003：25）這樣的重要廣告執行任務，廣告業主要如何能創造出亮眼的廣告市場契機，並與自家公司的收益取得良好平衡，是很重要的問題，也是廣告公司必須面對的實際考量。

經由本研究全面的廣告網絡探討，可以幫助其更多面向的顧慮，更可看見一般廣告業不只要向上對廣告主以及廣告傳遞的大社會負責，也要往下擔起文案創作者的責任。在這樣必須將廣告環境訊息全盤理解清楚的課題下，一份廣告文案的網絡化因緣對於廣告公司來說，必定有所幫助可以參詳，改進未來宣傳的種種可能性。文案的架構探討與五花八門的廣告類型，更是明確的讓廣告業主有更清楚的概念及可能面向的發展；而創作背景也可以回歸到原始文案鋪陳的內在，以及透過第一層（甚至第二層）網絡交互影響後所再進行的思路背景，都很有廣告行銷的智慧，才能撐起整個廣告的廣泛流傳。而現今社會的資訊科技日新月異，傳播的快速已非早先古老的「貼招租」（牆柱平面廣告）可以跟上。倘若能善用本研究中的多方資料，廣告公司更要懂得運用媒體優勢，創造出自身的廣告市場，也許可以成為全方位的廣告推動手。

（二）文案創作者

　　自覺妙筆生花的廣告創作者，有時容易陷入為了美好的提案而創作，卻不是為能夠方便實際執行而創作。時間久了，除了可能要持續投入許多心力與熱誠，卻不一定會有同等的效益，徒增創作困窘。形式上過於玩弄花招，反而讓人感受創作者對自己宣傳的廣告物缺乏信心，減損廣告本身的說服力。因此，期許文案創作能在內容上創新，而非形式上硬要創新，內容卻毫無吸睛處；尤其觀看本研究與其他相關討論，廣告文案的架構有其應遵守的適當規則，已是長期傳承的有力參考，不需要自找煩擾。當然一再提起的「創意」，在廣告文案創作中是一大學問，但簡單的說，不管哪個廣告，總是要認清配合創作的中心目標是什麼？可能是商品、也許是服務、或者一個概念……文案的撰寫是圍繞著推廣主軸，利用創意陳述事實的廣告更能吸引注意，不只是標新立異就可以應付得來。

　　文案創作者本身不應該只侷限在埋頭創作的空間，能夠徹頭徹尾將廣告世界的門路摸熟，除了要有創意、熟知文案的創作架構，更需要了解廣告的類型與其行銷通路，幫助自己更能準確的正中宣傳目標；更清楚知道廣告文案在各種傳播管道的最大效益為何？相輔相成，就像室內設計師不只玩弄空間布置，更要熟悉各種管線電路的裝設，這樣才能讓自己的設計發揮最大最完善的功能，實用的路線才能長久經營。更要參考廣告接受者（消費群眾）的可能接受背景，而不只是天花亂墜而已。尤其創作者應全方位的提升自己的寫作、創造能力，一個擅長撰寫某種類型文案（如形象廣告）的常勝軍，很可能在另一種類型上（如包裝性產品廣告）慘遭滑鐵盧。（艾力克‧班，2003：88）但許多廣告的呈現其實交雜著不同層面所以形成網絡，或是希望全面的投入廣告市場，佔盡所有行銷傳播通路，此時倘若僅守著自我創作領域，那就沒有真正的創意表現，實為可惜！如果大量的拓展深度、開闊廣度，兼容並蓄，所創作的廣告文案便不會停滯不前、一成不變。

（三）消費者

從自己也會是廣告消費者的角度看來，相信對於消費群眾、廣告訊息的接收者來說，文案重點說什麼，比起怎麼說還重要；讀者比較感興趣的是廣告所傳達的訊息，而不是廣告如何去傳達這些訊息。也可能很直接地，廣告消費者希望得到的是明確的好處資訊，所以將廣告開門見山地向訊息接收者允諾利益。而文案本身的內容也要條理分明、具說服力，卻又不流於強硬推銷而讓人反感。文案最後直接說明要消費者怎麼做，是很重要也是廣告商與廣告創作者所得努力的方向。

身為廣告世界的接受者，除了要能保持理性的思考（或許在廣告時可投入感性的情緒），要能夠理解廣告文案的創作背景，而不是眼花撩亂一番後盲目的接收；更要能仔細研判廣告其中所做的「效果」，期許自己能以了解廣告文案創作的心眼去思考，釐清廣告背後真正的價值觀。本研究對於廣告消費者而言，作為一全盤的概念說明，完整的架構起廣告文案的網絡；而今讀者反應批評理論已大行其道，姑且不以專業成熟度來說，消費者的反應及觀感是立即性的影響廣告圈的氛圍走向。受到社會文化及廣告普遍的洗禮，形成了不少流行文化，例如對地方語言或是母語的興趣，激起更多女性自主的觀點，以及對男性能力的迷思，都直接或間接的塑成一股新價值觀；但反過來，消費者越趨主動的因著這樣的新價值觀來引導廣告的風氣。消費者受廣告驅使，廣告文案卻是受消費大眾影響。倘若我們能更廣泛的了解廣告網絡世界，而不只是單方面的被廣告商（創作者）「洗腦」，更能解讀出廣告背後真正的意涵與趣味。

（四）語文教育

其中除了文案本身，探討創作背景或其研究成果，都可套用對象語文研究法，其中有許多描述性、或詮釋性、或評價性的研究方

法可供運用;而其他相關的後設語文研究法或後後設語文研究法,多適用於成果的分析或資料背景。最常見的就是對象語文研究法,因為它根據語言的第一層次討論,是最廣泛被使用、也是較為容易上手的研究方法。針對此份研究,不論是文案架構、創作背景,或是五花八門的種類,都可以被用於探討,且回歸語文的教育層面。文案的創作也屬於語文的一環,還可以歸類為寫作的一種。因此,不光是上述針對與廣告相關的人,此外這也是一般語文創作的方向之一,可以利用廣告的「親切感」,配合寫作教學及活化閱讀教學。

相關教學活動安排的方法有多種;一般講述法,它可以書面(教科書或講義)或口頭進行。討論法的部分,是一種由團體成員共同參與的活動,著重在雙向或多向的互動學習,以小組討論為主。在探究法部分,也稱發現法或問題解決法,它是由學習者主動去探討問題並找出解決問題的方法。而在創造思考法部分,是以學習者的活動為中心而教學者從旁協助指導。(周慶華,2007:44、45)閱讀教學的方法,是為了要便於教學各種語文經驗;在語文教學的過程中,聆聽和說話教學其實是跟閱讀教學一起進行而無從截然分開的。而就「教學方法」為限定前提下,分別可以有知識取向、規範取向和審美取向等。除了知識取向和規範取向,可以專就廣告文案的審美取向來討論它的美感特徵。

要把讀/說/寫/作對象的教學方法轉移到審美經驗的部分,所對應的審美取向的語文經驗,是從特定的形式結構的角度出發,找出語文成品所具有的可以感發的美的形式。而「審美取向的語文教學方法」所著力的對象就是相應於美的形式而說的。(周慶華,2007:247)而換個角度看,審美的機趣對人來說應該是永遠不會斷絕需求的,它所要滿足人的情緒的安撫、抒解、甚至激勵等等,已經沒有別的更好的途徑可以藉來達成這種純粹的情感。(周慶華,2004b:134〜135)關於這一點,基於論說的方便,姑且以到網路時代為止所被模

塑出來的「優美」、「崇高」、「悲壯」、「滑稽」、「怪誕」、「諧擬」、「拼貼」、「多向」和「互動」等九大美感類型作為美學的對象。（周慶華，2007：252）這些對象，比照早期的說法，或者被統稱為「境界」，或者被統稱為「意境」，或者被統稱為「風格」，或者被統稱為「美的範疇」（同上，252），雖然略有差距，但它們同為美感內容卻是一致的。如表說明：

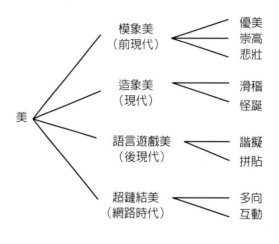

圖 7　九大美感類型圖

資料來源：周慶華，2007：252。

　　而由於美感特徵有這種多樣性（豐富性），從而也使我們的教學方法的轉向使力得以進行（並且肯定發掘語文成品的審美成分也是教學者的另一項工作）。（周慶華，2007：253）這樣的多樣性也讓我們在語文教學上有了新的面貌與方法，不只是單純的書面講述法，而能佐以生活中豐富的題材加以發揮想像，與創造力，這也是語文寫作中很重要的一項。而廣告文案的教學，也可以在這個架構上進行，期待兼具審美創意的作品產生。

七、結語

　　人們與大量生產之間存在著一層那麼薄的世界，並不是因為人類太重視物質，而是人們還不夠重視物質的結果。如果我們苦苦追求的只是物質本身，也真的了解物質的意義，那麼也就沒有必要透過廣告來添加意義了。（詹姆士・堆徹爾，2002：19）所以我們並非只是在觀看廣告裡頭那個主打的商品、那個宣傳的訊息或議題，而是沉醉在廣告賣弄的手法技巧中而不自覺！或許我們了解，就像現在許多人都很樂於看到廣告，並自以為假道學，對於廣告也開始研究、重視了起來。

　　我們很難對廣告影響作出客觀的推測，因為我們幾乎找不到任何不曾暴露在大量廣告下的對照組。廣告業自己也無法證明廣告的效果：

> 根據寶鹼公司資深行銷副總裁魏寧（Bob Wehling）表示：「我
> 們並未有足夠的科學研究來支持我們對廣告效果的信念。但我
> 們已見識到廣告偉大的影響能力。」（基爾孟，2008：88）

小說家張大春曾在「文學又死了嗎？」座談會說過一段話：

> 電視廣告中「貓在鋼琴上昏倒了」，結果是司迪麥廣告，這是
> 位詩人創作的廣告語言，因此文學其實在不同的領域中發揮力
> 量和作用，使得原來不被視為文學的作品，有了文學的意義、
> 甚至美學。（渡也，1995：58）

　　我還滿贊同的，廣告上優美的文字作品，當然也可以視為文學。「廣告文學」不能以嚴厲的學術眼光評價。廣告以商業、利益為目的，能富有文學性實在難能可貴；但如果過於深奧，消費的大眾多數看不懂，廣告就無效果可言了。怎麼樣去拿捏在優美文學與通俗易懂之間，而且還要加上確實達到宣傳效果，真是廣告世界一項深奧的學問。

參考文獻

blog ad（2007），〈廣告文案製作技巧〉，網址：http://www.adblog.com.tw/?p=1，
　　檢索日期：2011.01.09。

Galaxy（2005），〈請問「文案」的英文要如何說〉，網址：http://tw.knowledge.
　　yahoo.com/question/question?qid=1305092200674，檢索日期：2011.04.30。

iqmore（2008），〈老貓測 3C〉，網址：http://www.iqmore.idv.tw/，檢索日期：
　　2011.04.25。

iqmore（2009），〈刊登廣告〉，網址：http://www.iqmore.idv.tw/advertise，檢索
　　日期：2011.04.26。

kcliu（2006a），〈如何創作優秀的廣告文案〉，網址：http://blog.sina.com.tw/
　　kcliuhome/article.php?pbgid=8787&entryid=9842，檢索日期：2011.01.09。

kcliu（2006b），〈論廣告創意〉，網址：http://blog.sina.com.tw/kcliuhome/
　　article.php?pbgid=8787&entryid=9811，檢索日期：2011.01.11。

kcliu（2006c），〈廣告創意的過程及其思考方法〉，網址：http://blog.sina.com.tw/
　　kcliuhome/article.php?pbgid=8787&entryid=9829，檢索日期：2011.01.11。

ricky-ye（2008），〈統一企業——飲冰室茶集〉，網址：http://www.flickr.com
　　/photos/ricky_ye/2664167501/，檢索日期：2011.05.01。

王軍雲（2010），《世界第一商人：猶太人最有價值的 6 大致富法則》，臺北：
　　采竹。

王家俊、王姵雯（2009），〈電影院政令廣告可望免了〉，網址：http://tw.nextmedia.
　　com/applenews/article/art_id/31675243/IssueID/20090602，檢索日期：
　　2011.04.21。

史提夫・寇恩（Steve Cone）著，陳信宏譯（2010），《語不驚人誓不休：快速
　　打造你的文案凝句力》，臺北：天下雜誌。

艾力克・班（Alec Benn）著，吳曉琪譯（2003），《27 個廣告最常犯的錯誤》，
　　臺北：滾石。

老男人（2007），〈網絡廣告名詞解釋〉，網址：http://www.alididi.info/n3559c13.aspx，檢索日期：2011.04.20。

李雪盧（2010），《李雪盧回憶錄》，香港：三聯。

邱玉容編譯（1995），《廣告‧英文》，臺北：書林。

周慶華（2004a），《創造性寫作教學》，臺北：萬卷樓。

周慶華（2004b），《語文研究法》，臺北：洪葉。

周慶華（2007），《語文教學方法》，臺北：里仁。

周慶華（2010.05.25），〈逆向思考〉，《國語日報》少年文藝版。

林璧王（2009），《創造性的場域寫作教學》，臺北：秀威。

時報廣告獎執行委員會（2003），《第二十四屆時報廣告金像獎專輯》，臺北：美工科技。

張明玄（2000），〈寶獅 406 計程車狂飆國內大銀幕〉，網址：http://auto.msn.com.tw/news_content.aspx?sn=0803270010，檢索日期：2011.04.21。

張哲偉（2011），〈「多吃蘇蔡少喝九」看板諧音表訴求〉，網址：http://tw.news.yahoo.com/article/url/d/a/110425/8/2qfd6.html，檢索日期：2011.04.26。

陳意爭（2008），《圖畫與文字的邂逅──圖畫書中的圖文關係探索》，臺北：秀威。

曹銘宗（1995），《臺灣廣告發燒語》，臺北：聯經。

基爾孟（Jean Kilbourne）著，陳美岑譯（2008），《經研究證明，廣告會控制妳的慾望》，臺北：貓頭鷹。

教育部重編國語辭典修訂本（1994），〈網絡〉，網址：http://dict.revised.moe.edu.tw/cgi-bin/newDict/dict.sh?cond=%BA%F4%B5%B8&picceLen=50&fld=1&cat=&ukey=899809363&serial=1&recNo=1&op=f&imgFont=1，檢索日期：2011.04.16。

渡　也（1995），《新詩補給站》，臺北：三民。

黃仁宏、徐怡（2002），〈臺灣兒童節目之廣告的構成因子、文化內涵和兒童發展〉，《廣告學研究》第十八集，頁 1-27。

路克‧蘇立文（Luke Sullivan）著，乞丐貓譯（2000），《文案發燒──二十座 One Show 獎得主的廣告心得》，臺北：商周。

詹姆士・堆徹爾（James B. Twitchell）著，陸劍豪譯（2002），《經典廣告20：二十世紀最具革命性、改變世界的20則廣告》，臺北：商周。

楊梨鶴（1998），《文案自動販賣機》，臺北：商周。

新聞大字報（2009），〈反置入性行銷以後電影院不給免費播政宣〉，網址：http://twe.zhreader.com/2009/06/blog-post_9421.html，檢索日期：2011.04.21。

趙惠群（1998），〈時速兩百零八公里的感官刺激〉，網址：http://issue.udn.com/ENTERTAINMENT/JOANOFARC/besson/news7.htm，檢索日期：2011.04.21。

賴蘭香（2000），《傳媒中文寫作》，香港：中華。

蕭湘文（2002），《廣告創意》，臺北：五南。

蕭富峰等（2010），《廣告學》，臺北：智勝。

占卜的哲學

——以塔羅牌為例

周柏甫
臺東大學語文教育研究所

摘　要

　　長久以來，塔羅牌一直籠罩著一層神秘的面紗。它自十四世紀開始就以目前形式存在著，而且因為它的準確性而為它自己贏得許多的追隨者。

　　大體上塔羅牌能反映出類似生命探索的本質。

　　在我們以純真換取智慧的過程中，或者當我們面對感情或經驗上的改變時，它有助於解釋這些變化的各個階段有什麼意義。

　　幾個世紀來它就一直被用來闡明這些變化。此外，塔羅牌不只被用來預測未來的方法，它也能協助人們作選擇。對於生命所提供給我們的課題上，塔羅牌是很有用的指南。

　　因此，試為從哲學的角度來看塔羅牌這種占卜形式，也就有著更深認識它的作用。

關鍵詞：塔羅牌、哲學、占卜

一、前言

> 時間是一條河流……而書籍是船隻。許多書籍順流而下，但是
> 在途中損毀而失落的泥沙中不復記憶。只有少數，非常少數，
> 能夠通過歲月的痕跡，留下來祝福未來的時代。（丹・布朗〔
> Dan・Brown〕，2010：176）

這些東西能流傳下來而其他書被消滅是有理由的。

在事事都要追求科學的現代，占卜、信仰、宗教，被視為是無稽之談、迷信的象徵；但有太多東西是科學沒辦法解釋的，心靈的力量、靈異現象，這些東西都是有證據但是被科學刻意的忽略。是不是有可能科學還太年輕，而古代的智慧其實是失落了，失落在未解開的符號裡。

近代偉大的科學家愛因斯坦在 1905 年所發表的相對論，早於三千年前中國的老子就提出過類似的概念。

古人的科學智慧是很驚人的，現代物理最近才剛開始體會這一點。

人類歷史很幸運地擁有睿智的導師，對心靈與精神玄祕的理解超過世人、深受啟發的靈魂。

這些聖賢的珍貴教誨——佛陀、耶穌、穆罕默德、瑣羅亞斯德、老子、孟子與無數人物——以古老的形式透過歷史流傳下來。

但是在崇尚科學的現代，人們不斷的向外窺看著未知的領域，包括向深海裡探索秘密、向天空外尋求生命的意義等，這過程往往花費了巨大的代價，如此重科學低人文的觀念造成了資源的不平均。在今天，我們也感受到了科學快速發展所造成的氣候異變等重大後果，反倒是在人文、哲學，甚至是科學無法解釋的宗教、靈異學等，幾乎是鮮少人會去花費資源研究。我們讀《老子》、讀《聖經》，可是卻把它的意思緊縮在字句底下；或許它們所表達的遠不止於此，更多的是在

字面底下的意義。我相信，人生很多經驗可以不必經由失敗才去學習到，這些經典中已經試著傳達給我們了。

長久以來，塔羅牌一直籠罩著一層神秘的面紗。

它自十四世紀開始就以目前形式存在著，甚至有哲學家尊稱它為「《聖經》中的《聖經》、古代文明的啟示錄等」（Barbara G.Walker，1998：26）；因為塔羅牌反映出類似生命探索的本質。

在我們以純真換取智慧的過程中，或者當我們面對感情或經驗上的改變時，它有助於解釋這些變化的各個階段有什麼意義。

幾個世紀來它就一直被用來闡明這些變化。此外，塔羅牌不只被用來預測未來的方法，它也能協助人們作選擇。對於生命所提供給我們的課題上，塔羅牌是很有用的指南。而在科學上，塔羅牌隱藏著的可能是連科學都無法證明的古代失落的智慧。

二、哲學的哲學性

（一）理論建構

希臘文「哲學」一詞是喜愛智慧的意思。蘇格拉底說：「我固愚者，但我愛智；我非智者，愛智者也。」（哲學與人生的再思，2011）

哲學是難以被定義的，因為有眾多分歧的觀念都被視作為哲學。《皮爾金哲學辭典》中定義哲學為「有關思想，行為，與實在中最基本與普遍的概念。」《皮爾金百科》中提到哲學與科學的差別在於，哲學問題的答案不能僅由經驗證據來得到。無論如何，這些觀點都被《牛津哲學辭典》所挑戰：「二十世紀晚

期⋯⋯偏向於將哲學思考視為對於任何一種智識探索的最好實踐」。的確，許多早期哲學家在自然哲學方面的觀察最後都形成了現代科學對於眾多課題上重要的基礎。（維基百科，2011）

哲學，是一門受爭議的學科，古今中外的哲學家都對哲學的定義有不同解釋。因此「哲學是什麼」，本身已是一個很重要的問題。

哲學這門學問雖然從古希臘時代的「愛智」說一出就被定格了，但往後的發展卻是愛智的「名稱」為一，而愛智的發展則緣人有別，迄今仍然沒有兩家說詞會「一模一樣」。

縱是如此，在哲學思潮演變的過程中所暴露的問題遠比這一僅涉及內涵的歧異要複雜許多。舉凡它的後設思維性以及跨系統的差異和未來發展的方向等等，都得從愛智層面再進入「特殊識見」和「理想懷抱」等層面才有辦法一併解決。

以世界現存的三大文化系統來說，西方的創造觀型文化整體的特徵是，相關知識的建構（及器物的發明）根源於建構者相信宇宙萬物受造於某一主宰，如一神教教義的構設和古希臘時代的形上學的推演以及近代西方擅長的科學研究等都是同一範疇。（周慶華，2007：序 1）

因此，哲學的基本意義就是理論建構，將可能的知識予以系統化的處理。而這正是以西方創造觀型文化為模本，遠非其他文化系統所能相比。

（二）後設思考

除了理論建構，哲學還有別於其他學科的後設思考性在自我標誌，以顯現它的特能衍繹（也就是可以無限後設下去）的特徵。好比占卜一事，就可以據為進行這樣的後設思考；

1. 為何占卜

占卜可以說是人類最古老且最受尊崇的活動之一。幾乎每個文化都發展出某種使用象徵體系的法門，以幫助人們發現超乎一般訊息的來源的秘密。有人觀察飛鳥的模式與叫聲，或是將鳥剖開，研究牠們的內臟；中國古人將鐵棒燒紅，炙燒龜殼，查看龜殼裂開時所出現的紋路；歐洲女子則翻轉茶杯，觀察沾在瓷杯上的茶葉顯現出何種未來的圖像等。（瑞秋・波拉克〔Rachel Pollack〕，2006：8）

在現代世界，我們將占卜貶抑為非理性的傾向，從而將它推擠到社會的邊緣。

在現代人忙碌的生活中，精神的負擔往往需要寄託、宣洩的管道，宗教信仰便是其中一種。在現實生活的環境中，廟宇可說是隨處可見，當人們有了生活上的不如意時，便會去請求神明的指示，以期生活有所改變；即令無法改變也能求個心安。（陳明鎬，1999）

所有的占卜都是透過「模式」來運作。占卜作了一個假設：透過混合不同的資訊所創造出來的模式，將能告訴我們關於自身生命都有某些意義的訊息。就占星術而言，這些資訊涉及數學公式運動、彼此產生對應關係的行星和星座。塔羅牌中的資訊，則是根據一系列的問題混在一起切洗、攤開的七十八張圖卡的象徵意義。它到底怎麼運作的？科學沒有辦法證實。在古代，人們相信是神靈直接影響牌的落點，讓它說出真實的答案，占卜的英文（divination）是來自神性（divine）一字。而到了現代，人們將它歸咎訴諸於「同步性」的概念，這樣聽起來雖然比較科學，但是事實上問題還是沒有解決，占牌是如何運作的？還是無法解釋。（瑞秋・波拉克，2006：8）

　　榮格（C.G.Jung）就曾經對占卜做出解釋。他於 1875 年生於瑞士，其學說為「分析心理學」。除了對心理學的偉大貢獻外，他對於靈魂學和神祕學也抱有高度的興趣。晚年更因《易經》的啟發而提出了「同步性原理」，可以說是一位融合東西方文化的智者。

　　占卜師與問事者的心靈都在人類的「集體潛意識」之中，而占卜過程中抽牌或抽籤等儀式因為「同步性原理」而與占卜一事產生關聯，至於出現的徵兆，就是「原型」。

　　因此，占卜師所需要的解答訊息，就從集體潛意識當中以原型透過塔羅牌圖像，顯現在我們表相世界裡。

2.為什麼要用此工具？

　　塔羅牌主要是靠著紙牌來占卜，靠著圖像故事來承載著它的精神哲學，與中國的籤詩系統相比，圖象比起文字能承載更多的想像力。在很多時候，民眾的文字理解程度是沒這麼高的，將寓意隱藏在圖片中更能微言大義，民眾接受度也能更高。

3.與靈界的關係

　　占卜在某些時候是科學無法驗證的，但其實科學也有很多事無法解釋，而靠著某些證據又顯示我們無法否認它的存在。占卜的靈驗性也是無法解釋的。榮格處理的共時性理論其實在很多地方是含渾說不清的，他只提出了表象徵兆與未發生的事是有所「共時」連結的，卻無法解釋徵兆為何發生，這時從靈異學角度切入剛好就可以解決那些問題。

　　周慶華在《靈異學》裡面，說出了靈異科學化的可能性：

> 科學如果不強行以自然科學為典範，那麼靈異經驗的科學鑑照
> 一樣可以為它取得可驗證的身分。前者（指自然科學）所強調
> 「可以用實驗方法操縱變數和控制其他變數進入某一個實在

現象中，以便科學家在研究他所感興趣的變數之間關係的過程
裡能夠很清楚的顯現出來」，靈異經驗這一讓人感覺「經常變
幻莫測」的對象就難以比照辦理：但它（指靈異經驗的科學性）
有理由不認同自然科學的獨斷論而自行取得一種檢證程序。這
樣的靈異經驗的科學基礎就不會有所謂的「匱乏」的疑慮。（周
慶華，2006：62～63）

靈異，為靈妙不可思議的事。占卜能預言未來，當然也屬於靈異
學的範疇。雖然現代科學無法證實靈異、占卜等運作的科學性，但不
代表它不存在。根據經驗，雖然目前無從證實，但它一定有一套系統
化的運作模式。

我們可以用原本科學的經驗來類比推理在占卜（靈異）中也有相
同的脈絡。而科學的起源就是來自於哲學（愛智），所以將占卜予以哲
學化處理（理論建構與後設思考），也就可以視為一種占卜的科學化。

三、占卜體現的哲學

古希臘時代，人們會長途跋涉到他們尊稱為「世界的肚臍眼」
的德菲爾（Delphi），求取神諭。而《易經》則是中國人的思想
中心。（瑞秋・波拉克，2006：8）

《易經》的六十四卦，承載著中國文化的特質與信仰，一直到現
代《易經》的思想都還是深深的影響著整個亞洲。無論方法為何，占
卜時我們就是以某種幽微的方式，試圖理解生命底層的精神模式。尤
其是較為繁複的占卜系統，幾乎反映著某種宗教或哲學體系。

這種哲學體系，從關係占卜的整體運作模式的理論建構，到可以
不斷的後設思考它的靈驗性及其在兩界互動中人所該有的位置等，都
可以自我彰明體現。因此，我們為了更有效的理解占卜，從哲學的角

度進入也就再順當也不過了。而相對的，一般人僅從心理學或宗教學等層面著手，所看的就不會太真切。

在 W.T .Stace 的《冥契主義與哲學》中的第一章，就提到了這兩個議題的結合是值得討論的。

首先，他先定義什麼叫做「冥契」：

> 我們知道某些人偶爾會經驗到某些非比尋常的事，此經驗可名為「冥契的」。（W.T.Stace，1998：序 14）

接著又為冥契界定了範圍。

> 在各個時代、各個先進的民族文獻裡，我們都可以看到這樣的記載。然而「冥契的」這一辭極為曖昧，所以我們首先得實事求是，探察這個領域裡所謂的冥契經驗究竟有多少類型，然後撮合其特色，分門別類，已見出各類經驗之埴界，並剔除不相干類型。之後，我們才能追問：經過我們千挑萬選，最後才描述出來的心靈境界之經驗，是否可以為底下的一些問題帶來解決之曙光。比如說：宇宙間是否有種大於人的靈性境界？假如有的話，它與人與宇宙之間事物有何關係？從冥契主義中，我們是否可以發現到解決人性問題、邏輯哲學、語言功能、人類永恆問題之真假、道德律之本性，以及一般倫理學問題等等之曙光。（W.T.Stace，1998：序 14～15）

由它的推論來看，人類的很多的智慧有可能是由另一個高於我們智識的存在所釋放下來給我們啟蒙。這也讓我們發現了一個可怕的巧合，在歷史上很多的宗教聖哲通常也有辦法通靈。或許他們所傳下的經典與教義，是來自另一個高於我們智識世界（靈異）的智慧，所以靈異學與哲學與占卜就連結在一起了。占卜作為媒介，連結了來自異界的智慧與人間的智識：

羅素這位哲學家絕不濫情，不軟心腸，對冥契主義也沒什麼偏好。但在一篇著名的文章中，他卻寫了下面的句子：「哲學家中的鉅子，往往覺得既需要科學，也需要冥契主義。」他又說，冥契與科學家聯合起來，「可以在思想界登峰造極。」接著，他又補充道：「人的因素當中最珍貴的莫過於（冥契主義）這種情緒之鼓舞」。可見羅素對冥契主義評價極高。他還提到一些結合冥契主義與科學的偉大哲學家。名單中有赫拉克力特、巴門尼德、柏拉圖與史賓諾沙等人。（W.T.Stace，1998：2）

從這裡可以看出占卜與哲學之間有著微妙的關係，而且這是從古代哲人就已經發現，只是有辦法思索，沒有辦法探究證據而已。接著書中又提到了幾個關於占卜與哲學的問題：

羅素認為哲學家應該問兩個問題：首先，冥契主義既然有價值，它是構成哲學的要素，因此我們要探討：就邏輯而言，它有什麼資格影響哲學家的思想；其次，「實際上」，它到底給了他們什麼樣的影響？（W.T.Stace，1998：，2）

四、塔羅牌的哲學中的理論建構

雖然如此，占卜的哲學性是要經過我們予以分疏才能夠顯明的。而這種分疏就會涉及它的理論建構範圍和後設思考層次。這裡就以塔羅牌為例，看看它的哲學性如何。當中理論建構部分，有塔羅牌的歷史及其相關占卜儀式等問題可以條理（這包括可以收編部分得後設思考的部分問題）。

（一）塔羅牌的歷史

1. 塔羅牌的起源

塔羅牌的歷史各家都各執一詞。有些人說塔羅牌源於義大利，有些人說是從中國流入的，也有人說是從印度傳入。其他較出名的說法是說塔羅牌是吉卜賽人引入的，是由穿越歐洲的吉卜賽人從波斯、阿拉伯、埃及帶來紙牌與玩法。

傳說塔羅牌起於埃及的說法認為「Tarot」這個字是由埃及文的 Tar（道）與 Ro（王）來命名的，原來的用途是傳遞天神的旨意，而且塔羅牌的圖案，很多也加入了埃及的符號紋飾。

而塔羅牌起源於歐洲是比較常見的說法。大部分的說法是起源於義大利。在《塔羅牌的藝術》（*The Art of Tarot*）本書中，提到起源於義大利的證據：在西元 1449 年，一名叫賈可波‧馬爾賽羅（JacopoMarcello），駐紮在意大利米蘭的將領，派人贈送了一副非常精美的塔羅牌給當時的法國皇后，這是一副由著名藝術家手工繪製，並且鑲金箔的，非常高級的塔羅牌，這位將軍在同時給皇后的一封信中說，這副塔羅牌是「意大利的新發明」。（蕭薇琪，2003）

由此可推測塔羅牌可能起源於義大利。

此外，在法國與德國曾經發現十四世紀生產的塔羅牌。因此，歐洲生產塔羅牌，約在 14、15 世紀左右。不過在歐洲中世紀時，塔羅牌被教會視為異端邪說而被打壓，許多教會禁止教友接觸塔羅牌，並且對塔羅牌不斷進行醜化與焚燬，以至於流傳至今，還有許多人以為塔羅牌具有「邪惡的力量」。所以塔羅

牌的內容是五花八門，除了基督教的圖案外，希臘羅馬故事、
埃及西亞的圖案也常出現。

現代關於塔羅牌的書，有時也賦予塔羅牌神秘的說法，比如說
只能用黑布包，或不能讓自己以外的其他人碰觸，或者一個人
只能收藏一副牌等沒有根據的說法。（蕭薇琪，2003）

如果由其他方面來探究塔羅牌的起源，比較多的說法大概有以下
兩種：

（1）印度起源說

許多人指出，吉普賽人使用塔羅牌占卜的事實。在小帳篷內，披
著頭巾，燒著香，面前放著水晶球的算命婦人，是我們對塔羅牌占卜
者的第一印象。

第十世紀時，吉普賽人開始西移。當時在其家鄉印度地位最崇
高的經典是講釋時間轉輪的，吉普賽部落在十世紀時西移至波
斯，自稱卡能德人（kalenderees），是時間女神卡利的子民，吉
普賽人不信天堂，也不信地獄，他們信奉女神永恆的時間之輪
的輪迴轉世。（Barbara G. Walker，1998：24～25）

據稱，塔羅牌的產生是為了躲避異教徒的追殺，而將吉普賽的哲學
及宗教概要濃縮於中。塔羅牌以一套文盲也能讀懂的符號系統來呈現生
死輪迴的概念。以這套系統溝通，必須先對符號的涵義產生某種共識。

塔羅牌的象徵系統，適用層面很廣，相當受到歡迎。吉普賽人
把塔羅牌拿來算命，換取金錢。但哲學家也利用塔羅牌，從紙
牌中得到玄奧的啟示，傑瑞‧英考賽（Gerard Encausse）寫道：
「吉普賽人的紙牌，人稱塔羅牌，是《聖經》中的《聖經》，
這是托特漢密思之書（Thoth Hermes Trismegistus）之書、亞當
之書、古代文明的啟示錄。」（Barbara G. Walker，1998：26）

（2）古埃及傳說

關於塔羅牌的起源的傳說多得不可勝數，既神奇又多樣。有一種說法更是指出塔羅牌的起緣是來自於埃及：

> 長久以來，古埃及就被視為神秘與魔法的源頭，許多人相信塔羅起源於古埃及。第一批塔羅神秘主義者提出這樣的主張，從此這樣的概念便深植人心。在西方的想樣中，埃及一直佔有特殊的地位。歐洲文化的兩大源頭——古希臘和希伯來——都將埃及視為擁有偉大知識、奧秘與魔法的國度。此外希伯來人還將埃及視為重要之地。作為一種非常古老的文化，埃及似乎充滿了古老的秘密與魔力。在十九世紀初，羅塞達石被發現前，學者無法解讀埃及的象形文字前，那些圖像文字似乎蘊藏著力量。（瑞秋·波拉克，2006：18～19）

而塔羅牌也是以圖像運作的，它的起源與埃及的神祕古文明有了連結。主要將埃及與塔羅牌連在一起的傳說有兩個：

> 第一個傳說，出自目前已知最早的塔羅神祕學家安東尼（Antoine Court de Gébelin），他將塔羅牌描述為一本「全知之書」，由埃及的魔法師所創造的，用來秘密教導門徒，而不會有被一般人發現的危險。

> 第二個傳說，則敘述有一系列的圖像被用來啟蒙門徒直接領悟眾神的知識。據說，有一座埃及的神廟中有間密室，兩側各排列著十一幅實物大小的圖畫。門徒經過訓練，齋戒冥想、準備妥當之後，便可進入這間密室。當他經過這兩排圖畫，這兩排圖像就會直接印入他的想像，當他走到盡頭時，就會發現自己獲得轉化了。

> 這傳說來自十九世紀一位名叫保羅·克利斯汀（Poul Christian）的法國神秘學者。他發展出一部複雜小說，聲稱是翻譯十四世紀作家

楊布利柯（Iamblichus）之名的作品。文中描述著修行者如何爬下了七十八階的階梯，進入陳列著二十二幅畫的大廳，每一幅都揭露了神聖、智識及物理世界的真理。（瑞秋‧波拉克，2006：18～19）

大阿爾克納有二十二張牌，而整副塔羅牌有七十八張，從這我們可以發現塔羅牌與埃及的連結。

2. 紙牌遊戲與塔羅牌

塔羅牌是現在撲克牌的祖先，塔羅牌中的杯、杖、星及劍組合演變成現代的紅心、梅花、方塊與黑桃。而塔羅牌原本的七十八張也演變成現代撲克的五十二張。在消失的二十六張牌中，只有一張保留下來，那就是愚者，但是在遊戲中通常不使用這張牌。

> 為什麼這些牌被拿掉？從歐洲的歷史上來看，基督教的僧侶似乎是這些王牌最原始的敵人，反對的理由之一是因為牌戲很愚蠢。但似乎不止如此，他們反對是有宗教上的理由的。曾經有研究基督教的學者說過「神父絕對不會喜歡玩牌，因為牌上的教訓與基督教的基本教義是相違背的。」很明顯的，牌上所傳達的異教訊息，是教會不喜歡的。

> 一位神父 St.bernardino 曾表示，塔羅牌是惡魔創造的，王牌就如同惡魔的祈禱書，上面繪許多人物，宣導邪惡，就好像耶穌祈禱書教人為善一樣。另一位神父宣稱魔鬼發明塔羅牌是為了「引誘人類進行偶像崇拜」，這偶像指的似乎就是王牌，所以這套王牌被形容為邁向地域深淵的階梯。

> 西元 1376 年，佛羅倫斯禁了牌戲，1378 年又在德國被禁，1381 年馬賽加以撻伐，1397 年巴黎及烏姆市也將之禁絕。1441 年威尼斯禁止進口牌戲，1450 年聖芳濟的僧侶在義大利北部禁止

牌戲。1452 年，卡皮朗紅衣主教在紐倫堡的市場上焚毀大量的紙牌，好像燒女巫一般。

但後來歐洲傳統教會的腐敗，以及大眾普遍對於宗教的失望，造成了馬丁·路德的宗教改革，因信稱義的觀念產生，再加上文藝復興的發起，從東方國家傳來的新知引發探索知識的好奇心，承繼東西方語言、文化以及宗教的印歐異教信仰再次興盛，人們開始質疑教會是否有控制眾人心智的權利。

再加上十字軍東征途中，歐洲人發現了阿拉伯敵人精熟許多有趣的學問，如藝術、算數、代數、煉金、天文學、占星術，及許多神秘哲學，也開始動搖了軍人以及朝聖者的基督教信仰，而當時的教會還是宣稱著他們是「真理」的唯一合法來源。

至少自八世紀開始，阿拉伯已經運用紙牌來遊戲或占卜，西班牙語的「naipes」──紙牌，就是由阿拉伯語的「naib」而來；另一個同源字是希伯來語的「naibi」──巫術。《聖經》上說，所有異教徒的神都是惡魔，而許多歐洲人相信牌上的人物的確是異教神祇。東方人早已使用未裝訂的紙版圖卡作為聖書，以表現眾神與女神的屬性；又可在牌戲中教導孩童及文盲宗教教義。（Barbara G. Walker，1998：8〜10）

基督教傳播前的歐洲也多見這種作法。

（二）塔羅牌的占卜

圍繞著塔羅占卜，人們發展出許多看法與刻板印象。有人認為，紙牌本身帶有魔力，而不敢帶入家門。但事實上從很多塔羅牌占卜者的書中可以看出，魔法是在我們自身之中。塔羅牌無法精確的預測未來的細節，塔羅牌能算的只侷限於自己相關的領域，塔羅牌能做的是

啟發我們，讓我們看清自身的處境。此外，它提供工具，讓我們去改變自己唯一能夠掌控的領域——我們自己。

1. 占卜的儀式

（1）發問

在塔羅牌占卜中，首先要做的事就是幫助發問者釐清問題，這是最關鍵也是最首要的一件事。因為塔羅牌提供了大量的訊息在牌局中，釐清發問者的問題有助於占卜者與當事人事件作出占卜的連結；而且占卜者也要明白塔羅牌是有所侷限的。通常與發問者本身連結越高的問題越準確；而占卜未來的話，以作者本身占卜經驗來看，塔羅牌能夠準確占卜未來的時間，大約是三個月內。

（2）洗牌

首先，占卜的第一件事就是洗牌。塔羅牌的洗牌方式跟撲克牌不太相同，因為塔羅牌有正位逆位的牌意，所以洗牌的方式也與普通的洗牌不同。它是將牌攤在桌上，牌面朝下，然後像洗麻將般混合著打亂所有的牌。

（3）切牌

接著用左手切牌，將其堆成三堆；接下來，占卜者將最底下的堆疊到中間那疊上面，接著將這整疊牌堆疊到第一堆的牌上面。

（4）展開

整副牌牌面向下放在桌布上，然後展開成扇形或直線形，以方便問卜者從中抽牌。

（5）牌陣

所謂的牌陣，就是事先將牌設定好位子的意義，然後將抽出的牌放在該位子上賦予哲學意義。

> 牌陣可被詳細解讀，分成小塊，就像掃描地形圖一樣，以直覺迅速的掃過，粗略地一瞥過真正的「夢之地」。（Philip and Stephanie Carr-Gomm，2006：170）

（6）解牌

在解牌時針對不同的對象所進行占卜諮詢，是需要不同的溝通技巧的。每個人的溝通智慧、想法都有所差異，所以占卜者必須因對象而調整互動方式。

在占卜中無論牌面如何，最重要的部分就是在牌局中提供對方指引和幫助；所以了解每張塔羅牌當中所蘊含的哲學意義，是成為一位占卜師在幫人占卜前必先通過的考驗。

2.占卜未來的準確性

有時候在占卜完後，我們不禁會想到，如果紙牌真的能預示即將發生的事，這是否意味著我們無法改變任何事情？我們就只能聽天由命的讓它發生嗎？但是在經驗中常常是這樣的，就算是最有經驗的占卜者，有時候也會有某些重要的面向解錯；而且在占卜未來時，通常未來並不是單一不變的，而是現在心態與行為下所會發生的未來，事實上占卜出的未來是會因為自身意志的變化而改變的。

（1）塔羅牌的科學解釋

> 1930 年代，心理學家榮格由於《易經》的啟發決心要研究「有意義的巧合」。後來推論出了一個結論，就是這樣的巧合是確實存在的，而且背後必定有著某種原則，而創造了同步性的這個詞（synchronicity）。當事件之間並沒有可觀察的原因彼此連結，但其間卻存在著某種意義，我們便說這兩個事件是同步的。他雖然無法解釋，但卻似乎試圖暗示著有某種「非因果原則」可以像自然律的因果法則般確鑿地連繫不同的事件。或許我們以隨機的方式將訊息的片段連結起來，不帶有由意識導引的因果關聯，那麼這種「非因果的同步性」便會將它們以一種有意義的方式結合起來。（瑞秋·波拉克，2010：327～328）

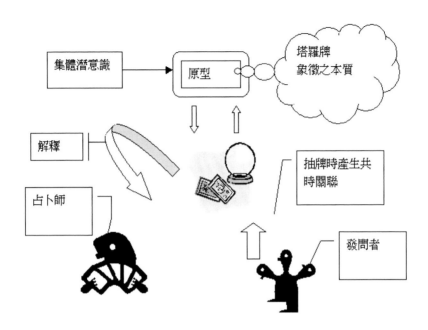

圖1 塔羅牌占卜的運作機制

　　塔羅牌占卜師與問事者的心靈都在人類的「集體潛意識」之中，而占卜過程中抽牌因為「同步性原理」而與占卜之事產生關聯。至於塔羅牌面上的圖像，就是「原型」。因此，占卜師所需要的解答訊息，就從集體潛意識當中以原型透過塔羅牌圖像，顯現在我們表相世界當中。這就是以榮格理論來解釋塔羅占卜的運作機制，如下圖所示：

（2）塔羅牌的靈異解釋

　　很多時候占卜，是需要通靈才有辦法解讀的，但是就經驗來講，塔羅牌不需要完全的藉助通靈的感應就能夠將塔羅卜算的很好。塔羅牌依靠的是象徵符號知識來解讀紙牌，靠著牌陣的排列來抽絲剝繭尋找連結的線索；然後憑藉某種直覺，占卜者可以判讀出這些牌試圖說些什麼。我們需要直覺是因為每張牌都提供了許多的可能性，我們必

須相信內在的感覺去決定哪種才適用。這種直覺並不需要通靈的能力，而是透過冥想、靈修的練習而可以獲得，然而，原本有通靈天賦的人，則有可能透過使用塔羅牌把它引發出來。

五、塔羅牌的哲學中的後設思考

（一）塔羅牌的結構

由於塔羅牌是靠「牌」來占卜的，所以相關的後設思考就可以專門針對它們而發，從而顯現塔羅牌本身另一面哲學性。

> 大阿爾克納有二十二張牌，每張牌都有其特殊的人物，但是他們合起來又構成一個故事——一個天真「愚人」的旅程。幾乎每個版本的「愚人」牌都畫著一個行動中的人物：被貓追咬的流浪漢，或是在懸崖邊漫步著的年輕人，在旅途中他所遇到的其他人大都擺著某種固定姿勢，而愚者似乎永遠都是行動著的，總是朝著某個地方前進。（瑞秋・波拉克，2006：18～19）

經歷了整個塔羅牌的旅程，最後跨出了所有事物的範疇，完成了「世界」。這個旅程，似乎又與你我的人生不謀而合。

（二）塔羅牌的人生——大阿爾克那的愚者之旅

在塔羅牌的大阿爾克納牌中，是有一定的規律的：「愚者」位於中心，「魔術師」為數字一，「世界」為數字二十一，一個循環，被認知為啟蒙之道。

塔羅牌的二十二張大阿爾克納牌就像是人生的一個循環，愚者代表著天真無邪的靈魂，經歷了人生的二十二個階段，最後到達世界，功德圓滿的得到神性。

1. 第一組七張牌——培養意識，塑造個性

「愚者」作為最開始的靈魂，常被稱作「單純」。魔術師代表著某個潛心研究並訓練自己掌控自然潛藏力量以及無形世界的人，是人類天生的創造力，代表著最初的衝動與方向，使靈魂在男性和女性、父與母、女神和男神及所有此兩極所代表的關係中得到成長。「女祭司」代表最初的靈識與野性的直覺，難以解釋神秘的預知本能，是深入探究造物一切奧秘的人。從另一方面來看，魔術師與女祭司是基本原則存在的化身，光明與黑暗，行動與靜止。這是人一出生首先學會的事，做或停下來。

接著小孩會遇到生命中第一個天與地，小孩總是認為父母無所不能，父親與母親，男生與女神，皇后牌與皇帝牌，他們一個養育你、給予你生命、食物和愛；一個教導你，施與紀律並創造架構。「皇后」代表著女性的靈魂，母性的關懷與包容，「皇帝」則代表男性的靈魂，父性的權威與支配慾。皇后還象徵著大自然，而皇帝則以科技及超自然的原則鞏固所有的一切。

當愚者繼續成長，他必須學習社會的傳統規範，而教皇就代表著教育，到了「教皇」階段，知識在此得到啟蒙，信仰也在這裡產生。但是到這裡為止，愚者的知識都是來自外在的給予，但有的經驗是需要親身經歷才能學習到的，此時產生的對異性的好奇與衝動，所以身體的本能讓我們學會了性愛，學會了融合陽性與陰性的方法，進入了「戀人」牌。而透過性愛，我們發現了自己，超越了父母的信仰。於是愚者終於長大了，進入了「戰車」牌，他掌控了自己的生命，駕馭

了自己的人格，也學會了野心，有想贏的慾望。至此，一個人的個性才塑造完成。

在塔羅牌的這七張牌裡充滿了二元對立的元素，第一張魔術師是一個男神出來帶領後面六張牌，女祭師對應著教皇，代表著神性之路是需要由外在的知識加上內在性靈兩方面著手去追求的；皇后對應著皇帝，代表著男性與女性的個性；戀人與戰車說明著兩種動力：愛的能量與不服輸的能量（抑或是性慾與權力慾望）。

2.第二組七張牌──自我的探求後的社會化

在接下來的旅途中，首先愚者需要力量，他或許會釋放出某些內在的猛獸，但他相信經過對的方法的引導，是可以把獸性變成前進的能量的，這是「力量」牌。接著愚者為了向上進步，他會開始向內省視自我，這就是是「隱者」牌。但這過程是不容易的，沒多久他就看見了生命的浩大與難以捉模，卻又好像是有照著某規則去走的，但是卻僅止而已，越去思索，越是難以捉摸，這就是「命運之輪」牌。生命中需要學習的事還多著呢！他終於接受了這個真理，至此有了自己的天秤與價值觀，有了自己的信念，變的正直，這也是「正義牌」。有了自己的信念之後，愚者開始懂得為了自己的信念犧牲，便成了「倒吊人」。他為了自己心中的價值奉獻，犧牲奉獻的過程愚者被痛苦的倒掛在樹上。他也學會扭轉自己的價值觀，他能夠放開那些對他人似乎很重要的東西，讓它們死去。在放棄價值觀的同時，內心的某一塊也死去了。在坦然的面對死亡的同時，某些東西又重生了，這就是「死神」牌。在經歷過一個死亡後，這個愚者開始學會了生存的法則，如何與這個世界調和，他學會了察言觀色以外做出適當了回應，就像個演員一般，他能高度的控制自己的情緒與反應，在這

裡就是「節制」牌。在塔羅牌的第二個層次就此完成，一個人的社會化。

3. 第三組七張牌——通往神性之路

現在愚者已經變的圓滑，有自己的原則，現在的他已經可以在社會上混的很好了。接著他要面對的第一個考驗，就是來自於他自己內心的欲望，這也是「惡魔」牌。在愚者來到這裡時，他被慾望給蒙蔽了自己的心靈，他的良心不見了，眼前的只有貪、嗔、痴。有了物質的成就之後，不可一世的愚者不甘於此，他還要追求更多。他要挑戰神性，驕傲的他建構了高高的塔直通天際，他想向神證明他的能力是可以媲美神的。最後太過於驕傲終於得到了天譴，一道道的閃電由天降臨的打在愚者的高牆上，打在塔上，粉碎了他的一切，這就是「高塔」牌。如同暴風雨一般，這張牌是塔羅大牌中最艱難的打擊。在暴風雨過後，愚者開始向光明與神性的道路前進。在現階段，他還在冷卻之前的狂風暴雨中，感受著暴風雨後的寧靜星空，北斗七星帶給了他方向與希望，這就是「星星」牌。愚者再度的出發，一路上充滿了猛獸與阻礙，可是月光照亮了小徑，有了晦暗的光亮照著路，愚者雖然恐懼著，但他正視了它的恐懼，仍然亦步亦趨的通往光明的山頭，這就是「月亮」牌。翻閱過山頭，已入暮年愚者終於找到了來自太陽的光明，這就是「太陽」牌。在太陽的光明璀璨中，愚者得到了如赤子般的智慧，在得到智慧的同時，宛如有號角在召喚他的靈魂，接著愚者復活了，得到了新的神性的靈魂，這就是「審判」牌。最後，愚者的終點，突破了性別的界線，幻化成神在天空輕舞著，伸出了雙手擁抱著世界，這就是「世界」牌。

（三）單張牌的涵意

1.0 號牌——愚者 The Fool

這張牌通常呈現小丑的形象，有的牌顯現出帶著包袱去旅行的樣子，或者自由自在玩鬧的形象。這張牌的意義，正面的來說，就如圖象所示是一位即將去旅行，探索生命意義的冒險家；負面的意思也如圖象所示，粗心大意，陷入混亂。

在 *Tarot Decoder* 這本書中敘述「愚者」通常戴著角形的帽子，就像希臘酒神戴奧尼索斯（Dionysus）的祭典中所戴的。他帶著小小的包袱，綁在樹枝的後方，代表了人性之惡，而很多牌都畫了一隻狗咬著他的腰間懸掛的小袋。這種混亂的狀況，他必須作出決擇，是跑開還是完全不管，端看他是否決定正確。

愚者代表邁向知識，和平解放的第一步。這張牌畫一個旅行者站在懸崖邊緣，雙眼凝視天空，腳畔有一條狗在吠叫著，左手上有一朵白玫瑰，跨在右肩的棍子上吊著一個袋子，裡頭裝著他的行李。

陽光燦爛明亮，映射在附近白雪蓋頂的山頭。他是一個活在當下的人，正經歷著「現在」的力量。那些活在過去或未來的人們，可能會認為他這麼執著於眼前的事物是愚蠢的，因為他們並不知道，生命當中所擁有最偉大的力量，就是我們此刻所擁有的。我們沒有辦法改變過去，通常也難以確切地掌握未來，但是我們有能力改變現在。於此刻所做、所感覺以及所相信的，是某些我們已經能掌握的東西。

只有他背後的太陽知道他從哪裡來，以及將往何方。但愚人並不知道這點，而且他也不在乎。他手中的白玫瑰正代表天真無知。他就快要從崖旁踩空掉下去了，而他似乎相信，生命將會支持他的。

他的行囊當中裝載了很多他從過去（過去的生活經驗）所得到的知識，並以他的權杖托負著。畫面上這隻狗也代表著過去。然而，這種過去的形態是在召喚你往回走，不讓你去經歷當下。活在過去是容易的，不管你是以美化、悔恨或甚至於沉迷的態度面對它，因為這裡面不必冒什麼險。真正的冒險只存在眼前，而愚者並不害怕去接受這樣的挑戰。（保羅・凡頓－史密斯〔Paul Fenton-smith〕，1997：214）

2.1 號牌──魔術師 The Magician／The Cobbler

　　牌中一位揮舞著魔杖的魔術師，正對上天招喚神奇的法力，來掌握所有的事情，隱喻創造的能力。雖然圖案有所不同，但比較有共同性的牌顯示魔法師戴著寬編帽，拿著小權杖，其中∞型狀寬帽緣，象徵無限的記號。如 1910 年代萊得‧偉特塔羅牌（Rider-WaiteTarot）中的魔法師雖沒戴帽子，但頭上漂浮著∞的符號，數學上是指無限的意思。*Tarot Decoder* 書中指「魔術師」這張牌來自希臘神話中信使荷姆斯（Hermes）造型，也拿著小權杖，腰上有頭咬著尾的蛇，則象徵永遠的真實知識，桌面上有杯、小刀或劍、木棒和錢幣。後來演變成撲克牌花紋的杯、劍、錢幣、木棒。

> 這魔術師在一件白色緊身外衣外搭一件紅色長袍，並於腰際繫一條蛇作為皮帶。右手向上伸展指向天空，而左手則朝下指著地上。頭上方垂著許多的紅玫瑰和白百合。頭上方的是無

線大符號，暗示著他的知識是無始無終的。桌上的工具，以前是裝在愚人的行囊當中的，象徵著正確的動機、清晰的計畫、充沛的熱情，以及確實的執行的組合，對於達成目標而言，這是個相當強而有力的組合。紅玫瑰象徵著熱情或持久力，白色百合花則意味著純潔的動機。作為皮帶的這條蛇正在吞食自己的尾巴，象徵許多事物既無所謂開始，也無所謂結束。

這張牌代表在某些可能性當中實現若干事情。可能性是毫無價值的，除非它被實現了。我們每個人都有極大的潛能，但並不是每個人都會去實現這些潛能。如果真的要追究到底的話，那我們可以說，沒有人發揮過他真正的潛能。

魔術師從天空中（靈感）接收能量，並將這些能量導入某種具體且真實的東西（土地）。也就是將具體的想法轉化成一些我們看的到、摸的到的事物。他運用他的意志力產生了具體的成果；他不是被生活的潮流推著走，而是在這些潮流中為他自己行動，並作出具體的成果。（保羅‧凡頓－史密斯，1997：217）

THE HIGH PRIESTESS

3.2 號牌——女祭師 The High Priestess

女教皇（或稱女祭師），通常以穿著教皇衣著的女性形象，或西亞祭師的形象為多，代表除了有知性學習能力外，還擁有女性特有的洞察力與直覺力能分辨善惡。頭上的角型裝飾物可能來自埃及女神伊西絲（Isis）新月的造型，如萊得‧偉特塔羅牌（Rider-Waite Tarot）中的圖像。後方的柱子有兩個或顏色一黑一白則代表分別善惡。手上拿的書上寫的 TORA 可能來自猶太人法典，TORAH 代表神聖法律的意思。

> 女教皇端坐著，腳旁有一輪彎月，手上握著一個捲軸，胸前掛著十字架，左右各有一根柱子，中間有一塊布幔。布幔遮住了一池水，雖然看不到，但她卻感覺的到它在那裡，只是不十分充分理解它的存在。這池在星星、月亮、節制牌中可以看的更清楚。

腳畔的月亮代表著她的想像力，以及超越眼前東西看向遠處的能力。左邊的柱子代表著陽性（邏輯、務實和力量）；右邊的柱子則代表陰性的（想像、直覺、接受性、以及惻隱之心）。她們代表二元性和對立性，生命中相對力的力量如果善加駕馭將帶來成功。（保羅・凡頓－史密斯，1997：221）

4.3 號牌女皇——The Empress

「女王」這張牌代表幸福，成功，收穫，穩定，大地豐收與物質繁榮，生命的誕生，孕育，她總是拿著權杖象徵王權。而在神話中，神的權杖有奇蹟似的能力。有的權杖是一個圓球上有十字架，歐洲的很多王室珠寶都有同樣的權杖造型，象徵掌握世俗與靈性精神面。她的形象與地母（earth mother）有關，萊得・偉特牌中的女王有一個心型的盾，中間有女性的記號，從背景繁茂的植物可知與豐饒、官能之

愛有關。女皇代表經由感官通往心靈的一條途徑。她是激情甚於理想主義的。她的手腕以及分享性都相當的務實，因為她知道無論她必須付出什麼，現在都是她付出的最佳時刻。去學習愛並不是一種理想主義或知性上的習題，而是一種身體、情，以及感官上的分享，以及日常生活中所經歷到的喜悅。

六、塔羅牌的應用

（一）在語文教學上的運用

在幫人占卜的同時，將其牌意與發問者真實的故事作結合的技巧是必要的。所以在學習著幫人占卜的過程，建構故事與語言的能力不知不覺就會突飛猛進。屏除塔羅牌的占卜功能，塔羅牌也可以是一本富有哲理的書：走完了塔羅牌的人生循環，學生心靈也成長了一輪。這種自發性學習來的道理，比起課堂上填鴨式的公民與道德或是師長照本宣科的教誨更為深刻；況且它運用紙牌圖片來傳達的方式更可以使它可以當成教具、玩具，還可以用於作文、演說教學中來使用。

（二）在占卜術提升上運用

塔羅牌因為深富哲學性，我一直認為占卜是將神的智慧透過諮詢預言的方式來幫助人的，所以使用它來解決生命的問題再好也不過了。它有別於其他系統不健全的占卜；塔羅牌本身就是一部智慧之書，所以利用塔羅牌進行靈修的同時，可以進一步學習所隱藏的哲學。而在幫人占卜後，接觸的人越來越多，越來越多的哲學被印證在人生中，

塔羅牌將占卜提升到另一個層次，多了教化與提升道德的功能；而不只是危言聳聽的預測災難，或是報明牌等歪路。

（三）在跨文化交流上運用

塔羅牌占卜與中國傳統籤詩占卜等系統雖然有點像（都是抽籤），但是當中的哲學思想卻有很大的差異。如果想要跨文化的融合運用其實也不是不可行，但是融合的過程會非常困難，到最後幾乎都是被強勢文化所排擠。換句話說，如果用儒家或道家等諸子思想來解釋塔羅牌意，或是用《聖經》道理來解釋籤詩，到最後籤詩和塔羅牌的原本的內容幾乎都會被忽略而只變成承載另一種哲學的空殼。所以最好的方式就是各自尊重其占卜方式，可以平等的交流，對談就好。倘若是遇到無法解決的問題，再各自取其精義作融合就好。

七、結論

由哲學的起源「愛智」，我們可以了解到，所謂的「哲學」就是不斷的思考，這也是人異於其他動物的地方。而在我們人生旅途中，難免會遇到所謂的逆境、不順遂的時候，這時思考其意義就變得很重要。

我們可以把「人生」想成一個智慧體，或許它可以獨立思考於我們之外；也擁有神性，當我們遭遇逆境、不順遂時，就是它給了我們一個課題去完成。它希望我們學會些什麼，如同孟子的天道觀般「天將降大任於是人也，必先苦其心志，勞其筋骨，餓其體膚，空乏其身，行拂亂其所為，所以動心忍性，曾益其所不能。」（《孟子‧告子章句下》第十五章），反而在不同文化系統的塔羅牌中驗證了類似的道理。由塔羅牌中的哲學來看，事出必有因，會發生災難，通常是什麼地方

卡住了；在連續的牌組中，其中一個課題尚未學習完成，所以「生命」安排了問題出現，是一種考驗。通常它一開始會發生的事是比較細微的，我們可以把它視為一種徵兆的出現。像是車禍的發生，如果是一個愛騎快車的人，他可能先得到的徵兆就是會有幾次差點車禍的經驗，但是倘若是對此置之不理，不更加專心騎車，或是減速慢行，接著同樣的考驗將會不斷的出現。再來這個愛騎快車的人可能就會受到巨大的事故才能夠學習到正確騎車的知識，就像是塔羅牌中戰車牌到高塔牌的過程。

這就是塔羅牌反映出的類似生命的本質。在塔羅牌中的圖像，似乎是人生的一個完整的過程。透過占卜的形式，或許我們可以利用同步性的原理，透過前人的智慧，了解我們現在發生的阻礙是在人生的哪個階段，甚至是在「徵兆」發生以前就先了解到「生命」要我們學會哪些課題。

參考文獻

Barbara G.Walker 著，葉純純譯（1998），《熄燈後請不要翻牌——塔羅秘典》，臺北：遠流。

Joan Buning 著，孫梅君譯（2007），《塔羅入門》，臺北，商周。

Philip and Stephanie Carr-Gomm 著，全通翻譯社譯（2006），《德魯伊塔羅牌》，臺北：尖端。

W.T.Stace 著，楊儒賓譯（1998），《冥契主義與哲學》，臺北：正中。

丹·布朗（Dan·Brown）著，李建興譯（2010），《失落的符號》，臺北：時報。

保羅·凡頓－史密斯（Paul Fenton-smith）著，許慈倩譯（1997），《其實你已經很很塔羅了》，臺北：元尊。

保羅·凡頓－史密斯（Paul Fenton-smith）著，許慈倩譯（2009）《你可以在塔羅一點》，臺北：元尊。

周慶華（2006），《靈異學》，臺北：洪葉。

周慶華（2007），《走訪哲學後花園》，臺北：三民。

哲學與人生的再思（2011），〈哲學篇（一）概論〉，網址：http://www.chineseministries.com/books/phi1a.htm，檢索日期，2011.3.20。

清風（2004），《第一次塔羅占卜就上手》，臺北：城邦。

陳明鎬（1999），《籤詩研究及社會文化意涵》，臺北：東吳大學。

瑞秋·波拉克（Rachel Pollack），孫梅君譯（2006），《塔羅全書》，臺北：商周。

瑞秋·波拉克（Rachel Pollack），孫梅君譯（2010），《78度的智慧》，臺北：商周。

維基百科（2011），〈哲學〉，網址：http://zh.wikipedia.org/wiki/%E5%93%B2%E5%AD%B8，檢索日期，2011.3.20。

蕭薇琪（2003），《探究塔羅牌的藝術——命運、預言、想像與象徵》，臺灣師範大學美術系在職進修專班碩士論文，未出版，臺北。

橋樑書在寫作教學上的運用

黃春霞
臺東大學語文教育研究所

摘　要

　　閱讀，是一切學習的主要基礎，而寫作則是現今的熱門話題。閱讀與寫作一直是國小語文教育最難面對的事項，因為閱讀是終身學習的基礎，而寫作是個人與世界溝通的橋樑，它們的重要性都不言可喻，但卻又不知如何著手教學才讓學習者具備這種智能。依經驗，學習者不能養成良好的閱讀習慣，就無法開啟永續學習的大門；而無法充分表達，無異於關掉一扇機會的窗戶。因此，上自教育決策官員、學者、意見領袖，下至基層教師與家長，對提升孩子閱讀與寫作能力，莫不全力以赴，幾乎成了全民運動；只是成效仍然不彰，尤其是寫作「進展」還是很有效。為了改善這種情況，試著採行橋樑書來輔助教學且在寫作教學上應用，兼顧學習者閱讀與寫作能力的培養，在目前看來不啻是最佳策略。

關鍵詞：橋樑書、寫作教學、閱讀、寫作

一、引言

　　一提到「作文」，學生、家長、老師似乎開始有了共同的困擾：不知該寫些什麼，是孩子最普遍的抱怨；不知道要如何協助孩子，是家長最深切的憂慮；不知從何著手補救孩子的作文能力，是老師最棘手的難題。其實，這一切都可以回歸到使用良好「閱讀習慣」和正確「閱讀策略」來解決。

　　閱讀不只是種興趣、習慣，更是打開未來世界的一扇窗。(柯華葳，2006)但為何不同的人讀同一本書，有人可以學以致用、越讀越有趣；而有人卻只苦惱於背誦、興趣缺缺，這就是「閱讀策略」是否使用得當所致。舉個例子來說，當有個題目是「閱讀、悅讀」時，重要的是能否抓取到作者所要表達的「悅」這個字──讀書樂趣，而非只是在理解閱讀的特性而已。在文字呈現中，能找到字裡行間作者所要表達的意念，進而與作者進行跨越時空的思想交流，是閱讀最終的目的，也是閱讀最有趣的地方。

　　至於寫作是種「我手寫我心」的直譯式動作，心中必需先有所感，才能寫出一些屬於自己的見解，寫出來的文句才能動人。當然在國小低年級階段，心裡所想的可以不經修飾的完整表達，但是到了高年級，不只文句需要合邏輯，更要加以修飾、美化，就連文句間的連結、段落安排及文章架構等，都得特別用心，才能展現創意。寫作，我們不只有機會反芻自己過去所知、所思，更可以利用文字呈現，與眾多讀者作經驗的交流及互動！

　　以電腦的運作型式為例，閱讀式輸入（input）的工作，而寫作則是種（output）的工作。如果再輸入時，沒有分類、整理、歸檔，就難以完全呈現自己思考過的內容。因此，透過系統性的學習，在輸出時就不會產生抓取不到適當材料的窘境，孩子也就可以完成一篇文情並茂的文章。

我個人堅信，只要你還願意讀、可以掌握閱讀的策略，不久之後就可以發現：自己不只可以「閱讀」，還可以「悅讀」，更會有種期待透過文字和人分享的衝動，對寫作的恐懼與煩惱自然就會被拋到九霄雲外去了。

二、橋樑書與新橋樑書

（一）橋樑書

離開低幼的繪本時期，來到中、高年級，該讀什麼書？這幾年「橋樑書」的種類及冊數有如雨後春筍般越來越多。一開始出版社主要是將「橋樑書」市場定位在中年級的兒童，希望透過「橋樑書」來幫助中年級的兒童從圖畫書跨越到文字書。這兩年，出版社又有向下開發低年級兒童適讀的「橋樑書」的趨勢。看來，各家出版社似乎對「橋樑書」出版的興致頗高。

從另一個角度看，出版社的出版動向是在反映與滿足市場的需求，不過這個市場的需求並非真正來自兒童的聲音，而是衍生自許多教師或家長的主觀認知。部分老師或家長以為學童不喜歡閱讀，是因為讀物的文字太多、篇幅太長；或者認為學童因為閱讀理解能力較低，所以無法讀懂文字較多的書，因此應該給予文字較少的「橋樑書」，如此自然就可以消除學童的閱讀障礙；也有比較樂觀積極的想法是透過「橋樑書」的出版，逐步推動臺灣兒童讀物朝向閱讀分級的可能。

閱讀分級在國外已存在許久，反觀國內除了過去的中華兒童叢書很明確的分出低、中、高年級的圖書類型外，一般出版社的讀物並未刻意進行圖書分級。雖說「橋樑書」是一種介於圖畫書和文字書間的一種圖書類型，但是好的「橋樑書」並不只是一種文字比繪本多，圖

畫比繪本少，或者只是在原來的文字上增加一些生動、有趣的圖畫而已；好的「橋樑書」應該是一種考量不同階段的兒童的需求所設計出來的讀物，這樣的讀物能夠幫助孩子從師生共讀、親子共讀進而跨到獨立閱讀，並且還能幫助孩子逐漸適應字數較多、篇幅較長的文字書。

然而，給了「橋樑書」就能完全解決學童閱讀上的問題了嗎？有位小三的學生，無意間翻閱了《草莓心事》這本校園故事集，不但讀來津津有味，毫無困難，讀完後還繼續閱讀其他作品，甚至開始嘗試閱讀小說，可見不是所有的學童都非得走「繪本→橋樑書→故事、童話、小說」這樣的一條路；也不是所有的學童的閱讀問題都出現在文字太多，篇幅太長。事實上，有更多的學童的問題是出現在不會閱讀，閱讀理解能力有待提升。對這類的學童來說，指導他們閱讀的方法和策略，反而比提供他們什麼樣的內容更加重要。

此外，校園閱讀運動自推動以來，閱讀「質」與「量」問題的辯論，始終沒有間斷過；然而「沒有量，那裡來的質」、「閱讀理解能力不佳，無法大量閱讀」等評斷卻也都是不爭的事實。聽、說、讀、寫、作是語文教學的主要內涵，不容偏廢。但現在實施九年一貫課程，語文教學節數減少，迫使許多教師在語文教學內容和時間上不得不集中分配在字、詞與段落的教學，對於整體課文篇章的內容深究、結構討論、分析與理解練習往往囿於教學時間的有限而比較欠缺，長久下來許多學童精熟於課文中出現的字、詞、句與自文章中直接提取的部分，卻不知道如何運用有效的閱讀方法和策略進行推論、理解與延伸閱讀。

沒有良好的閱讀理解能力，就無法讀出書中的趣味，自然也覺得閱讀不好玩；但教學是教師的專業，「閱讀指導」是幫助學童學習如何閱讀、提升學童閱讀理解能力的重要橋樑，教師則不該輕易放棄或忽略。我們期待作家們能夠不斷創作出更優質的兒童文學作品，也期待出版社能夠穩健踏實的出版更具深度的兒童文學作品，不只是把「橋樑書」當成行銷主力，更期待有更多的老師能夠持續投入開發提升兒童閱讀理解能力的教學。我們相信一旦學童學習如何閱讀之後，猶如

打通閱讀的任督二脈，自然能夠深刻體會閱讀的樂趣，也才能透過閱讀來學習，學童的世界才會因此而無限寬廣。

推動校園閱讀這麼多年，常常可以在校園裡深刻感受到學生閱讀量的雙邊極端現象。也就是當孩子讀書讀出興趣來了，就會越讀越多；如果始終跨不過那道無形的鴻溝，孩子就會對閱讀越來越提不起勁，自然就會越讀越少。

究竟那道無形的鴻溝是什麼？孩子的閱讀困難或障礙又是什麼？怎麼做才能提高孩子對於閱讀的興趣？十幾年前校園閱讀運動在全國各地陸續點燃，從培訓閱讀種子教師、故事媽媽、補助學校兒童讀物採購經費到五花八門、各式各樣的閱讀推廣活動，凡是體認到閱讀對於學童重要性的老師，無不絞盡腦汁開發各式各樣讓學生喜歡閱讀的方法或活動。

當中「繪本」（或稱圖畫書）是老師或作事媽媽最常用來作為說故事的素材。繪本的文字簡單自然，意義深蘊，圖畫的比例大過文字，每一頁的文圖表現有如一格格的影像，生動、有趣，取材更是充滿童趣。對於低幼學童來說，不但容易吸引學生的眼神，也非常適合說故事、演戲。有些孩子即使不懂文字，也能透過圖畫營造一個豐富的想像世界。無庸置疑，繪本在低幼學童閱讀啟蒙的黃金時期，扮演著非常重要的角色，透過繪本在這個階段引發孩童閱讀興趣，讓學童覺得讀書是好玩的，讓書裡頭的各式各樣的故事不斷的引發低幼學童的好奇心理，學童將樂於聽故事、樂於讀書。而這就可以在延伸到橋樑書的接受來發揮更大的作用。

1. 名詞的界定

我們都知道《閱讀 123》童書系列是一套標榜著「橋樑書」而出版的套書。最初是在思考著童書這一個市場，有沒有什麼書是需要而目前沒有的？就是在這樣的機緣之下開始接觸「橋樑書」這個名詞。天下雜誌社最先開始推類似橋樑書的概念應該是《字的童話》這一個系列套書：這一套書是屬於小開本、讓兒童容易自己拿在手上的特性，一本大概有簡單 8 至 10 篇的小故事，小孩可以輕易自己閱讀完，這樣

自我閱讀容易產生成就感，尤其是學齡期的孩子，有了成就感就會有動力自己再主動去閱讀。「橋樑書」這個概念在國外是比較以漸進式、階段性的推行閱讀。坦白說，目前國內其他的出版社尚未有清楚而且完整的架構（因為中文不像英文好區分）。

2. 市場需求

不管怎麼樣，一定先要有市場的需求，才會有商品的產生。所以最先開始是因為天下雜誌社的職員裡面好幾個都是媽媽的身分，當她們在陪伴孩子閱讀的時候，碰到自己小孩的困境，怎麼以前可以一起閱讀圖畫書，上了小學竟然變得很排斥唸書。後來才發現原來孩子覺得國小的書裡面有好多的文字，不像圖畫書一樣有圖片可以看，自己無法單獨閱讀完一本書，久而久之就失去了對閱讀的興趣。不僅如此，也有一些家長反映孩子也有這樣的情形產生，讓編輯群開始思考，是不是應該要協助孩子重新回到閱讀這條路上，也才開始著手了解孩子是不是需要這類型的書籍。

3. 專家協助

業界和學界之間還是有一定的專業存在，所以在編輯群了解評估「橋樑書」的過程中，有幾位給予這套書很大協助的人，如兒童文學界的劉清彥和張淑瓊、國立臺灣師範大學人類發展與家庭學系教授黃迺毓、中央大學學習與教學研究所所長柯華葳等。後者對《閱讀123》的事前企畫幫助很大，如區分 FIRST：中年級讀者，三年級之前是 LEARN TO READ；三年級之後是 READ TO LEARN。學習閱讀依序次性（拾級而上）各有階段性閱讀的東西。

4. 循序漸進

其實天下雜誌社在「橋樑書」這一區塊一直循序漸進地都有在做，剛開始先翻譯《I CAN READ》，選擇的方向以貼近孩子的生活、較少

文化上的差異為主，先從翻譯國外經典著手然後再出版《閱讀123》（前後規畫一年多的時間）。如同前面談到兒童文學的三大課題，一開始當然要先了解兒童喜歡的是什麼樣的書，可以從已經很受肯定的典範作品去了解。所以在剛踏入「橋樑書」這一區塊時，不妨先去了解國外已經很受肯定的經典為何，再從兒童選擇的書來了解他們所感興趣的書籍。

5. 功能性與可讀性

剛開始最主要的考量是語言難度，因為蔡忠琦希望可以建立孩子的成就感。適讀年齡：意指孩子有沒有能力閱讀，不過這是拿來作參考而非絕對性的。當書的初稿完成之後、在書要出版之前，他們都會先拿給同事的小孩或是一些熟識家長的孩子閱讀，看孩子的反應再來作最後的修正。他們認為一個作品的好壞：是跨年齡的共識，就像這套書的特色，不只可以吸引孩子閱讀，就連大人們看到了也可以獲得樂趣。因此，雜誌社的目標就是編輯、出版讓大人小孩都備受吸引的書籍。一般孩子的語文程度，家長或是老師替孩子們找好書的時候，通常是會考慮到功能性：這樣的書籍對孩子有沒有幫助？但是孩子喜不喜歡？先問問自己喜不喜歡吧！如果自己都不喜歡的書，孩子又怎麼可能會喜歡？有趣的故事內容大家都喜歡，兼具孩子的喜好和功能性就是出版橋樑書要努力的目標了。包括軟體方面：故事內容；硬體方面：語言結構。中低年級較沒有經驗的讀者，所需的類型較為簡化（不需要太多背景就能夠懂）；相較之下中高年級就是比較有經驗的讀者，類型就得複雜一點。

6. 套書規畫

看到這樣的套書，不禁想問：在最初是不是就已經設定《閱讀123》的本數？答案是否定的。編輯群希望可以一直做下去，隨時都會有新的作品出現；也就是每一個新想法希望都能是一個系列，而不是單本

呈現。看了這一套書其實不難發現，為什麼在《閱讀 123》系列中一開始都是故事為主，後來又出了三本知識性讀本？這有什麼特別的用意嗎？其實自然科學類（non-fickion 下的）一開始就有規畫，但是礙於人力有限，在未來仍然會有新東西出現，希望是以「系列」呈現，而非單本。套書折扣大於單本。天下雜誌社這套書主打很平價，一般人都可以買得起，不希望越凸顯 M 型社會。

7.編輯原則

（1）「橋樑書」的內容和形式

對於一個新的概念「橋樑書」，勢必要先了解在內容（例如：文體、主題、趣味性等）、形式（句的長短、字的難易、常用字等）上有沒有什麼特殊限制或規定？《閱讀 123》更聚焦在孩子的語言架構可以接受的範圍和能力。在規畫方面：先設架構（字數多寡）、請教專家、並且參考國小教科書（康軒、翰林、南一等版本）。一開始就先說清楚，規畫成中低年級的初級讀本、中高年級的進階讀本，每本書基本上分成三個章節。中低年級大約不超出常用字 1200 字、中高年級大約不超過常用字 2700 字。故事的類型多元。難易度──字詞選用等，都是很重要的考量。書的開本（好拿好閱讀、不用太厚）、價格、頁數（關係到字的大小以及注音的大小）、字數、理想篇數五篇（每篇約一千字，這個數量是孩子可以自己閱讀而不會有負擔的）字距、行距、先定文字數量（低年級：五千字、圖文比大約 1：1、圖不能少於一半；高年級：一萬字以上、圖文比 1：2 這是理想的範圍，如果是因為觀賞的趣味，即使圖超過原先設定的 1：2 也是可以的）。原先希望：三個跨頁、三個單頁（後來也絕非必要了）。橋樑書中圖的作用：主要是在輔助性的功能，幫助讀者理解。而這一圖畫書中的圖的作用，也許可以和文字有衝突或是趣味的表現方式，這中間有很大的不同。至於橋樑書中的故事，則趣味性扮演了很重要的角色。

（2）參考標準

參考教育部的「標準常用字」，也附給文字作者，希望作者依常用字來當作依據。坦白說這在實際的操作上有困難，因為並不是所有的文字內容都有在常用字表中出現。但是後來編輯群和作者、學者討論之後，覺得並沒有很嚴重的影響，畢竟認為這樣的套書除了具備功能性之外文學性也很重要。在詞章、用法方面：參考漢語用書，像是《現代漢語語法》。其實這個部分的問題並不大，因為文字作者基本上都是筆法相當純熟的兒童文學創作者，他們都有一定的功力，都知道童書的用語應該如何作調整。另外，還有參考教育部公布的《九年一貫課程大綱》，因為在創作文學作品的一開始，就必須先要知道讀者的設定是在哪一個階段，配合《九年一貫課程大綱》中的國語文能力指標，讓孩子可以更輕易接受這樣的書籍。

（3）選擇作家和畫家

《閱讀 123》童書系列並不是由同一個作家或者是畫家完成的，主要是由出版社自己找文字和畫創作者，根據主題、類型的不同，尋找適合的作者。所以要先了解作家的風格和背景。當然也會先參考目前在童書界活躍的人或者是請學者推薦。它的方式是先有故事的產生才找插畫者：出版社選擇插畫家（希望是有意願的人擔任，也希望他們是可以樂在其中的；先詢問比較喜歡哪種主題類型的故事，也會參考他們過去作品的風格），最後主要由編輯替插畫家選擇故事，這就是依靠過去做自製書的經驗。不過當作者在創作前，會先告知「橋樑書」是什麼、事前也會有給予字數或是用語上的限制。在字數方面一定會明確的告知文字創作者，但是在用語方面倒是沒有太多的限制，因為主要邀請的都是有經驗的兒童文學文字創作者，所以比較沒有這方面的問題。不過有提供常用字表，讓文字創作者加以檢視。

（4）架構規畫

「橋樑書」這個概念對於國人而言還是算陌生，所以主要在架構上一定要有很清楚的規畫。在企畫之初就是以橋樑書的概念來進行策

畫，所以編輯群也找了國外的相關書籍，也請教國內的教育學者、邀請國內有一定功力的文字及圖畫創作者，最後也請實際的孩子閱讀給予第一線的意見來作修改。「本土性」可以說是這一個系列套書很重要的一個特色。

（5）行銷手法

照理說，這樣新的概念套書應該會有一系列的行銷策略，尤其可以和教學現場作一個結合等等，但是其實並沒有相關的研習活動。其配套的作法只有：將資料都放置在網站上（天下雜誌──兒童館──《閱讀 123》）。因為人力的資源有限，只著重在文本的架構上（區分出讀者）；至於定義、詮釋何謂橋樑書，先前大部分是只有行內人才知道這個概念。他們的前置作業很長，有一年多的時間；出版之後，藉由國小教師發展出學習單、相關教學活動。不過，這只是他們提供便利性，而不是他們的主軸。他們的主軸在：推廣橋樑書這個概念。

（6）編輯風格

編輯採柔性作法（表現在行文節奏、風格上），文字優美可以讓孩子欣賞，這個部分是整個編輯群認為比較重要的。所以除了顧全在形式上的基本架構之外，並不會特別侷限形式上的安排，希望孩子可以閱讀到兼具文學性及藝術性的作品。（范郁玟，2008：44～48）

（二）新橋樑書

接下來是我對「新橋樑書」所作的界定：第一，新橋樑書不是一般出版社所指的橋樑書──那整套整套由外國讀物翻譯而來的讀物；也不是由本土作家所創作的橋樑書，例如：《字的童話》。它不一定是一本一本的書，沒有書的形式的限定，不一定是平面媒體。第二，它是根據橋樑書的編輯概念、原理原則（階段性的閱讀功能）、多種文類、圖像銜接到文字的基本概念來編寫的教學教材。第三，它是活化的：不只是靜態的閱讀一篇文章、一本書，它是可以一篇篇的文學作品為

主軸，旁伸擴及到其他的教學活動。第四，它是經過教學者再三的咀嚼過、與作者相應，抽取其創作精髓，引導孩子深入文學之美的心靈教學工程。每一篇一定是值得一讀再讀的好文章，在討論的時後很自然的就能引領孩子進入彼此的生命世界，喚醒孩子的內在情感。第五，它的辭彙難易、字數多寡，或許有階段性的區分，但在內涵上它是大人、小孩都值得閱讀的篇章。第六，它善用「圖像」與「文字」不同媒介的特質，給於不同階段的孩子適切的閱讀材料，不偏廢任何一方。圖像與文字兼而用之，適當的搭配，讓影像媒介與文字媒介事實並存而相輔相成。重視文字是單位面積裡濃縮意向最高的媒體，也要好好迎接圖像、影像及聲音各種媒介，引導孩子藉由各種感官知能獲得全觀世界的能力。第七，新橋樑書的編選原則是要和出版界翻譯的橋樑書相取鏡的：目前出版界出版的橋樑書大多是翻譯自國外的經典橋樑書，有它一定的品質，所以教學者本身要先去認識這些橋樑書的內涵，甚至是去善用搭配這些橋樑書，才能更加豐富新橋樑書的內容及功能。一如本土橋樑書的作者要創作時，他得需要有這方面的先備認知與掌握。第八，新橋樑書是主動性的、普遍性的、社會性的：橋樑書的階段性閱讀概念不限定老師對於學生所帶領的教學活動，這是老師給予的，是被動式的。我們要把這個概念轉而化在學生身上，轉為主動性的。老師為學生選編橋樑書，實施教學後，學生有了連貫性的教學概念。了解階段性閱讀概念性後，它可以為自己的弟弟妹妹選擇設計屬於他們的橋樑書，為爺爺奶奶挑選合適閱讀橋樑書。成人也可以為自己規畫階段性閱讀的橋樑書，所以橋樑書不單指學校課堂內的事；家庭閱讀需要橋樑書，社會成人的學習也需要橋樑書，橋樑書的功能是使它接續不斷。人的成長時時刻刻都需要接續不斷，所以當你覺得自己心靈阻滯不前時，你就需要橋樑書。

　　新橋樑書以文學作品為試驗教學體，科學類、藝術類……等待日後再行開展。新橋樑書的概念架構以文類的適宜閱讀年齡而區分階

段，且要達到橋樑書的概念功能，所以在選材上還要掌控圖文的各階段比例。它的階段性一級包含一級，越來越深廣的。因此，新的橋樑書設計理念，也一樣要參照符合閱讀教學理念，才算得上是一個有效的教學設計。

　　新橋樑書的設計概念起源於一場研習會，討論「橋樑書」這個新名詞的課堂上，一個聲音是很多關心教育的人士擔心推行了十年的繪本會讓孩子的文字閱讀能力停滯不前，被圖像閱讀所阻滯。所以找來了國外的章節書，翻譯為橋樑書，由出版界開始大力推展、籲求橋樑書現階段的重要性；另一個聲音是很明白的說出所有的書籍都可以是橋樑書。個人認為從圖像閱讀銜接到文字閱讀確實是推動了十年的繪本後，該注意的一個閱讀的偏移現象。但我並不認為一定需要藉由一套一套的橋樑書來進行架橋工作；身邊所有的書籍、讀物都可作橋樑書的編製媒介為架橋信念，從平日經常翻閱的《國語日報》開始尋找編製的靈感。從民生報社各作家的兒童散文集，各有千秋及小魯文化的《兒童散文集精華：馮輝岳導讀精品 14 篇》、《寫給兒童的好散文》等，也是可供選編的好素材。我認為身邊處處有好作品，也處處都是橋樑書，就看自己如何去運用變化了。(曾麗珍，2009)

三、橋樑書與寫作教學結合的可能性

(一)實質的可能性

　　我個人服務的小學，位於臺東縣的原住民部落，家長大多以務農維生，且隔代教養居多，對於孩子的教育輕忽而不重視，所以我必須面對班上多數語文程度不佳的問題。對於寫作，多數的學生一碰到作

文，總是草率應付。為了讓學生能有寫作的興趣，我嘗試進行閱讀寫作教學，希望能提高學生的學習興趣。首先重視的是閱讀教學，因為藉由「閱讀理解」才能夠深刻的學習「寫作」，二者息息相關，身為老師的我應把握住此要點。

句子能銜接、短句能擴寫、段落能充實，是閱讀與寫作的基本工。便以此為目標，其中的連接詞、句子之間、重點句、擴寫句子等，在取材上，直接選取國語課文是最方便的。當然並非每一篇文章都適合進行以上這些教學，而是提出文章特別之處，每一學期以一至二的目標為主，先理解再精熟，透過多篇文章的經驗累積，孩子的寫作地基會更穩固。常用的修辭類別，也是可以選取重點作教學。修辭類別，又分為基本例句與近階例句。所謂基本例句，是指該年級學生應達到的基本水準；進階例句則是提升程度之用，可鼓勵學生進此程度多練習。接下來是以摘要和文章架構為主。其中敘述文章重點仍是由故事線發展出架構，可以選擇短篇故事或繪本來進行閱讀教學練習寫作。

「操千曲而後曉音，觀千劍而後識器」。所以透過大量閱讀，多方面的增廣見聞、汲取知識、累積經驗，然後勤於動筆寫作，自然而然就能發展出自己一套閱讀與寫作經驗法則，這都是孩子一生帶得走的資產。（陳純純、江文謙、王文秀，2006：13）有鑑於此，我想透過先行觀察圖像的方法，試圖建構出一套閱讀寫作教學模式，提供給閱讀寫作創作者、閱讀寫作教學者、閱讀寫作欣賞者、閱讀寫作研究者等作為參考借鏡。

周慶華在《語用符號學》中，對於世間不同的文化系統，整理出如下的論述：大體上，世界存在的創造觀型文化（西方）、氣化觀型文化（東方）緣起觀型文化（印度）三大文化系統，都可以依文化本身的創造表現所能夠細分為「終極信仰」、「觀念系統」、「規範系統」、和「表現系統」、和「行動系統」五個次系統，而表列各自的特徵如下圖：

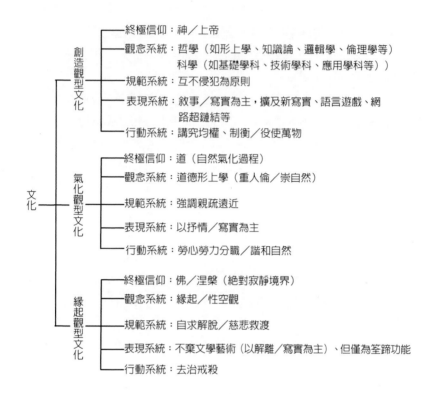

圖1　三大文化及其次系統圖

資料來源：周慶華，2006：47。

　　依上述觀點，本研究就照圖像類型分為幾何圖形、繪畫、照片、自然物、人造物、生物、影片、戲劇、舞蹈等九類來進行論述。此外，考慮不同的文化要素，必須在各類型的閱讀寫作中再從創造觀型文化、氣化觀型文化、緣起觀型文化等角度探討，才能夠顧及系統差異。

（二）技術的可能性

1.橋樑書在中年級學童閱讀與寫作教學應用案例

以張秋生撰寫的巴掌童話〈飄過窗口的大蘋果〉為例，說明如何將橋樑書運用在中年級學童的閱讀與寫作教學上。張秋生的這篇〈飄過窗口的大蘋果〉文長約 500 字，故事簡潔，充滿童話色彩。

2.教學模式

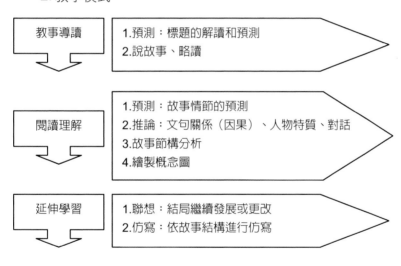

圖 2　橋樑書運用教學模狀圖

資料來源：林愛玲，2009。

3.教學文例

飄過窗口的大蘋果（張秋生）

小刺蝟在屋裡練習寫字，練完了再看看書。

小刺蝟有點累了，她想活動一下身體。

小刺蝟朝著窗外望望，門前的草地上空無一人，

它的朋友一定都在屋裡用功？

怎麼也讓她們出來一下？

她看見自己屋裡有一個大氣球，小刺蝟樂了。

4 故事結構分析

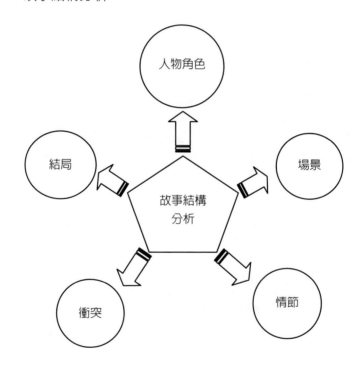

圖 3　故事結構分析圖

資料來源：林愛玲，2009。

5.故事概念圖繪製練習

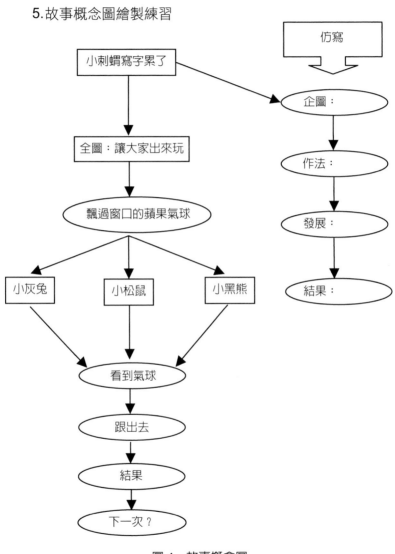

圖4 故事概念圖

資料來源：林愛玲，2009。

　　閱讀是一切學習的基礎，也是通往美好未來的鎖鑰。透過閱讀可以培養邏輯推理的能力、陶冶性情、了解時事、學習做人做事的道理及增加語文字彙的認識等。

　　「閱讀」一向是學習者的苦，教學者的痛。然而，它的重要性卻與日俱增，讓人不容忽視。在網際網路無遠弗屆，大家求新求變的趨勢下，學生的文字運用能力卻日漸低弱，追本溯源就是「閱讀能力」不足。但是在浩瀚無垠的書海裡，該如何勾起學習者興趣，又該如何引導其學習，在在都是教學者的一大挑戰。

　　寫作教學指在透過觀察，認識自然和社會，運用認字遣詞，分段、造句以至成篇有機制訓練，培養學生運用文字表達情意，以及觀察事物分析事物的邏輯思維的能力，使學生能熟練地運用文字抒發情感，表達意見，進行溝通。

（三）新橋樑書的設計

　　在孩子閱讀啟蒙的過程中，從圖畫書過渡到文字書，需要有一些漸進的安排，讓圖的量漸漸減少，文字的量慢慢加多。如果我們以圖文比例的改變來解釋，孩子在啟蒙閱讀的階段，讀物的選擇要從：「圖圖文」，到「圖文文」，再到「文文文」。我們稱這種特別經過設計，讓孩子從圖畫書順利進階到文字書的讀物為橋樑書。

　　橋樑書是用來協助孩子循序漸進的建立閱讀能力和習慣。通常這類書也會以生活故事或學校故事為主，大多是幽默或趣味十足的故事。因為「好玩」，才可以吸引剛建立閱讀習慣的孩子願意繼續在文字中優游。

　　至於「豐富化」或「複雜化」的新橋樑書，在寫作教學上運用的可能性是肯定的。以下就我已實施將近一年的經驗，將其方法說明如下，期能提供給所有在教學現場的老師們一點參考資源。

我以教學現場的實例：配合三下國語課程主題「春回大地」來編寫新橋樑書。以〈春天的訊息〉、〈曬棉被〉、〈雨變成一首詩〉這三課課文作為主軸，來引導學生加入新橋樑書的設計活動：

1. 腦力激盪

一開始，根據這個主題儘量讓學生想出有關「春天」的語詞，如：青翠、徘徊、訊息、綿綿、淅瀝、絲線、跳舞……等。

2. 概念構圖

以腦力激盪過程中所寫的語詞，作分類整理，找出同屬性的概念，建構蜘蛛網圖，如圖3。

3. 設計活動

思考這些概念可以運用的方式，例如：

(1) 角色扮演。
(2) 改編故事、創意寫作、看圖說故事、改編故事結局、寫一篇與主題有關的作文。
(3) 分享活動：說故事、口頭報告。
(4) 感官活動：聽音樂、聽故事、看影片、照相遊戲、想像力引導。
(5) 小書創作：自製書、創意寫作。

春天是一個充滿生命力的季節，希望學生能把「春回大地」當成一年之初的見面禮，並從相關的詩歌和文章之中，體會春天為大地帶來的活力，並學習與別人分享心愛的事物。

實例一：

當我教到〈雨變成一首詩〉課文時，適逢春雨綿綿的早晨，這時我將全班學生帶到走廊，將手伸到雨中，讓雨滴落在手掌心，說出心中的感受，小玲說：「雨好像一根一根的針，從天上掉下來，刺痛我的

手。」小雲說：「雨好像在我的手掌心跳舞呢！」小威說：「哇！雨摸起來清清涼涼的！」這一堂課，大家你一言、我一語的跟「雨」玩遊戲，非常開心。下課前，我露出滿意的笑容說：「你們都很用心觀察喔！」，接著我在黑板上寫下：

> 雨淅瀝淅瀝的下，像細細的絲線；
>
> 風輕輕的吹，像在和小雨跳舞；
>
> 雨從天上飄下來，摸起來清又涼！
>
> 雨，帶來春天的訊息，帶來笑聲和想像。

大家既驚訝又高興的說：「哇！我們把雨變成一首詩了！」

實例二：

〈曬棉被〉這一課，老師提問學生在家幫忙曬棉被的情形，學生敘述自己的經驗：

> 瑪雅說：「我看到媽媽拿著棍子拍打棉被。」
>
> 珊珊說：「我喜歡和妹妹一起在棉被底下玩捉迷藏。」
>
> 阿祥說：「曬過的棉被，又鬆又軟，好像有股香味。媽媽說那就是春天的味道。」

接下來，經過各自的敘述後，再經由老師的引導，很快的我們就完成了一篇短文：「綿綿細雨下了幾天，陽光終於露臉，綠樹也抽出了嫩葉，小白蝶在花間飛舞。趁著放晴的日子，一家人忙著把棉被拿出來曬一曬。在曬棉被的過程中，陽光不但照在棉被上，也照在我們的身上，感覺暖暖的。」

實例三：

吟唱孟浩然〈春曉〉，並請學生朗誦或唱出與「春天」有關的詩或歌曲。問學生「春天」在哪裡，又怎麼知道「春天」已經來了？

> 阿傑說：「最近常下綿綿細雨，阿嬤說這是春雨。」

> 小倩說：「風吹在身上，不會感到寒冷，清清涼涼的，老師說
> 這是春風。」
>
> 恩恩說：「校園裡的小花開了，小草綠了，就是春天來了。」

經過一番熱烈討論，原來「春天」就在我們身邊。

接下來的時間，讓學生以四格漫畫的方式，描繪春天的景像。當學生完成作品，張貼在黑板上，供大家欣賞，並以所繪的圖編寫故事：「我想知道春天在哪裡，就請風箏去打聽。燕子說：『春天在空中徘徊，潔白的雲彩，為他寫下美麗的詩句。』黃鶯說：『春天在田野上散步，青翠的草地，為他散布了清新的氣息。』杜鵑說：『春天在山澗裡旅行，涓涓的溪水，為他唱出歡迎的歌聲。』太陽說：『春天穿過每一條大街、小巷，走進每一個人的家，也溫暖每一個人的心情。』小弟弟終於了解到，原來春天就在我們身邊。」

此外，還可以跨文體、跨學科、跨文化系統以及加入影音題材等，來編撰橋樑書及其運用。而這些因為事涉複雜，就暫時未能實施而可以俟諸異日。

四、橋樑書與寫作教學結合的具體方向

（一）閱讀題材與形式

閱讀是一種生活，是一種習慣，而不是一種運動。身為一位老師必須透過不同的手段，引導孩子去閱讀；而引導有很多的途徑，都必須等老師去發覺。繪本有圖有文可以產生共鳴、產生不同的想法老師要學會寬容與等待。當你遇到美好的事物，所要做的第一件事就是分

享給你四周的人，這樣美好的事物才會散播開來；喜歡閱讀的人得給自己一個未來。

我在利稻山上教書的時候，學生只有六個。那時候上閱讀課，攤開一本書，大家圍坐在一起，你讀我讀他讀，每個人都在書的情境裡，一會兒就共同讀完一本圖畫故事書。然後大家七嘴八舌以書中情節作為對話的題材，不拘任何形式，你說我說他說，各有各的想法。所以讀和說都自由自在，隨性也盡興，透過書中的情境串聯出個人不同的觀點與生活體驗，無形中小朋友的表達能力增強了、思考能力增廣了，想像力豐富了。

使閱讀扎根，讓書成為一種話題，讓書成為一種生活；使閱讀落實，使思考成為一種習慣。這是我那陣子的真實體驗，也是我從事這項研究的起點。

（二）認識文體的分類

理解、建構一種教學理論對語文教學有實質上的便利性，能以一當百及與時並進地去處理寫作教學上的困難，也提供寫作教學的一種方便法門。思考語文教學，當先辨析文體的特質以及類型。以下依據周慶華在《創造性寫作教學》中的分類：

> 倘若以語言表述的內在樣式或取樣向度作為依據，就可以暫且把文體區分為「抒情性文體」、「敘事性文體」和「說理性的文體」等三大類型。而這三大類型又可以有前現代式的、現代式的和後現代是等文化型態的差別；以致就可以形成更多次類型的文體。這些類型，還可以描述、詮釋和評價等手段以及再現、重組、添補和新創等方式各自成就所要成就的具體樣式。依照這個圖示，幾乎所有的寫作文體教學的課題都可意從中得著定位和適度討論：

　　雖然如此，實際的創造性寫作文體教學還得要再細緻化，才有具體指稱的便利性。換句話說，抒情性的文體、敘事性的文體和說理性的文體等都是高度概括的文體指稱，它們還需要再予以細分，以便作為論說和實踐的依據。（周慶華，2004：17～20）

　　直接學習是屬於一種正規的教育，而我要討論的文類主要是屬於間接學習的文學性讀物，也就是所謂的兒童文學。一般兒童讀物的內容相當廣泛，依據林文寶在《兒童文學》中提及：「因為學做的目的不同，可分為非文學性的和文學性的，非文學性的讀物也稱為知識性讀物，重在傳達各種知識；而文學性讀物，重在傳達美感或遊戲的情趣。」（林文寶，2000：35）而需要指導寫作的，就是文學性的這一部分。

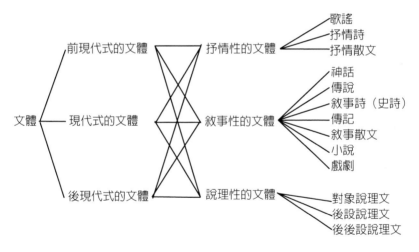

圖7　文體類型圖

資料來源：周慶華，2004：19。

（三）寫作技巧

　　閱讀與寫作是一個統一體。閱讀是吸收，寫作是傾吐，傾吐能否合於法度，顯然是與吸收有密切的關係。寫作的技巧固然重要，但須植基於讓學生在自己的閱讀過程中去慢慢地體悟。事實上，在引導閱讀中，老師可以利用發問、仿效、訓練以及明確的教學來協助學生學習，教給學生有關的寫作方法，做到讀寫結合，以提高學生的作文能力。目前寫作教學效率不佳的一個主要原因在於「閱讀」這一關沒引導好。閱讀與寫作是一體的，只要善於閱讀而使閱讀水準提高，寫作水準沒有不提高的。它們是相輔相成的，而所有寫作的技能、本領應該是從閱讀中來的。結合閱讀與寫作的教學來發展學生深層的概念理解；學生透過問題解決的寫作方式來學習概念是比較好的，經由與同儕合作所建構的理解，能讓學生從事更有意義的學習。

　　因此，在指導學生讀完一篇文章或一本書之後，學生會以自己的理解，產生了想法和感覺。不過自己的想法和感覺不一定清晰具體，在這個時候，老師應該要協助學生，使他們的想法及感覺能夠落實發芽，給學生討論的機會去修正自己想法及感覺。在這一切完成之後，學習者便能掌握住對一篇文章或一本書的欣賞或批評的要領，進而能夠透過文字展現自己的主張來。

　　從另一方面來看，由於寫作教學沒有固定的課程，教師可以不受統一課程的限制，依創造性教學原則自由編選教材，提供機會讓學生透過自由創作活動，增進其寫作能力。因此，我個人認為利用橋樑書可以克服目前寫作的困境：

1.建構啟發性的學習情境

　　兒童接觸寫作題目時，往往陷入一種「埋頭苦思」的境地，忘記現在的我和生活環境都是活生生的，密不可分的。因此，教師建構一

個可以啟發學生思考、感受及行動的「學習情境」，是解決寫作教學困境的前提。

2. 提高兒童的學習意願

兒童對寫作產生排斥心理，無法享受寫作的樂趣，原因有二：第一是兒童生活廣度、深度較狹隘，語彙不足，常常眼高手低，增加了寫作的挫折感；第二是學習環境嚴肅緊張，無法激化兒童創造力表現。教師應該針對內容，建立系統性教學引導模式，並將活潑親切、生動有趣的教學策略融入教學情境中，透過師生互動的教學歷程、同儕合作學習，營造優質的學習環境，以及有意義的學習過程，使寫作變成一種遊戲、一種樂趣、一種成長。

3. 激發兒童的真情實感

兒童寫作往往說得不過細膩、寫得不夠深刻，每每讓教師在批改時傷透腦筋。這種窘境反映出兩方面的問題：一是寫作缺乏適當的引導；二是學生忽略內心情感的表達，使文字和思想、情感未能緊密呼應，以致寫得不夠細膩和深刻。

4. 活化寫作的教材教法

兒童寫作常為了「寫不好」而苦惱，這便牽涉到如何引導教學的問題。要使文句更通順，活化文章的美感，教師可以將學生帶到真實的生活情境中，或是創設具有美感的典型場景，透過多樣化的教材教法，發展適合兒童學習的單元教學設計，兼顧語法、修辭和思維的訓練，以引導思路、觸發情感、充實內容為目標。

總括來說，橋樑書運用在寫作教學上，充分利用了「情」與「境」之間的關係，以「物」激「情」，以「情」發「辭」促「思」，以「思」加深對「情」的認識，在真、善、美的優選情境中，激發學生寫作時

的觀察力、想像力和判斷力，並且在具有啟發性的教學語言中，使學
生從寫作過程不斷獲得成就，而使寫作成為一大樂事。

五、橋樑書與寫作教學結合實施的步驟

（一）實施程序

1.大量閱讀

在閱讀的過程中，學生面對豐富的新語詞，透過閱讀連同整個句
子與上下文語境一起出現的，較能記住句子。而掌握語詞的使用規則，
教師只要充分利用學生已有的一定數量的辭彙能力，透過大量的閱讀
訓練，就可以使學生吸收的辭彙量不斷的增加。並且透過閱讀，學生
知道語言運用的規律，病句自然就不太可能產生。學生藉由閱讀，累
積大量語言素材和文章範例，逐步領悟遣詞造句、布局謀篇的規律，
增進語言能力，從而培養敏銳的語感，增進寫作能力。但在學童閱讀
前，教師不妨幫學童把關，先進行挑選讀物的工作，因為小朋友只會
挑自己喜歡的書籍如藝術有關的書籍或自然類書籍，對於人文方面的
書籍興趣缺缺。另外，看完書之後，教師必須給予學童立即的回饋，
刺激學童的反應，讓學童對書中的內容加深加廣。另外，閱讀環境的
布置也是一大學問。教學者必須了解學童的心性，針對當地學童特有
文化背景進行閱讀環境的布置。

教學生涯中，我深深體認：閱讀的習慣左右著孩子的語文表現，
閱讀量多的孩子，不僅語文表現優異，其他的領域也因熟習語文這項
工具性能力而有相對性的優異表現，所以「鼓勵閱讀」一直是我的教
學重點。

2.寫作練習

寫作是一種技能，光閱讀而不練習，是不能增進寫作能力的。真實的語言活動能激發學習者的語言潛能，應讓學習者運用已經習得的語言能力。在語言能力發展的過程中，都會經歷語文能力不成熟階段，學生犯錯的情形是不可避免的，教師可以將這個階段視為進步的里程碑，隨著學生語文水準的提高，發展過程中的語言錯誤也會逐漸消失。因此，教師要解決學生造句、作文中的病句問題，可以透過寫作訓練。例如：語詞練習、造句練習、寫日記和信函、作讀書筆記等。至於如何增進兒童書面語的表達能力？教師平日可以：1.鼓勵學童勤寫日記：寫作能力的培養非一日可成，如果想提高寫作水準，就必須平時培養觀察事物、創造思考能力。這種觀察事物、創造思考能力，可藉由書寫日記來訓練。老師要求學童寫日記時，最好先替學生訂定一個與生活相關的題目。並在訂定題目之後，讓學童發表過去的經驗，再請學童回家撰寫。2.引導學童養成打草稿的良好習慣：打草稿是減少文章中語病的方法，所以教師指導學生寫作時應該培養他們這種良好習慣。對此教師可以透過個人發表或分組討論的方式，將發表的內容板書在黑板上，然後再請學童將先前談到的內容寫進作品裡。3.引導學生養成檢查修改作文的良好習慣：教師對學生的作文全篇修改，即使寫了詳細的評語或做了認真的講評，但是缺少自我訂正的環節，學生還是無法真正掌握運用語言文字的技巧，所以學童對文章或句子應養成自我檢核的能力。教學者以實際教學現場實例，進行新橋樑書的教學設計，來進行閱讀教學及寫作練習。

目前電子書包（平板電腦）在校園推廣，平板電腦的電子書更契合新橋樑書的運用，因為它除了圖書、文字之外，與多媒體電腦一樣，是可以加上動畫、影像、語音、音樂等，這也是未來可見的**趨勢**。

（1）新橋樑書閱讀寫作的教學設計及其施行途徑：教學活動設計

表 1 新橋樑書閱讀寫作教學活動設計

單元名稱	春回大地		教學對象	國小三年級學生		
設計者	黃春霞		教學時間	80 分鐘		
教學目標	\(\begin{array}{l}\text{1. 了解注音符號語調的變化，讀出〈春天的訊息〉詩歌的節奏。}\\\text{2. 能有條理掌握聆聽的內容與詩歌節奏。}\\\text{3. 能依照「春天」的主題，表達意見。}\\\text{4. 了解「徘徊」、「清新」、「涓涓」等詞語的意義，並寫出工整的字。}\\\text{5. 能閱讀詩歌，培養歸納的能力。}\end{array}\)					
活動名稱	能力指標	教學活動		教學資源	時間	評量方式
		一、準備活動 　（一）老師 　　　　　準備八開圖畫紙、教具袋、裁紙刀、磁條、膠水、影印放大的童詩。 　（二）學生 　　　　繪圖用具。 二、教學活動 　（一）引起動機 　　　1. 吟唱孟浩然〈春曉〉，並請學生朗誦或唱出與「春天」有關的詩或歌曲。 　　　　問學生「春天」在哪裡，又怎麼知道「春天」已經來了？ 　　　2. 老師提問學生在家幫忙曬棉被的情		1. 投影機 2. 手提電腦 3. 音樂CD	5分 5分	1. 專注聆聽 2. 熱烈參與團隊

		形，學生敘述自己的經驗。 3.將全班學生帶到走廊，將手伸到雨中，讓雨滴落在手掌心，說出心中的感受。			討論 3.口頭發表
【活動一】 閱讀教學 認識橋樑書的主題		(二) 發展活動 1.練習「擬人」的寫作。 2.練習用「徘徊」、「青翠」造句。 3.練習以仿寫方式寫出一首詩歌。 4.以「春天來了」為主題，說一說春天的景象。 5.練習觀察圖片，完成短文。 6.閱讀描述或介紹自然景物的文章。 7.主動聆聽他人發表與雨有關的看法。 8.清楚發表自己的觀察感受，從五種感官出發。 9.根據主題，說出對「雨」的相關看法。 10.閱讀課文，感受自然景物的美妙。 11.練習用「感官摹寫」的描寫。	1.投影機 2.手提電腦 3.長條白紙 4 磁鐵夾	20分	1.分組合作完成童詩創作 2.看圖歸納概念

		12.練習仿寫句子。 13.練習畫出下雨的 場景。 14.觀察圖畫後,利用 圖意造句。			
【活動二】 怎樣運用 橋樑書 寫作		一、實例一: 1.小玲說:「雨好像一 根一根的針,從天上 掉下來,刺痛我的 手。」 2.小雲說:「雨好像在 我的手掌心跳舞呢! 」 3.小威說:「哇!雨摸 起來清清涼涼的!」 。		5分	
		二、實例二: 1.瑪雅說:我看到媽媽 拿著棍子拍打棉被。 2.珊珊說:我喜歡和妹 妹一起在棉被底下玩 捉迷藏。 3.阿祥說:曬過的棉 被,又鬆又軟,好像 有股香味。媽媽說那 就是春天的味道。		5分	
		三、實例三: 1.阿傑說:「最近常下 綿綿細雨,阿嬤說這 是春雨。」 2.小倩說:「風吹在身 上,不會感到寒冷, 清清涼涼的,老師說		5分	

		這是春風。」 3. 恩恩說：「校園裡的小花開了，小草綠了，就是春天來了。」			
【活動三】 實際寫作 欣賞分析 檢討		一、實例一： 　　雨淅瀝淅瀝的下，像細細的絲線； 　　風輕輕的吹，像在和小雨跳舞； 　　雨從天上飄下來，摸起來清又涼！ 　　雨，帶來春天的訊息，帶來笑聲和想像。 二、實例二： 　　綿綿細雨下了幾天，陽光終於露臉，綠樹也抽出了嫩葉，小白蝶在花間飛舞。趁著放晴的日子，一家人忙著把棉被拿出來曬一曬，在曬棉被的過程中，陽光不但照在棉被上，也照在我們的身上，感覺暖暖的。 三、實例三： 　　我想知道春天在哪裡，就請風箏去打聽。 燕子說：「春天在空中徘徊，潔白的雲彩，為他寫下美麗的詩句。」 黃鶯說：「春天在田野上散步，青翠的草地，為他散布了清新的氣		35分	

		息。」杜鵑說：「春天在山澗裡旅行，涓涓的溪水，為他唱出歡迎的歌聲。」太陽說：「春天穿過每一條大街、小巷，走進每一個人的家，也溫暖每一個人的心情。」小弟弟終於了解到，原來春天就在我們身邊。 四、賞析與檢討： 　　1. 相互觀摩作品，分享寫作的樂趣。 　　2. 能用完整的語句回答問題。 　　3. 能流暢朗讀文章所表達的情感。 　　4. 能運用學過的字詞，造出通順的句子。 　　5. 能在聆聽時凝視說話者。 　　6. 能依主題表達意見。 　　7. 能從閱讀的材料中，培養分析歸納的能力。 　　8. 能學習觀察簡單的圖畫和事物，並練習寫成一段文字。 　　9. 能從閱讀的材料中，培養分析歸納的能力。 　　10. 能應用文字來表達自己對日常生活中的想法。			

（二）新橋樑書在寫作教學上的優勢

語文和文字同為人類表達情意的工具。我們現代與人交談時，必須有明確的意念和一貫的思路，對方才能了解我們所要傳達的感覺和看法。讀一本書，看的不僅是「文字」，而是文字與文字相互交織成的世界，比真實世界更加奇妙、更加不可思議。基於此一觀點，教師如果能夠時常訓練學生作有系統的口語發表，如演說、講述故事、討論、辯論、敘述大意，學生便能從真實具體談話之中，吸收豐富、鮮活的語彙，揣摩並記憶其正確的意義和用法，組織成意思明白、條理暢達的文句，對於寫作時思路的拓展一定有很大的裨益。俗話說：「文章要寫得好，總需語詞記得多。」為了增進學童的寫作能力，使其行文具有繁複多姿、變化萬端的美感，除了指導其多閱讀課外書籍以外，鼓勵他們隨時隨地以純正的國語交談，儘量提供演說的機會，使其在生動活潑的教學情境中，能夠以適切的語文暢所欲言表達出自己的心聲，毋乃是每一位教師責無旁貸的工作。

有趣的故事、幽默故事、學校或生活故事，看在大人眼裡也許沒有什麼「意義」可言，但卻能吸引孩子進入閱讀的享受中，閱讀如果是件有趣的事，應該不需要勉強。如果你的孩子已經可以獨立閱讀了，那麼就開始為他預備文字多一些的讀物。如果孩子尚在建立獨立閱讀的習慣，那麼有大量插圖輔助的書，和專為建立閱讀習慣設計的「新橋樑書」，就是很好的選擇。當設計完新橋樑書的同時，發現了幾個問題可填補橋樑書的不足，以下為個人淺見：

1.跳躍斷裂空白

在小學階段，低年級的課外書通常以繪本為主，由於有大量的圖畫，看圖樂趣是吸引學生去閱讀的重要誘因。中年級的學生進一步閱讀橋樑書，希望學生看有圖也有文字的書，也能保持其閱讀樂趣。不

過，橋樑書在文字的部分已經加長加深，以文字為主圖畫為輔，學生感覺比起讀繪本書更加困難。閱讀橋樑書則是當作進入閱讀純文字書的過渡層次。在此階段，學生從看圖畫去想像的層次，逐漸進入看文字去想像的層次。

2. 銜接串連寫作教材

運用寫作技巧對中年級學生來說是一項需要慢慢累積的能力，在寫作課中規定應用「譬喻法」或「摹寫法」，希望學生可以舉一反三寫出一篇不錯的文章。一般來說，只有少數優秀的學生才有如此能力。課堂上給學生練習寫作的素材中，橋樑書佔有重要角色。如果從課本當中學到某一個例子，再加上從橋樑書學到相似的範例，學生的印象會更加強，日後運用在寫作方面將有熟能生巧的效果。

3. 想像能力互補

建立中年級學生的寫作基礎能力很重要，寫作不是無中生有，必須要先有一些先備知識，才能寫出有創意的文章。想像力可以經過練習而增強，可以從大自然的實物中去想像另一種事物；或是從圖畫書中去想像另一種情景；或者從文字的敘述去想像某一種畫面。學生閱讀橋樑書在自然、圖畫、文字之間可以有一些交互的作用，讓想像力有更多的發揮空間。

4. 內容題材豐富，跨越各領域，有很多彈性發揮空間

橋樑書的取材是多樣貌的，有的是著名文學作品改編，有的是童話故事；有傳記、小說、散文，也有介紹自然科學類型的。不同領域的題材都可以當作橋樑書，對於學生吸收各方面知識有相當大的幫助，而且經過編輯者妥善的組織編排，文字敘述流暢、易於閱讀才能吸引讀者繼續讀下去。對中年級學生來說，學習橋樑書作者敘事說理的文字運用，將會提升自己的寫作技巧。

5. 對比當中找到寫作題材

學生的背景知識多寡影響其寫作的內容豐富與否,適當的舉例有助於加強一篇好文章的立論基礎。比如舉出成功的案例,也要有失敗的例子;可以寫出過去歷史中的人物,也可以提到現代相似境遇的人士;可以舉本國的事件,也可以參照他國相近的事件。由大量閱讀當中就可學到許多寫作應用的對比案例,而閱讀橋樑書對中年級學生獲得新知、充實背景知識大有助益。

六、結語

閱讀的好處不只是打開一扇通往古今外的門,讓讀者以自己的時間、自己的步調在文本裡面遨遊,閱讀同時還可以刺激大腦神經的發展,讓人的大腦不會退化。閱讀的另一個好處是增加個體受挫折的能力,減少心理上因無知而造成恐懼感。除此以外,在最短時間內吸取別人研究的成果,便是面對 21 世紀資訊爆炸唯一的利器,而閱讀便是最快速吸取古今中外知識的最佳方法,更是目前所知唯一可以替代經驗而使個體獲取知識的方法。(洪蘭譯,1999:25)

在進行閱讀教學時,有意識的結合寫作教學;在進行寫作教學時,有意義的結合閱讀教學,如此才能符合現時教學時間遞減的趨勢。讓孩子從「讀」中學解題,了解題目的內涵與意義;從「讀」中學概括主旨,表達中心思想;從「讀」中學分段,概括段意;從「讀」中區分文章主從;從「讀」中捕捉重點;從「讀」中學語感、文句的賞析;從「讀」中學作者怎樣觀察、描寫事物的方法;從「讀」中學習作者的開頭、過渡、結尾的表現技巧;從「讀」中學各種修辭技巧。這樣的「讀寫結合」的策略教學,經由橋樑書的中介才能讓閱讀和寫作產生交互作用和緊密聯繫。

參考文獻

林文寶（2000），《兒童文學故事體寫作論》，臺北：財團法人毛毛蟲兒童哲學
　　基金會。

林愛玲（2009.8.23），〈橋樑書在閱讀寫作初探〉，網址：http://lll.tpc.edu.tw/
　　epaper/?p=1444，點閱日期：2011.03.25。

周慶華（2004），《創造性寫作教學》，臺北：萬卷樓。

周慶華（2006），《語用符號學》，臺北：唐山。

周慶華（2007），《語文教學方法》，臺北：里仁。

范郁玟（2008），《橋樑書的現象觀察——以《閱讀 123》童書系列》，臺東大
　　學兒童文學研究所碩士班碩士論文，未出版，臺東。

洪蘭譯（1999），麥可・葛詹尼加著，《大腦比你先知道》，臺北：遠哲。

柯華葳（2006），《教出閱讀力》，臺北：天下雜誌。

陳純純、江文謙、王文秀（2006），《閱讀寫作》，臺北：幼獅。

曾麗珍（2009），《一個橋樑書的新願景——從圖像到文字閱讀的教學研究》，
　　臺北：秀威。

詞彙的戲劇化教學

謝綺環
臺東大學語文教育研究所

摘　要

　　人類的社會生活是複雜的，為適應這種複雜局面的需要，人與人之間的交際工具也是多種多樣的，如語言、手勢、書信等；但是在通常的場合，每日每時大量使用的交際工具是語言。而語言中最活躍的因素則是詞彙。不過，因社會文化背景不同或資訊尚未吸收理解，而無法讓人理解語彙的準確概念時，就會使人如墜入五里雲霧中，不知所云。依據教育學家的說法，兒童時期（相當於國小就學階段）是遊戲的時期，兒童生活是遊戲的生活。因此，從遊戲中獲取愉悅的感受，進而從具體經驗中學習知識，未來能正確應用知識，就是基礎教育所欲達成的目標。而基於這個前提，利用讀者劇場，故事劇場、偶戲、相聲等創作性戲劇化的具體作法，將語文教學內容加以統整改編並讓學生主動參與改編，也就成了這最基本的詞彙教學的不二法門。而透過這樣的戲劇性教學活動安排，可以讓學生樂於學習並強化學習內容，彌補正式課程的缺點而強化語文教學效果。

關鍵詞：詞彙教學、讀者劇場、故事劇場、偶戲、相聲

一、引言

「小朋友的行為如果再不改善，會讓老師們覺得汗顏。」這是一個偏遠小學早上升旗時的場景：「請問，汗顏是什麼意思？」等了一陣子，總算有個六年級的男生舉手。「汗顏就是流浪漢的顏色。」頓時，老師們個個無言以對。「高樓大廈就是爬到很高的樓房，就嚇了一大跳。」晨間整潔工作，老師對著一位一年級男生連說了三次「菸蒂撿起來」，對方無動於衷。直到老師指著菸蒂請男學生撿起來時，他才自言自語「原來是香菸掉在地上，叫做菸蒂」。類似這種雞同鴨講，不知所云的現象，在偏遠弱勢的學校屢見不鮮。先天的環境資源與刺激不足，導致國語文能力亟需加強。但檢視目前語文教育環境，林柔蘭（2003）指出，我國國語文教學長期受到教材與時間進度等因素限制，傾向過度注重語文知識背誦與字詞抄寫的重複練習，使用以教師為中心的教學方式，忽略了動態的學習策略與生活經驗的連結性，而未能顧及學生為學習主體。

「九年一貫課程」的語文學習領域中，基本理念敘述得很清楚明白：「語文是學習及建構知識的根柢，語文學習應培養學生靈活應用語文的基本能力，為終身學習奠定良好基礎」、「語文是溝通情意、傳遞思想、傳承文化的重要工具。語文教育應提升學生思辨、理解、創新的能力，以擴展學生的經驗，並應重視品德教育及文化的涵養」。（教育部，2003）從語文學習的觀點來看，語言的基礎是詞彙，於是如何幫助兒童掌握詞彙的意涵，對於發展兒童詞彙知識與增進兒童閱讀理解能力，是語文教學一個必要的方向。

然而，學習詞彙並非是一個簡單的背誦過程，而是一個循序漸進的理解、記憶過程。倘若能讓學生在情境中帶入不同的詞句字彙，增加學生之間互相學習的機會，在自然的環境中使用語言並有空間練習

各種聲調大小、語氣強弱或者表情變化，甚至手勢動作，來傳達所扮演的角色的情緒或情感，然後讓別人了解，用口語和非口語的方式來達到人際之間溝通的目的，建立自我的語言溝通技巧。（林佳慧，1994；陳仁富，1999；林玫君，2003）這樣的學習是透過具體的經驗而來，也是練習精準使用詞彙的好方法，讓學生在溝通時不僅能正確理解他人的話語，也能明確表達自我的想法，讓溝通更為順暢。

二、一般詞彙教學的狀況及其問題

教育部（2003：21）九年一貫課程綱要中明白指出：本國語文的基本理念在於培養學生正確理解和應用本國語言文字的能力。為達到此理念，在國小語文教學中，教師透過聽、說、讀、寫的教學，培養學童能充分運用語文來進行學習和表達。小學國語文教學的主要任務，是培養學生實際使用語言、文字的能力，因為由古至今人們都得用語文互相傳達自己的思想。然而，九年一貫課程之後，小學低年級的語文教學時數，一學年幾乎減少近一百個小時，再加上鄉土語文的擠壓，根本沒有多餘的時間來作更多的國語文練習。雖然九年一貫課程中重視語文的聽說讀寫、能夠自我表達、溝通與分享，加上獨立思考與解決問題等，但在國語文時數大幅縮減之下，想於這麼短的時間內要能夠完成上述加深加廣的學習，確實讓人有力不從心的感覺。

還有在教學現場中，由於課程時數的緊縮，教師們每天疲於趕課，而無力兼顧情境的營造與興趣的啟發。目前大部分小學教學現場，根據教師手冊中設計的語文教學活動流程是先引起動機、接著是學生默讀課文、然後提問課文內容、再者詞語解釋、其後課文深究及聽、說、寫作訓練。然而，在這樣有限的教學節數內大多數教師卻依舊偏重字、詞、句型的傳統教學模式，且多以老師講、學生聽的活動為主，以及

大量字詞抄寫的重複練習；欠缺語境的造詞、造句、句式練習，只重
視句子形式結構而忽略內容中意義的連貫關係。孩子從這些被大人設
計的教學活動中所學到的能力、知識是複製的是短暫的，無法具有廣
延性和實用性的效果。這麼一來，學生在國語課程中實際的語文學習
經驗就變得不切實際。雖然也有為數不少的創意教師，鑽研與開發許
多生動活潑的語文教學活動，但結果卻多半是學生享受快樂的活動，
但無法連結、累積學習的內容。

三、改為戲劇化教學以便改善

美國兒童戲劇協會（The Children's Theatre Associationof America，
簡稱 CTAA）將創作性戲劇做了以下的定義：創作性戲劇活動是一種
以非演出的、即興的、注重過程的戲劇活動形式。透過領導者帶領參
與者，運用角色扮演的遊戲，去體會、想像及反思人們的生活經驗；
可藉此反映出參與者的概念與能力，並促進本能和邏輯的思考，產生
愉快的美感經驗，同時增進個人的知識。（Davis & Behm, 1978）在
1977 年後，美國兒童劇場協會的專家學者們，除了修定創作性戲劇的
專有名詞之外，也對其定義進行修定，而新的定義如下：

> 創作性戲劇是一種即席、非表演、且以過程為主的戲劇形式。
> 其中，由一位「領導者」帶領一群團體，運用「假裝」的遊戲
> 本能，共同去想像、體驗、且反省人類的生活經驗。（引自林
> 玫君，2003：14）

林玫君（2003：14）延伸上述的定義又加以闡述：「創作性戲劇
的過程，是一種即興自發的教室活動，著重參與者經驗重建的過程和
其動作及口語『自發』的表達」。針對師生互動和戲劇技巧的運用，
她也認為應該鼓勵「開放自然」的上課氣氛，透過一些引起動機的技

巧，及肢體、默劇、口語等即興的戲劇創作，教師可以和幼兒一起運用自己的身體與聲音對話把戲劇中的想像世界表達出來。

張曉華（1999，29）也指出創作性戲劇這種教學方法，是以戲劇或劇場的技巧，建立群體參與的互動關係，以引導學生，發揮創作力與相互合作的精神，來豐富課程的內容、愉快的經歷實作的學習過程，並促進學習意願與教學效果。

陳仁富（1999）認為創作性戲劇能提供一個沒有危險、沒有競爭的安全環境，讓參與者學習集體的創作、溝通彼此的想法，同時感覺和享受戲劇經驗。此外，創作性戲劇著重於學童的學習過程而非最終舞臺戲劇展演（陳仁富，2001；楊璧菁，1997），啟發性的過程意義遠大於表演成果的意義。創作性戲劇的目的在於：從戲劇活動過程中，透過集體智慧啟發學童創造思考能力，而不是教導學生如何表演；讓學生能藉由親身參與，感受創作性戲劇活動過程的樂趣，而不是死記硬背劇本的內容。創作性兒童戲劇的本質，類似幼兒自發性的扮演遊戲，也就是扮家家酒，是即興自發的教室戲劇活動，其發展的重點在於參與者經驗重新建構的歷程。（楊佳惠，2000）

張曉華，（2003：43）說：「創作性戲劇是透過創造性戲劇教學法之生動有創造性的教學方式，使學生在充滿樂趣中學習，並促進兒童人格之成長，能夠發揮自我之潛能，提供制約與合作的自由空間，藉以發揮創造力並使參與者在身體、心理與口語上均有表達的機會，自發性的學習，以為自己未來的人生奠定基礎」。創作性戲劇教學是由學童自發性參與活動，尊重他們的個別經驗與參與過程，集合眾人的創意，透過角色扮演和肢體展演，培養學童語文、思考、動作、感覺、溝通與表達的能力。（蔡慧君，2008）

綜上所述，創作性戲劇是透過團體相互溝通、合作共同去想像、規畫、討論及演出，從中觀察、模仿、進而創作，增加其學習經驗並開發多元智慧。學習關鍵在於過程，並非結果的演出。創作性戲劇利

用戲劇活動融入教學，來學習處理真實生活中的問題，學生能積極參與以理解他人、並適當的表達情緒與回應感受。

Graham（1953）提出兒童戲劇會（一）提供兒童娛樂；（二）提供廣泛的想像力，給兒童心理上的需要；（三）提供經驗讓兒童可以了解自己的性格，了解人群；（四）從戲劇的經驗培養兒童將來成唯一個聰慧的、可以評論戲劇演出的成人觀眾。（引自 Lewis，1995）

鄭黛瓊（1999b）認為戲劇教育的功能有下列數點：（一）表達聲音、語言、肢體的能力；（二）開發並輔導兒童認知及行為發展的潛力；（三）訓練兒童觀察及處理事件的能力；（四）增加學生對課業內容深究的興趣；（五）培養學生對藝術鑑賞與判斷的能力；（六）培養兒童劇場禮儀；（七）培養兒童創作戲劇的能力；（八）培養賞析文學作品的能力。

國外學者 Stern 從心理學的角度來看，指出戲劇活動融入外語教學上的一些重要影響，列舉如下：

(一) 強化學習動機：戲劇活動可以激發學生的學習動機和提高語言學習認知。

(二) 增進學生自尊：戲劇活動在課堂上可以成為一種培養學生口語能力表達的工具及加強自信和自尊。

(三) 降低遭受拒絕的敏感：戲劇活動減少學生的焦慮，學生可透過參與戲劇遊戲，學會相互合作。

(四) 增強同理心：戲劇活動可使學生學習站在別人的立場，也可讓他們在團體中學習與人相處。（引自張逸帆，2000）

以上學者們的研究可了解到戲劇活動融入教學與目前教育當局所推動教育改革的理念相互呼應，那就是學習是主動、自發的，學生學習的過程是透過將舊有的經驗與新的體驗結合，然後產生新的學習內容。老師只是一個引導者，提供學生學習過程，激發學生學習的潛力，讓學生能夠探索自己的舊經驗，產生出屬於自我的能力。

從戲劇教學經驗中可以解到戲劇化的教學可提供教學上多項的效能：（一）利用口語、肢體正確、精準表達詞彙的意義；（二）培養表

演能力;（三）因戲劇種類多樣,可培養學生多方面的能力。而這正好符合九年一貫課程綱要語文學習的基本理念中的「培養學生正確理解和靈活應用本國語言文字的能力。以使學生具備良好的聽、說、讀、寫、作等基本能力,並能使用語文,充分表情達意,陶冶性情,啟發心智,解決問題」、「培養學生有效應用華語文,從事思考、理解、推理、協調、討論、欣賞、創作,以擴充生活經驗,拓展多元視野,面對國際思潮」。（教育部,2003：19）

因此,在語文教學裡融入戲劇活動的創造性、豐富性,不僅能有效達到教學目標,更能激發出學生多面向的技能,是值得教師們運用的教學技巧。

四、詞彙戲劇化教學的方向

戲劇教學是以表演當成教學的技巧,應用戲劇的教學媒介來作為其他學科理解之用。九年一貫課程的戲劇教學,不僅指學習表演藝術,還需建立起對文學、哲學、歷史、文化等人文學習上的平素修養。教師除了要具備戲劇表演教學能力外,也要有領域內統整其他學科,領域外統整其他方面學習的課程設計與教學能力。根據不同學習階段知識能力指標,讓學生達到探索與表現、審美與理解、實踐與應用的學習目標。（張曉華,2004：352）

Krashen 認為理解先於創造,語言的習得首重理解,溝通能力需建立於既有的知識上。因此,教師應儘量運用多元的教學方法來幫助學習者理解教學中所呈現的語料,提供「可理解的語料輸入」。根據史杜威（Stewig,1992）的分析,創作性戲劇有下列四種特殊的貢獻:字彙的增進、聲調及語氣的控制與變化、臉部表情與手勢動作和即席的口語創作。

戲劇不是一個教學法而是一個技巧,而此技巧可以被使用在發展語言技能。它分別可用在課本教學、聽說讀寫技巧教學、語言溝通技

巧教學、戲劇演出計畫。（Wessels，1987）就語文而言，它可能提供什麼樣的好處？大體上能夠流暢地使用目標語言、在一個有結構組織裡完整狀況下有互動式的學習，學習到聲韻學及發音能力、對新的單字及句型結構有全面性的了解、讓學生對自己語言學習能力上有自信。（Wessels，1987）

　　兒童語言發展是從聽話理解再到說話表達，也就是先理解口語的辭彙、語句後，才能過渡為書面語的文字。如此，要符合語文的演進歷程，課程設計應由口述到筆述。（王萬清，1997：285）

　　近幾年來，創作性戲劇教學在專家學者們的大力推廣下，戲劇活動進入語文教學活動時，成了提升語文能力的利器，各類型多元活潑富創意並結合傳統戲劇的戲劇教學活動應運而生。戲劇活動融入於語文教學活動中，對於學生多元智慧的觸發、引導與發展，具有實質的幫助。透過戲劇建立了一種近於真實生活的情境，可以更具體的方式呈現日常生活中的經驗與感覺，並且使學習者自然而然的運用語言。

　　本文就以偶戲、相聲、讀者劇場，故事劇場的多元、豐富性與詞彙教學激盪出語文的新氣象。

（一）偶戲與詞彙教學的結合

　　運用偶具作表演的偶戲，是融合了造形、動作、對話、編劇、即興創作、布景、服裝等設計，並兼具雕刻、繪畫、舞步、戲劇於一身的戲劇表演藝術。偶戲是由操偶者藉偶具的動作經其他舞臺條件配合的演出。教師倘若能應用部分方法，掌握住趣味與操作技巧，便能吸引兒童的注意，維繫他們於各個不同的情況之中，並讓他們因此而獲益。偶具不是玩偶，而是在操偶者操控之下所呈現出有生命的演員。幾乎所有的物體都可以成為偶具，如：玩具、工具、物品等等，只要能夠控制它的動作，能配合對話與音效就可以用它作為偶具。倘若由教師領導製作的偶具，也須有人操作才能使它有生命與戲劇。（張曉華，1999：268～270）

偶戲是由操偶者藉由和偶具、其他舞臺條件互動的一種演出形式。（張曉華，2003：268）偶戲和面具能讓兒童創作、操作、怡情，以展現出他們的思想與天份，使他們勇於表現，探索他人的觀念，並產生創作的熱忱與更成熟的自我信念。（張曉華，1999：268）

偶戲的表演應用於語言方面的課程，是以偶具的身分角色，來說故事以鍛練語言表達能力。其在課堂上有以下的效能：1.教室氣氛輕鬆、活潑，不會造成學生的壓力；2.學生學習意願、態度積極認真；3.學生能培養更多的自信心和自我肯定。「角色扮演」是語言教學的活動之一，而且也是成效最受肯定的。它提供學生語言練習的機會，也讓學生完全地投入一個多層面意義的、模擬真實生活的語言情境中，且對平日害羞不太開口的學生提供主動練習各種對話的機會。又因為偶的製作不僅容易上手，讓學生能輕鬆簡單的製作出一個「偶」；且能激發每個人的創意；還能在製作過程中與他人互動，增加彼此學習的機會，進而能分享自己的作品並欣賞他人的作品。因此，偶戲在課堂上運用的機會大為增加。

檢視語文教學現場中，在生字新詞教學上，教師從課文內容中提出詞語，從而指導字音、字形、字義，師生共同研討詞義，透過圖片、表演，舉例說明了解詞義。老師倘若能以偶戲活潑、具有吸引力的特色，結合語詞教學中造詞、造句的教學，不僅讓課堂中的氛圍充滿主動、有趣外，還可以利用自我學習得到的經驗更能豐富孩子的語文世界。

（二）相聲與詞彙教學的結合

馮翊綱，在《相聲世界走透透》中明白指出說學逗唱的意義：

> 「相聲」是一門自成格局、完整成熟的表演藝術，不需依附其他表演類型存在。

相聲是以「說」：細膩的說話、討論、說故事，為基本形式。

1. 說，是相聲的基本功，要說得清楚，說得入理，說得讓人百聽不厭。說人、說事、說理、說情，說笑話、故事、燈謎、繞口令、無時無地、無事無處不靠說，表演者必須下定功夫，練習語言節奏，矯正發音，才能入門。

2. 學，學人言、鳥語、市聲，舉凡天上飛的，地上跑的，水中游的，對人性、人生的摹擬。是相聲的表演技巧，任何人物的語言及神態，還有各種動物也不能遺落。表演者除了語言訓練外，儀態表情也很重要，平時敏銳的觀察力是表演者不可或缺的能力。

3. 逗，是相聲幽默的風格，插科打諢，抓哏逗趣，通過你來我往，舌劍唇槍，似是而非的錯誤邏輯，抖落揭發天下的瘡疤，掌握笑料，逗樂觀眾，相聲的最基本效果就是笑果。

4. 唱，是相聲的表演功夫，像不像，三分樣。表情、聲音、動作、態度的整體音樂性。模擬誰像誰，才是「唱」的真諦。

（馮翊綱，2000：34）

「說」是相聲藝術的基礎，確立了相聲演員和觀眾感情交流的表現方式，是其他三種因素的黏合劑。「說」、「逗」形成相聲喜劇風格的語言藝術，相聲以「說」為「逗」，以「逗」為「說」，逗的目的是說，而逗又以說的方式來表達，二者實是一體兩面。「學」和「唱」使相聲推向立體表演，聲音、動作、形象相結合的綜合藝術。說、學、逗、唱的綜合表演，確立相聲是簡單又具吸引力的藝術形態。（洪雪香，2004）

何三本（1997：220）《說話教學研究》中，指出相聲的語言必須具備幾個口語表達的重點：1.通俗易懂；2.明快動聽；3.形象具體；4.生動活潑；5.用詞廣泛；6.豐富多彩。

楊家倫（1998）《相聲小集1》提及：

> 凡是參加過相聲訓練的孩子，個個字正腔圓、語氣流暢，能從
> 容不迫地上臺侃侃而談；在思想言行方面，也能受到潛移默
> 化，成為明是非、辨善惡、知所力行的好學生。這證明「相聲」
> 不但生動有趣，而且具有潛在的功能，用它與國語教材相配
> 合，是再恰當不過的。（楊家倫，1998：自序）

因此藉由相聲的幽默、風趣的戲劇特性與語文學習中說話、聆聽的能力培養相互搭配、結合，刺激學生詞彙的運用並增加練習的機會。「說話」是學生的基本能力；倘若能應用「相聲」，發揮「幽默、好笑」的技巧，除了能得到較佳的溝通效果；更能增進人際互動、交流的能力。相聲從聽、說入門，卻影響讀、寫的能力，因其學習是整體運作，所以能使語文的能力提升，而且著重生活的應用。這種帶得走的能力，證明「相聲」是培養基本能力的最佳教學策略。

（三）讀者劇場與詞彙教學結合

讀者劇場是由兩個或兩個以上的朗讀者，作戲劇、散文或詩歌的口語表現；必要時，將角色性格化、敘述、各種素材作整體組合，以發展出朗讀者與觀眾一種特殊的關係為目標。它表現的方式是讓演員朗讀者，從頭至尾都在舞臺或固定的區位上，以搭配少許的身體動作、簡單的姿勢及臉部表情，朗讀出所設計的各個部分。因此，演員朗讀者必須熟知原作者的本意、不同的性格特徵、傳述出各種不同的角色。（張曉華，1999：243）

林文韻（2003）指出讀者劇場讓孩子在與同儕的默契中學習，是一種合作學習的方式。在讀劇時，除了自己分派到的臺詞外，別人在讀的時候也要專心聽，才知道何時輪到自己讀臺詞。在這過程中孩子練習了聽力，聽到其他人的發音、語調及表情，在參與中的同時學到其他同學的示範。

　　王慧勤（2000）研究指出：多數學生表示在扮演遊戲的學習過程能深入了解課文與增加課外常識；學生從扮演遊戲的學習過程獲得課文與新詞理解情形的檢視與釐清機會。可見戲劇活動不但能增進理解能力，更能讓學生在快樂的情境下達成這些能力的學得目標。

　　張文龍（2005）指出，讀者劇場運用在教學的優點有五項：1.賦予文學生命力；2.建立個人發展；3.無場地限制；4.增進文化素養；5.培養創造力。

　　從學者們的研究說明裡，可清楚的了解到讀者劇場是以活潑多元的口語表達呈現劇本內容，語言、樂趣、創意的教學目標都可達成，是一種可以引起學生高度學習動機的教學策略。

　　讀者劇場的另一個優點是發展人際互動的社交合作技巧，也可幫助害羞的孩童克服困境。學生藉由跟同儕一起朗讀、合作，而不會覺得孤立、寂寞，許多學生也因為可以和同儕合作，而因此有高度參與的動機。因為學生是一起朗讀文章，而非自己一個人朗讀，而且每位學生負責一個部分，大家輪流朗讀，學生有機會可以休息，對較害羞的學生而言，壓力也會比較小。（曾惠蘭，2004）

　　綜上可知，讀者劇場極為適合於課堂內進行的語文教學活動。透過活動，學生可以練習各種朗讀的技巧，認識不同的詞彙，增進對教材內容理解程度，達到提高學習語文的興趣和提升語文欣賞的能力。

（四）故事劇場與詞彙教學結合

　　故事劇場較讀者劇場更為口語化，敘述者的說明由角色所分攤。因此，劇中人物有時會以第三者的身分，用旁白或獨白來敘述一些情事。演員往往須要穿著劇裝；當敘述時，其他演員還可演啞劇動作。同時可將歌舞、音樂作搭配演出，是一種較動態的故事敘述戲劇表演。故事劇場是由於讀者劇場而發展出來的另一種新表現形式。因為它是

一種更為舞臺化的表演形式，相較之下導演的功能顯得更為重要。（張曉華，1999：250）

廖順約（2006：100）指出「故事劇場」，簡單的說就是將廣播劇移到臺上演出，演出人員不可以拿劇本，需要背稿，只有負責旁白的人可以看著劇本唸稿，演出難度比讀者劇場高，成員就像真的在演戲。故事劇場是根據一個課程中的故事為基礎，延伸發揮並進行即興創作表演。學生在遊戲、角色扮演、啞劇的肢體表現和朗讀劇場的聲音練習後，逐步有能力組織一個故事來表演。

雖然目前對故事劇場與語文學習相關性的研究不多，但仍可從現有文獻中發現「故事劇場」在角色扮演的同時更需揣摩人物的情感、語氣的變化，因此比「讀者劇場」更貼近生活。由於故事劇場給予演出者更多自由的機會去創造人物的特色，因而讓學生更願意主動分析劇本、理解詞彙，從而達到具體的學習成效。

五、相關教學實施的步驟

從以上研究發現，戲劇化教學在語文學習上助益無窮，現在就以創作性戲劇中的偶戲、相聲、讀者劇場、故事劇場等四種類型應用於詞彙教學現場的具體作法加以說明。

創作性戲劇教學活動程序可由計畫、解說與規範、演練、評論、複演等五個階段進行。（張曉華，1999：75）計畫必須要包括整個活動範圍，以便活動順利進行；解說與規範的目的在引起學習者的注意與興趣，並對活動程序與規則的確定；演練相當於戲劇的排演，創作性戲劇是以即興表演的方式排演來創造場景；評論是指小組或全體參與者對排演過程的檢討與回饋；複演則是將評論後所得的新共識，重新組合後再演練。（張曉華，1999：75～84）因此，教案的流程將分為準備活動、發展活動、綜合活動、分享與評量等四步驟進行教學。

（一）偶劇：以康軒版一下《國語》第五課〈花開的聲音〉新詞教學為例

步驟一：準備活動

○把學生帶離開教室，到校園裡聆聽大自然的聲音。

○回到教室裡教師播放不同動物的 CD，讓學生猜一猜。

○你會模仿哪種動物的聲音？

○想一想？在模擬聲音中，可以用文字敘述嗎？

貓的叫聲：喵～喵～喵～狗的叫聲：汪！汪！汪！救護車的聲
　　　　　音：喔咿～喔咿

步驟二：發展活動

寫劇本，製作「偶」。

有了暖身活動的經驗，師生利用第五課〈花開的聲音〉課文進行改編，並分配角色扮演。利用「紙偶」製作完成後，進行「美化」工作，幫偶設計一些特殊造型，並把每一角色要說的對話一句一句寫下，進行試演，練習對話，並作修改，思考是否需加入表演道具。

在學生進行「偶」的製作時候，教師隨時提供協助；提供學生需要的物品、材料（如白膠、圖畫紙、色紙、剪刀）並隨時注意學生使用工具的安全性。

步驟三：綜合活動

學生進行戲劇演出。

教師指導注意事項：

務必提醒學生演出時注意事項：例如：

1. 說話時，扮演角色的「偶」必須動一動，除了發出聲音外，身體也要隨故事情境作動作。

2. 進行複演，熟背劇本，臺詞需記熟，但可以用小抄提示自己。

步驟四：分享與評量

在我個人一次教學中，因屬第一次嘗試戲劇性的語文教學活動，學生肢體表現較害羞、拘謹，無法展現聲音情緒的變化。但學生反應這次教學很有趣，希望下次還有機會表演。經由此次教學活動後學生能學會聲音和文字的連結，也能對「 」中的詞語有更具體的認知。如：

劇本：花開的聲音。
角色：小鳥、樹葉、蝴蝶、蜜蜂。

小鳥（輕快）：啾！啾！啾！你聽！我唱歌的聲音「真好聽」。
樹葉（溫柔）：沙！沙！沙！你們聽！我的聲音「細又輕」。
小鳥、樹葉（疑問）：花開怎麼沒聲音？
蝴蝶（快樂）：花開的聲音「小小小」，我「聽得到」。
蜜蜂（快樂）：花開的聲音小小小，我「也」聽得到。
蝴蝶、蜜蜂（快樂）：花開的聲音小小小，「只有」只有我們聽得到。

（二）相聲：以康軒版一下《國語》生字教學「胡周八道」猜字謎為例

步驟一：準備活動

觀看相聲表演影片，教師講述相聲表演技巧及相聲有趣和幽默的地方，並教學生欣賞的方式。

步驟二：發展活動

教師發下所準備的相聲劇本或由學生分組討論撰寫相聲劇本，然後，照劇本練習，配合表情自由發揮。

步驟三：綜合活動

給學生一段時間練習，再上臺正式表演。

步驟四：分享與評量

　　學生從上述的相聲活動中不僅有愉悅的學習活動，還能與文字作結合，使得整個學習活動活潑、趣味、貼近自己的生活，如此的學習必然印象深刻。如：

「胡周八道」猜字謎

胡勇泰

上臺一鞠躬

周志勇

甲：各位觀眾好，我是胡勇泰。「古」「月」胡……

乙：等等……是「古」「肉」胡才對，連自己名字都寫錯。

甲：好啦！好啦！你行，那我來考考你。

乙：沒問題！

甲：大一點。

乙：什麼東西大一點？

甲：就大一點呀！你快猜什麼字嘛！

乙：「太」是太陽的太，可不是你胡勇泰的「泰」唷！「喔～喔～喔～」（發出泰山的聲音和動作）

甲：再來一題，鈔票掉到水裡了。

乙：鈔票掉到水裡，快撈起來呀！（故作緊張，手撈鈔票狀）

甲：你正經點！快猜一個字啦！

乙：「漂」。您真漂亮的「漂」。（做女生嬌柔狀）

甲：我是男生耶！（作生氣狀）

乙：開個玩笑，別生氣！換我考考你。

甲：好！你出題吧！

乙：（作出兩手合掌狀）

甲：快出題呀！想那麼久。

乙：我已經出好了，「雙手合十」呀！

甲：真愛搞怪！簡單啦！答案是「拿」。

乙：不錯！你的手很白。

甲：我們是布農族，全身都黑黑的，手也是黑的，怎麼會手很白？（雙手伸出，翻動檢查狀）

乙：唉呀！我說的是「手」「白」拍，拍手的拍啦！請大家大力拍手掌聲鼓勵的「拍」。（做出拍手的動作）

胡勇泰

下臺一鞠躬

周志勇

（三）讀者劇場：以康軒版一下《國語》第七課〈彩色的腳印〉為例

步驟一：準備活動

1. 先玩手印的遊戲：一人一張圖畫紙，利用水彩將手塗滿顏色，再印在圖畫紙上。
2. 向學生介紹、討論讀者劇場的概念。
3. 分發劇本並討論角色分配。

步驟二：發展活動

1. 朗讀劇本：老師先示範並帶領學生朗讀劇本，學生提出不懂的字詞，老師加以說明。
2. 劇本內容分析：老師帶領學生討論故事角色及說話時可能有的語氣，
3. 朗讀練習：學生分組練習臺詞。

步驟三：綜合活動

當學生練習到可以進行流暢的朗讀時，就可以讓學生正式表演。教師須鼓勵學生用聲音、音調來表達感情、情緒、故事氣氛。

也可邀請別班學生欣賞讀者劇場演出活動，讓學生的練習獲得支持。

步驟四：分享與評量

表演後，教師可跟學生討論劇本內容、呈現的方式等。如果時間充裕，可讓學生輪流擔任不同角色，讓學生更有興趣。藉由分享和評量能幫助學生了解自己能夠完成與改進的地方。

劇本：春天

人物：旁白（描述的部分，由旁白朗讀）爸爸、媽媽、孩子。

旁白：下過幾天的雨，太陽出來了。一家人來到公園散步。

孩子：爸爸、媽媽，草地上長出許多青青的小草，到處開滿了花，好漂亮呀！

媽媽：你們看！小湖上的紅睡蓮，真美！

爸爸：今天天氣真好，花、草都出來跟我們打招呼呢！

媽媽：寒冷的冬天過去，溫暖的春天來臨了。

旁白：媽媽哼唱著〈春神來了〉。

孩子：春天來了？他在哪裡呀？

爸爸：你看！春天來了溫暖的陽光也跟著來了。春天一來，彩色的花朵就開滿了公園。滿地的花兒，就是春天走過的腳印！

媽媽：你看！你的臉兒像被春天親過一樣，紅紅的像那漂亮的紅睡蓮！

（四）故事劇場：以康軒版一下《國語》第八課〈朋友〉為例

步驟一：準備活動

1. 先玩「比手畫腳」猜動物的遊戲，輪流請學生用肢體動作表演出動物的特徵，另外的學生猜出該動物。

步驟二：發展活動

1. 向學生介紹、討論故事劇場的概念。

2. 分發劇本並討論角色分配。

步驟三：綜合活動

當學生把各自角色臺詞背熟、動作熟練後就可以進行正式表演。

步驟四：分享與評量

可請學生分享對角色的認知。教師對學生創造出的角色特質應多給予鼓勵、欣賞。如：

握手大會

人物：旁白（描述的部分，由旁白敘述）、黑猩猩、白兔、猴子、大象、章魚

旁白：樂樂國小最近要舉辦一個比賽，比比看誰的朋友多。比賽方法很簡單，從星期一早上八點到星期五下午四點，只要誰能跟最多的朋友握手，誰就當選樂樂國小的「校園小天使」。

黑猩猩：我每天用嬰兒油按摩我的手，我的手又滑又嫩，大家一定會搶著跟我握手。

旁白：白兔小姐拚命練舉重，好讓手變得更有力。

白兔：誰知道會遇到什麼朋友？說不定他握手的力氣大的像拔河，不多作點準備是不行的！

旁白：猴子先生最勤勞，挨家挨戶去拜訪。

猴子：我第一個要去的地方，就是小豬家族。他們每一戶都有十幾個兄弟姐妹呀！

旁白：大象小姐得意的舉起自己的鼻子。

大象：太好了，我剛學會把前腳舉起，哈哈！兩隻前腳加上鼻子，一共有三個地方可以和朋友握手。看樣子我贏定了。

旁白：比賽那一天，森林裡熱鬧的不得了，每個人都忙著找朋友握手。
　　　比賽結束了，大家期待著公布成績，沒想到第一名竟然是一隻
　　　路過的章魚先生。

章魚：「為什麼？為什麼是我？我只是要來看看青蛙老朋友，沒想到
　　　一站到池塘邊，就有一大群朋友要來跟我握手。害我到現在，
　　　八隻手都痠得不得了！」

六、結語

　　一個幼兒從認識「字」到「詞」到「句」的表達，這段歷程意義
由模糊到清楚，必須經歷、嘗試許多錯誤、校正，才能習得一套正確
的語法。位於偏遠地區弱勢學生在家庭、社區的教育功能的欠缺下，
無法提供學生語文經驗外，另一方面學生在學習不同於母語的語言
時，產生詞語語音交錯不清、意義的掌握含混不明，以及在表達思想
感情時找不到適用的詞語、誤用詞語，以致常出現令人摸不清句意，
造成笑話或誤解。因此，本文希望透過以輕鬆、活潑的氣氛，貼近生
活的教材，自發學習的態度，發揮自我潛能為精神的創作性戲劇教學，
為教學現場教師們在詞彙教學上提供些不同的教學形式，以便提升教
學效能，為詞彙教學帶來新的氣象，也期待能激發出令人耳目一新的
火花。

參考文獻

王萬清（1997），《國語科教學理論與實際》，臺北：師大書苑。

王慧勤（2000），《扮演遊戲　國語課的另一扇窗》，國立臺北師範學院課程與教學研究所碩士論文，未出版，臺北。

何三本（1997），《說話教學研究》，臺北：五南。

林文韵（2003），〈讀者劇場與全語言〉，網址：http://www.hsps.hc.edu.tw/school/classweb，點閱日期：2011.4.2。

林佳慧（1994），〈淺談戲劇對幼兒教育之助益〉，《國教輔導》33（3），30-35。

林玫君（2003），《創造性戲劇教學之理論探討與實務研究》，臺南：供學。

林柔蘭（2003），《表演藝術融入語文教學之行動研究》，嘉義大學國民教育研究所碩士論文，未出版，嘉義。

洪雪香（2004），《相聲在國小語文輔助教材之研究》，新竹師範學院臺灣語言與語文教育研究所碩士論文，未出版，新竹。

陳仁富（1999），《幼稚園戲劇活動現況調查對中小學戲劇教育推展的啟示》，收於《中小學藝術教學設計研討會論文集》，頁 8-29，臺北：國立臺灣藝術教育館。

陳仁富（2001），〈故事後的戲劇活動——以白雪公主為例〉，《國教天地》145，45-50。

教育部（2003），《國民教育九年一貫課程綱要》，臺北：教育部。

張文龍（2005），〈讀者劇場的誕生與發展〉，《英文工廠》，20，38-48，臺北：東西。

張逸帆（1999），《戲劇在國中國小英語課堂中的使用》，陳秋蘭、廖美玲主編，《嶄新而實用的英語教學：國小國中英語教學指引》，229-256，臺北：敦煌。

張曉華（1999），《創作性戲劇原理與實作》，臺北：財團法人文教基金會。

張曉華（2003），《創作性戲劇教學原理與實作》，臺北：成長基金會。

張曉華（2004），《戲劇教育理論與發展》，臺北：心理。

馮翊綱（2000），《相聲世界走透透》，臺北：幼獅圖書。

曾惠蘭（2004），〈在教室中實施讀者劇場〉，《翰林文教月刊》，10，網址：http://www.hle.com.tw/bookmark/edu/9304-edu10/edu10-2.htm，點閱日期：2011.4.2。

楊佳惠（2000），《創作性兒童戲劇研究》，臺東師範學院兒童文學研究所碩士論文，未出版，臺東。

楊家倫（1998），《相聲小集 1》，新竹：作者自印。

楊璧菁（1997），《創造性戲劇對小學三年級學生表達能力之影響》，藝術學院戲劇研究所碩士論文，未出版，臺北。

廖順約（2006），《表演藝術教材教法》，臺北：心理。

蔡慧君（2008），《結合繪本與創造性戲劇教學活動對國小三年級學童多元智慧的影響效果之研究》，逢甲大學公共政策研究所教育行政組碩士論文，未出版，臺中。

鄭黛瓊（1999b），〈兒童戲劇與兒童文藝教育的探討〉，《一九九九臺灣現代劇場研討會論文集──兒童劇場》，38-40，臺北：行政院文化建設委員會。

Davis, J. H. & Behm, T.(1978). Terminology of drama/theatre with and for children: a redefinition. *Children's Theatre Review. 27*（1），10-11.

Krashen, S. D. (1982). *Principles and practice in second language acquisition.*The Great Britain: Pergamon Institute of English.

Lewis, G. L. (1995). Children's theatre and creative dramatics: A bibliography, *Educational Theatre Journal*, 7:2, p.138.

Wessels，Charlyn.(1987). Drama.Oxford：Oxford UP.

閱讀客體創新的模式

——以《蝴蝶》、《送信到哥本哈根》、
《那山那人那狗》為例

江依錚

臺東大學語文教育研究所

摘　要

　　閱讀本身就是一種社會化的行為。我們閱讀，大多是為了別人而讀，在閱讀的過程當中，我們除了得到了心靈上的啟發、知識的獲得、情感的宣洩之外，也試著透過閱讀被影響進而影響他人。

　　在一連串的閱讀行為過後，我們可以思考：這些閱讀活動所帶給我們的改變，閱讀一本書也是閱讀，閱讀一句話也是閱讀，我們在閱讀別人的對談也是一種閱讀，因此透過《蝴蝶》、《送信到哥本哈根》、《那山那人那狗》這三部影片，

　　希望可以找到它們彼此之間的異同；並且透過這樣的閱讀客體來了解各影片當中存在的文化差異與其創新的部分，同時兼以閱讀社會

學的角度來透視這樣的閱讀客體，找到可以影響他人的部分，讓閱讀
這個行為徹底的社會化。

關鍵詞：《蝴蝶》、《送信到哥本哈根》、《那山那人那狗》、閱讀社會學

一、前言

　　閱讀行為的進一步顯象化，就是所謂的閱讀活動。（周慶華，2003：134）我們閱讀的時候，常透過自身的背景、意識型態、目的等社會性行為而讀，即使再怎麼避免，在閱讀行為進行的同時，我們也透過閱讀活動顯象這些社會化的因素，不斷的反思與辯證，在閱讀客體中解析出創新與其在社會文化系統所統攝的意涵。

　　閱讀客體指的是被理解的對象，電影此載體所異於其他，乃至於其將影象具體的呈現出來，而透過具象，除了削減了文字文本所建構出的想像，也能夠使欲表達的概念更透徹的詮釋。閱讀與社會化的關係，往往是一體兩面的，如果影片可以感動他人、帶給讀者不同的想像與內省，這也代表了社會化成分已點滴滲透閱讀。「為何閱讀」、「如何閱讀」、「果效評估」等策略考慮，已經逸離為「自我受用」的範圍，而必須連到「關係他人」的層次。而所謂閱讀的文化功能，也就在這一「關係他人」的過程中慢慢地滋生了。（周慶華，2003：6）透過鏡頭與影像編排的運用，我們在閱讀活動這一連串的行為當中，除了自身主動的閱讀，也透過閱讀而被社會化了。

　　《蝴蝶》（慕勒〔Philippe Muyl〕，2002）、《送信到哥本哈根》（費格〔Paul Feig〕，2003）、《那山那人那狗》（霍建起，1998）這三部影片的共通點在於：影片當中的角色之間，原本已有一種特定的關係，透過這樣的關係，經過了一段路的對話、變化、洗滌，產生了不同的情感變化，也讓這三部影片當中的主角獲得了人生角色重置的力量與機緣。透過這三部影片的閱讀，我們可以發現閱讀的社會性行為，也可以去察覺它們在文化背景差異下，所透露出不同的美感與影響。

　　《蝴蝶》當中的老爺爺朱立安與小女孩麗莎是鄰居的關係，彼此看似沒有很大的關聯，卻因為麗莎好奇闖入密室，看到密室裡的蝴蝶，

而連結了彼此的關係。伊莎貝拉是一隻罕見的蝴蝶，老爺爺的兒子臨死之前最想要看見的蝴蝶，在兒子死後，老爺爺決心尋找；小女孩的母親名為伊莎貝拉，得知蝴蝶也叫伊莎貝拉，小女孩也跟著老爺爺，想和他一起尋找那隻蝴蝶。老爺爺和小女孩的組合，一老一少，在電影裡頭相互扶持，透過山路的相處過程，彼此從互不相干的兩個人，漸漸有了交集，打開了彼此的心房。導演在這條山路的掌鏡、安排，就是一個讓兩人思緒互相安慰、激盪、思辨的過程。透過這段山路，老爺爺面對了心裡的喪子之痛，小女孩找尋著對母親的愛，最後回到一開始出發的密室，才發現原來他們尋找的幸福一直在身邊等著他們，只是他們不知道罷了！但倘若沒有這麼一段山路的培養，又怎麼能夠襯托出幸福看似不易找尋，實則唾手可得？

巧合的安排，是閱讀客體裡最隨心所欲的變因，透過安排，原本看似沒有交集的個體，全部環繞在同一個途軌，而依循著這樣的路途，不斷的對話與詮釋，也使閱讀主體在角色辯證的過程中獲得電影影像沒有具象交代，卻又能夠提升的心靈淨化與理解影片所帶來的闡述與反思。

《送信到哥本哈根》是描寫一個被關在保加利亞這個共產世界集中營的小男孩大衛。從他有記憶以來，他就生活在集中營裡了。對他而言，外面的世界，不是他所想要去接觸的，他只想要在集中營裡面平安的生活。有一次他偷了一塊肥皂，他的好友替他而死，也讓他下了一個決定想要離開這裡。透過集中營裡長官的幫忙，他帶著一個指南針、一塊麵包和一封信，展開了他的送信之旅，也展開了他的人生視野。在這樣的過程當中，他慢慢的對他人卸下心防，去學習怎麼發自內心的笑，怎麼讓內心獲得自由。這一段路，讓大衛努力的逃離殘忍又剝奪人自由心志的集中營。他受人所託的那封信，其實就是代表了他這個人的過去，他的身分為何，這讓他除了在這段歐洲之旅中找到自由，也讓他找到母親，找到原本屬於他自己的身分與幸福。這樣的一段路，有時平穩，有時崎嶇，也代表了追尋自我的這段旅程是富

有挑戰的。他經過了這一連串的挑戰，終於回到了他原來的身分，也重拾了對這個世界的希望與信心。

《那山那人那狗》描寫了是一個即將退休的老郵差爸爸，要把他一生的工作交給他的兒子。透過一趟送信的旅途，讓父子之間的情感產生了變化。父親跟兒子的情感看似單薄，因為父親常常不在兒子的身邊，兒子的成長過程，父親總是缺席的，而現在父親要把他這一生最重要的工作與責任交代給兒子，心中到底是不放心的。他交代給兒子的，不僅僅是把信送出去這樣看似簡單的工作，而是那份責任，在山裡面居住的人，就是要靠這樣的書信往來，才能夠跟外面的人連絡，這樣的工作是馬虎不得的。有信送的就送信，沒有信送的還要去照顧到等信的人的心情，父親把他工作的細節一一傳承給兒子。在這段郵路當中，和兒子答辯，教導兒子的不僅只是工作上的事，也讓兒子學會怎麼去待人處世，怎麼去負責任。相對的，父子的感情，也在這樣的山路裡起了變化。人是靠了解與相處的動物，人的情感是複雜的，儘管彼此之間似乎已經有了不會變動的關連——父與子的關係，但這樣的關係原本僅止於血緣，父子之間的情感似乎沒有多大的交流，但是透過這段郵路，兩個人互相的扶持、相互幫助，好像把這些年沒有交流的情感空白給填了起來。原來父親是愛自己的，自己也很愛這個父親，重新對這樣的父子關係有了新的體悟與諒解，沿著這樣的山路送信，他們的情感也越來越濃密了。

這三部影片彼此之間看似沒有相關聯，但他們都是透過了一段路的相處，而讓彼此之間的情感有所變化。本研究除了探討情感的部分，還要找出它們的社會性與創新思考的部分，使閱讀角度更面面俱到。

二、研究方法

本研究旨在找到一個閱讀方式，去連結這三部影片之間的關係，因為電影會讓看的人除了產生情緒上的共鳴之外，也會獲得審美感

受。透過社會學、美學與比較文化學的方法，我們可以看到這三部影片的異同之處。

（一）社會學方法

　　既然閱讀是一種社會性的行為，那麼就可以用社會學的方法去觀察。語文現象或以語文形式存在的事物所內蘊的社會背景的解析，大體上有兩個層面：一個是解析語文現象或以語文形式存在的事物是如何的被社會現象所促成；一個是解析語文現象或以語文形式存在的事物又是如何的反映了社會現象。這二者都可以稱為「文本社會學」。（周慶華，2004：89）導演在拍攝的過程中，透過掌鏡，就意圖去支配我們怎麼閱讀這樣的一個題材。如果我們只討論這樣的作品的存在是如何被社會現象所引導，它就僅屬於前者，沒有提出其他想法去更深入的探討；而後者，就是在這樣的一個基礎之下，提供一套說法，我們不僅接收了創作者的思考意圖，也藉著自身的閱讀而去改變他人，希望能影響他人。透過社會學的方法，也可以了解到這個社會所反映出來的社會價值觀，影響了閱讀客體的哪些部分。我們閱讀的時候，或多或少會被影響，但是如何獲得真的啟發感受，並藉此去影響他人，這又是我們該去思考的問題。

（二）美學方法

　　美學方法，是評估語文現象或以語文形式存在的事物所具有的美感成分（價值）的方法。（周慶華，2004：132）電影和文學一樣，都可以讓人感受到不同的美感，透過導演的鏡頭運用，景色的編織與人物情感的交織，我們可以從中體驗到許多美的領悟。在《蝴蝶》裡頭，景色與人物的安排，會讓人感受到優美的感覺；我們看完了這部影片，會產生和諧圓滿之感。這是一部溫馨小品，它透過場景的安排，讓我

們在欣賞影片之餘，也獲得了心靈上的純淨感受。《送信到哥本哈根》是一部讓人產生悲壯美感的影片，片中的小男孩遭遇了一連串的危險，但卻能去解決困難，並在當中得到心靈的啟發。影片讓人從悲壯的感受轉為優美，讓這段送信的過程有了最完美的結果。他和他的母親相逢，也讓故事的結尾在和諧的圓滿裡畫下了句點。《那山那人那狗》的描述，把老郵差一生奉獻的精神展露無疑，除了化解了自己和兒子的情感疏離外，也不禁讓人產生崇高的美感。這樣的職業道德與想法，與父親對兒子不顯於外的內斂感情，在走這段送信的郵路，我們可以很清楚的看的出來，也深化了傳統父親對於兒子那種期待與責任轉移的心態。影片的最後，兒子自動自發的再揹起父親傳承的工作，獨自去完成父親的任務，也代表著兒子經過上一段路的啟發而有所改變了。

（三）比較文化學方法

由於信仰的不同，而有世界三大文化系統的產出，這三大系統分別為創造觀型文化、氣化觀型文化與緣起觀型文化。西方人信守創造觀，就是上帝創造宇宙的萬物觀；中國人信守氣化觀和印度人信守緣起觀，就是在模擬或仿效相應的「氣化」和「緣起」的觀念。（周慶華，2004：191）

《蝴蝶》是一部法國電影，它和《送信到哥本哈根》都是屬於創造觀型文化的系統。創造觀型文化所預設的上帝為一無限可能的存有（周慶華，2004：191）；上帝帶給人類的想法，會讓人類產生一連串的行為，希望能夠去改變他人。透過這一段山路，《蝴蝶》中的老人與小孩重新檢視了彼此在面對自己的親情時，所展現出來的不同想法。人有無限可能，感情也是，透過努力的改變，關係是可以改善的。這樣很積極又很正面的想法，透過老人和小孩的相處，可以看的出來。《送信到哥本哈根》也是典型的創造觀型文化式的電影，這段歐洲之旅，儘管困難重重，但卻不至於讓小男孩受傷、死亡，而是安排了無限的可能，讓小男孩在

一路上雖然跌跌撞撞，卻又重新的去看待生命的意義，去思考這樣的人生考驗的加諸，鍛鍊出了英雄該有的氣質與擔當。小男孩努力的勇往直前，也是上帝所給人的想法：這個世界終究是要被救贖的，但在救贖別人之前，要先找到救贖自己的方法。這段艱難的送信之旅，由集中營出發，最後小男孩回到了母親身邊，創造了一條屬於自己的奮鬥過程。這樣的轉變，也是上帝讓人信仰的最大依憑。上帝總給人無限的希望與鼓勵，透過無懼的勇者挑戰，小男孩成功的走了一段英雄養成之旅。

《那山那人那狗》是一部中國電影，中國傳統的氣化觀型文化，也在影片中可以窺見。中國人喜歡群聚的生活強調人與人的情感聯繫，也牽連著不同的家庭與不同的村落。這條山路讓父親和兒子有了情感接觸的機會，也讓兒子去察覺原來父親的情感依歸。在不同的村莊與家庭裡可以瞧見，自己和父親的感情從未間斷過，只是自己從未發現罷了！兒子繼承父親的職業，傳承了中國人傳家傳子的觀念，也開展了兒子對父親新的不同的想法與尊重。

三、比較《蝴蝶》、《送信到哥本哈根》、《那山那人那狗》的社會化創新

閱讀行為的社會性先備經驗有意識型態、道德信念、審美能力等，而其再製經驗與發現新知都是為了影響、支配他人，遂行權力意志和寄寓文化理想。當讀者化身為閱讀主體的時候，其存在、活動、發展等活動都離不開社會環境。倘若要凸顯閱讀主體的獨特性，就勢必不了解這種社會因緣。

閱讀客體的創新要求，就是希望可以在當中「無中生有」或「製造差異」。在這樣的過程中，我們可以水平思考也可以逆向思考、基進思考等。由於閱讀主體在終極上必須被期待為參與文化創新行列的能手，所以他所閱讀的客體以及他所轉創造的新的客體，就得身負同樣

的使命，才能被源源不絕的發掘「新意」以及等待他人來「尋幽訪勝」。（周慶華，2003：206）探討這三部影片的社會化創新部分，可以進一步思考文化對彼此之間所造成的改變與創新性。

《蝴蝶》這部影片，利用了老人和小女孩的角色，去主導整個情節的展開；在這個社會體制下，老人是一個生命的終了角色，而小孩則代表著無限的希望。透過這樣的角色安排，我們可以保持著對比感：老人這一生當中，沒有辦法再獲得他所想要獲得的親情，所以他藉著找尋蝴蝶的路徑，想要更接近他無緣的兒子，去完成未完成的約定；而小女孩雖然是充滿希望的象徵，但卻因單親媽媽無法給小女孩完整的愛，小女孩在這樣的情況下無法察覺到媽媽對自己的愛，進而跟著老人。到深山裡去尋找蝴蝶，蝴蝶象徵著這樣的幸福，看似很難獲得。他們走了一大段山路，彼此也改變了對對方的觀感。雖然在山裡面沒有找到蝴蝶伊莎貝拉，但回過頭來才發現原來這樣的幸福其實就在身邊。老人要追尋的親情，對兒子的想望，不見得要透過遠方的追求，他對身旁的小女孩多用點心，便可以從她的身上獲得他想要的感情依歸；而小女孩不在母親身邊的這段日子，同時也讓小女孩的母親去看清楚自己對這個女兒的感情。沒有人是想去傷害別人的，但無形中造成的傷害，如果沒有去化解，那真的是一輩子的遺憾。這段山路的創新意涵，讓我們思考，正因有這段路的鋪陳，我們發現這樣的相互思辨，也激盪著我們對於待人處世的想法。按照社會化的思考，老人和小女孩的旅程，是不合常理安排的，小女孩怎麼可以單獨和老人出遊？如果是一般老人要上山，也不會帶著一個只見過幾次面的女孩。而這樣的安排，也刻意造成了後面的誤解：大家都認為老人會不利於小女孩。這就是社會化的影響。而小女孩掉到洞裡面，如果她死掉了，這部影片會帶給人更不同的觀感。遺憾總會造成觀賞者更突破的啟發，也會讓人覺得應該要好好把握可以改變關係的時候去做一些努力，但小女孩終究是被救了出來，也給這部影片一個完美的交代。我們也透過這段關係，可以審思自身對親情追尋是否也有未完成的遺憾。

　　《送信到哥本哈根》這部影片是典型的西方影片。西方認為英雄的養成，會透過一段艱辛的路程，在這樣路程的挑戰與培養，可以成就一個英雄的樣貌。創新的部分在於他是一個小男孩。就一般人的思考角度，小男孩要怎麼獨自去面對這個世界的挑戰？但也正因為他是一個男孩，他看世界的角度就是純真的、不受污染的，面對這個汙穢的世界，儘管會受傷害，但他還是用了積極的態度去面對，努力的找到讓心自由的方法。終於他找到了他的母親，回到了一開始那最幸福卻又遙遠的記憶。這樣一段送信之旅的安排，是很不平順的，跌跌撞撞的追尋，卻又被創造觀的想法牽引著，引導他走向正確又自由的道路。小男孩是孤獨的，他自己循著這條路，努力的去探索，每次的決定與思考，都由自己下決定，自己就是自己的主人，一旦選擇了，便義無反顧的繼續下去，沒有回頭的機會，也沒有停留的空間，他只能夠一直前進，直到追尋的目標出現為止。

　　透過挑戰，真正的英雄產出了，他戰勝了恐懼與無情，在殘酷之中生存並成長，也是這段路程所帶給小男孩的。這樣英雄主義的悲壯與揚頌，顯示出西方對於英雄所賦予的神話性與砥礪。

　　《那山那人那狗》透過郵路的安排，父子於當中不斷的對話。如果沒有這段路的描寫，父親和兒子的感情，就不會被凸顯的如此深刻了。中國人生性含蓄，不會隨便表露出自己真實的情感。這條郵路的創新，就在於這樣的安排，化解了父子之間那道似有若無的牆，他們從一點出發，又回到了同一點，只是出發前對彼此的不熟悉，就在這段路的互相扶持中彼此了解與體諒了。如果這條郵路是平坦而安穩的；如果兒子是心甘情願接手父親的工作；如果沒有一定要完成的使命，這趟旅程也無法使人有更多的感動與影響。

　　《蝴蝶》與《那山那人那狗》這兩部影片在形式上相似，二者是從起點出發，透過心靈與情感的辯證，透過不斷加給的刺激與反思，最後又回到原點。而在這樣的旅途，能夠更透徹的去看清原本就存在身邊的幸福與追尋的目標。這樣的安排，更加體現了欲獲得的，其

實並非遙不可及，找尋是一種體悟的過程；經由這樣的過程，也更加
能夠珍惜與體諒。而《送信到哥本哈根》它的異質性在於其所建築出
的路，是無法回頭的，他只能奮力趨前，為了自己而作最努力的爭取，
好像就要抵達終點了，卻又面臨另一個挑戰，透過一關又一關的闖蕩，
累積經驗與挫敗，迎向下個不同的挑戰。

四、相關創新模式的運用

　　閱讀客體在被閱讀與闡釋的同時，除了直觀的將圖象所呈現的思
維帶給讀者，也能夠就創新思考載入貼合實際的社會化應用。周慶華
在《語文教學方法》提到了審美取向的語文教學方法，從特定的形式
結構角度出發，透過審美經驗，找出語文成品所具有的可以感發的美
的形式。(周慶華，2007：247) 結合教學的範疇，擴大閱讀教學、寫
作教學、傳播教學的社會性渲染，運用創新思維並提升教學活動的獨
特性。

　　公共藝術與商業電影的相提並論顯露出眾多對立的特性，既有當
代藝術方面的，也有近期電影實踐方面的。(米歇爾〔W.J.T. Mitchell〕，
2006：354) 電影的傳播，透過商業行為的主導，將公共藝術不再只於
稀微藝術人的闡論對象，而導入了權利行為與社會化的思維。最直接
的影響就是在閱讀教學的應用，我們可以在閱讀的過程裡加以批判影
像所賦予人的審美經驗，以開展不同的閱讀面向。

　　圖象轉向的幻想，完全由形象控制的一種文化的幻想，現在已經
成為全球規模的真正的技術可能性 (米歇爾，2006：6)。閱讀圖象帶
給的震撼與分析場景的編排，都可以成為未來寫作教學方面的參考。
寫作是一種文化的再生與再製，透過形象所建築的文化幻想而成寫作
的參考。透過創新客體的啟發，同時能讓創作不侷限紙本文本，裝置
藝術、行為藝術等非文本藝術，也能夠盡情創造與揮灑。

隨著科技的進步，我們不再僅限於口頭與書面的傳播方式，更可以利用數位產品的影音功能擴展傳播的面向與廣度。（林靜怡，2011：325）傳播媒介是最暴力的影響，科技化也體現在傳播途徑中，透過傳播教學上的應用，傳播具創新價值的電影，延展傳播的面向與廣度。

五、結語

透過《蝴蝶》、《送信到哥本哈根》、《那山那人那狗》這三部影片，讓我反思到不同的人生哲理。現在的我，不也正在走一條山路嗎？人生這條路，可以穩穩的走，也可以跳著走、快步邁進，怎麼走這條路，是自己去選擇的。在這段路上會遭遇的，雖然是不可預知，但遇到了就得去面對、去思考要怎麼解決的方法，也要有信心自己可以去處理這樣的事，有時候就算自己想要閉門造車，但卻無法改變未知的命運所加注在人身上的種種考驗，就像是中國不想接受西方文化，但卻還是被武力與文明打開了自身的狹隘。

路是直的，不往前走，就是在原地踏步。西方認為英雄要經過一段路的啟發與折磨苦難，才能夠有所成就，蛻變成真的英雄。我不奢望自己成為一個英雄，但是希望能走這樣一段艱難的路，去檢視自己是否有所成就。在參與人生的路程當中，我們同時也在閱讀的，閱讀人生、閱讀人性、閱讀著社會化帶來的轉變。人很複雜，思考也是。複雜不是一件壞事，反而能夠讓所遇到的更加的富挑戰與新鮮感。我還找不到這一生中能夠去影響他人的部分，也代表著我表現出來的閱讀性還無法去影響他人。但即使如此，我在被影響的過程裡，也學習著如何創新思考，用更積極的態度，去閱讀下一個人生階段。

參考文獻

米歇爾（W.J.T. Mitchell）著、陳永國、胡文征譯（2006），《圖像理論》，北京：
　　北京大學。

周慶華（2003），《閱讀社會學》，臺北：揚智。

周慶華（2004），《語文研究法》，臺北：洪葉。

周慶華（2007），《語文教學方法》，臺北：里仁。

林靜怡（2011），《中西格律詩與自由詩的審美文化因緣比較》，臺北：秀威。

費　格（Paul Feig）（2003），《送信到哥本哈根》，臺北：中環。

霍建起（1998），《那山那人那狗》，北京：瀟湘電影製片廠音像。

慕　勒（Philippe Muyl）（2002），《蝴蝶》，臺北：聯經。

金銀紙的貨幣課題

楊評凱
臺東大學語文教育研究所

摘　要

　　貨幣是交易的媒介。在經濟發達的現代，任何交易活動都需藉由貨幣方可進行，陽界使用的貨幣為各國的錢幣、紙鈔以及信用卡等等，而陰界使用的貨幣則為金銀紙。隨著的時代的進步，陽界各國貨幣交流越趨頻繁，因而有國與國貨幣兌換制度的產生。然而，一個國家經濟過於活絡有可能會導致通貨膨脹以及偽幣偽鈔橫行等因素，影響該國的金融穩定度，因而進行幣值改革以穩定該國的金融秩序。而以金銀紙為交易媒介的陰間，勢必也有一套金融運轉的模式用以穩定陰間的貨幣。

關鍵詞：貨幣、金銀紙、貨幣兌換制度、偽幣、偽鈔、幣值改革

一、前言

　　在 2006 年 12 月 12 日《自由時報臺》〈冥錢也鬧偽鈔？！金紙侵權？店鋪不起訴〉報導臺北縣中和市金勝堂香鋪在兩年前（就是 2004 年）自同業批「普渡公斤」販售，被吉和貿易公司控告侵犯商標權及著作權。（自由電子報，2006）因金紙的侵犯商標權及著作權的問題，而出現陰界的偽鈔現象，此乃陽界貨幣制度的反射。臺灣在 1945 年到 1949 年期間面臨通貨膨脹的實施數次的幣制改革，最為人熟悉的為四萬元舊臺幣換一萬元新臺幣時期。還有陽界各國貨幣通行有一套恆久不變的兌換制度，而陰界在神與魂之間貨幣的交流是否也有一套兌換制度？在陰界乃是陽界的另一投射的想法下，從陽界的貨幣現象去探討金銀紙的貨幣制度，這是我進行本研究的動機。主要是透過陽界的貨幣制度探討「金銀紙的真偽」、「金銀紙的幣制改革」、「金銀紙的兌換性」和「藉由火化儀式接收金銀紙」等四個議題，採用「質性研究法」。所謂「質性研究法」，是實證研究的模式之一。它相對於量化研究這種「量化」取向的實證研究來說，特別重視參與觀察和深度訪談，以便取得相關的語文資料而形塑出一套理論知識。（周慶華，2004：203）它不是一個可以直接用來操作的方法，它除了強調「質性」性質，在實際運作上則以象徵互動論方法、民族誌方法、現象學方法、詮釋學方法、紮根理論研究法、行動研究法等等為它的「核心」方法內容（胡幼慧主編，2008；潘淑滿，2009），在總提上是「乃指任何不是經由統計程序或其他量化手續而產生研究結果的方法。它可以是對人的生活、人們的故事、行為及組織運作、社會運動或人際關係的研究」（史特勞斯〔Anselm Strauss〕等，1997）。本研究將搭配此方法的局部運作方式，透過靈媒及相關人士進行深度訪談，探索靈界的貨幣制度。

二、從橫行人間的偽鈔現象看金銀紙的真偽

　　古往今來，幾乎所有的人都淪為了金錢的奴隸，所有的人終身營營役役，都是被金錢所驅使而迷失了自己的本性。即使有些人高風亮節視錢如糞土，但他也一定要接受這個社會最基本的法則——如果他沒有錢，就必須忍受世人的白眼與譏嘲，高風亮節當不了錢花！（霧滿攔江，2010：23）因此，從有信用貨幣的制度產生後，人將錢視為萬能，為了多掙點錢，常常將「高風亮節」四字拋諸腦後，此現象嚴重到連四民之首的「士」，也汲汲營營的向四民之末的「商」看齊。

　　在談「信用貨幣」之前，我們應先來認識「貨幣」。為了解決物物交換制度所面臨的缺失，如果我們選擇一大眾廣泛接受且具有耐久性的物品來充當交換媒介、記賬單位和保值的工具，則這種堪稱為貨幣（money）的東西，將能克服上述所提及的困難，它在經濟體系中扮演交換媒介、價值標準及價值儲藏的功能。（李榮謙，2003：6）「信用貨幣」並非最早的貨幣制度，在它之前的貨幣制度為「商品貨幣」（commodity money）或稱「實體貨幣」（material money），為早期人類社會所流通的貨幣型態，意指其真正的價值或作為商品用途的價值，大致等於作為交易或貨幣的價值。（同上，9）身為世界上最早使用貨幣的國家之一的中國也經過此時期——中國最早的貨幣是海貝。貝產生於中國南方海域中，對於北方的夏、商、周族來說，它是一種外來品。在商品交換的早期，貝殼由於自身獨立成塊的特點，使它成為天然的計算單位，充當了貨幣。由於真貝不多，人們就用了仿製品，比如蚌殼、軟石和獸骨等材料來仿製。（江波等編，2001：11）由此可知，中國偽鈔的現象遠在「實體貨幣」時期就已經出現。然而，「實體貨幣」時期，對於貨幣的形式並無一定的規範，所以在當時並不能稱它為「偽幣」，但倘若從現今的經濟社會來論，將它稱為「偽幣」並不

為過。到了春秋時期，隨著青銅製造業的發展，出現了用青銅仿貝殼形態製成的銅貝，這就表明了貨幣進入了金屬鑄幣階段，只是當時鑄幣技術欠佳，錢幣顯得粗糙，而且又大又笨拙難以攜帶。隨著生產力的提高和發展，錢幣逐漸演變成輕巧、精美的方孔圓錢。（同上，11～12）

因此，人類在交易時，將金屬視為僅次於食物的珍貴物品。在所有可能用來作為貨幣的物品中，金屬最具為實用，而且金屬的價值在時間上保持得最長遠，地域範圍也最廣闊。因為金屬的品質長久不變，而在所有金屬中黃金始終被普遍認為最具有價值的一種。（李榮謙，2003：9～10）至於決定黃金價值的高低，則在於它的純度是否夠純和是否夠重量。而此純度說，進而影響金銀紙真偽的判定。如在我對臺東市中華路二段某金紙店老闆的訪談中的一段對話得知，金銀紙真假的判斷在於紙上的「箔仔」（金箔和銀紙）的純度純不純，「箔仔」的純度不純，就是假的金銀紙；「箔仔」的純度夠純的話，就是真的金銀紙。（訪 A 摘2011.2.28）對於該老闆用來判斷以及區分金銀紙真偽的說法，我抱持著懷疑的態度。因為倘若是以金銀紙上「箔仔」的純度來判斷真假的話，那「箔仔」的成分勢必為黃金，如果是這樣，那麼每份金銀紙販售的價格勢必不低，而非現在販售的價格每份一百或一百五十元便能購得的祭祀品；倘若從物理學的角度來判斷，此說法也不合理，主要是因為黃金的熔點高，而非一般廟宇或家裏拜拜焚燒紙錢的金爐所能熔。假使從以上兩個角度判斷此種說法，顯然是不足採信的。而這種說法，也出現在我對屏東潘姓法師進行訪談的對話中。以下是法師對金銀紙上「箔仔」的說法：

> 早期金銀紙上的「箔仔」，是用真正的金，它的純度不一定純，但至少也是比較不好的金。

（訪 B 摘 2011.3.10）

對此，我深入詢問，倘若是用影印的方式將「箔仔」印在紙上，那這樣是不是就變成偽金紙了？法師表示：

這樣算是假錢，但嚴格說來也不能說是假的。因為它是算用鍍的方式，鍍在紙上，所以應該算是銀。所以我們在祭拜的時候，不能說「燒金」，應該要說「燒銀」，但如果說它跟金相比，當然是假的。

（訪 B 摘 2011.3.10）

到了「信用貨幣」時期，「信用貨幣」可分為紙幣及硬幣和支票。在各國政府獨自發型紙幣之後，旋即為了充裕本身的貴金屬，一方面透過強制手段禁止民眾握有貴金屬，另一方面則切斷紙幣與貴金屬的可兌換關係，此時的紙幣乃稱為不可兌換紙幣（inconvertible paper money）；又因為其流通端賴政府任意的命令，因此又稱為命令貨幣（fiat money）。（李榮謙，2003：12）然而，在紙幣發明之前。當然先要有紙張與印刷術。紙張的發明與造紙技術的散播不比金屬，金屬技術在人類歷史中起步較晚。古代地中海人用羊皮製的紙張紀錄資料；希臘與羅馬帝國時代，中國曾自埃及進口草紙作為簡單書寫的媒介，但用來製作紙幣則不夠結實。而中國早在唐朝就有紙幣的使用，而且至今仍存有的使用紙幣的圖畫史料；現在只剩那個時代的真正紙幣樣本尚未發現。（魏勒福特〔Jack Weatherfo-rd〕，1998：145）

馬可波羅在十三世紀東遊亞洲時經歷的奇風異俗，大概沒有比製造紙幣並強制通行的國家威權更令他驚異的了。中國官吏使用桑樹皮製造紙幣，只要蓋上皇帝的朱紅色璽印，這些鈔票就具有黃錢和白銀的價值。中國紙幣可以大如餐巾，一張面值一千銅錢的紙幣寬有九吋，長達十三吋。雖然大得驚人，這種紙幣的重量卻極輕微，因此比銅幣要進步太多，因為一千張紙鈔重量大約是八磅重。（魏勒福特，1998：145～146）

由上文可推知，除了造紙和印刷術最早源於中國，連紙幣也發源於中國，它是有歷史脈絡可尋的。早在東漢（公元一、二世紀）時，蔡倫用桑樹皮造出中國第一張紙；中國印刷術的發明，最早可由古代印章

及石碑談起。中國古代時期就有將文字刻於石上的記錄。石刻的起源
甚早，秦朝時便有在石鼓上刻詩句的記錄。到了隋唐之際，由於社會
文化經濟的需求，發明了雕版印刷；而到了北宋慶曆年間畢昇發明了
活字版印刷術，也是世界上最早的活字印刷，比德國古騰堡發明的活
字印刷術還早四百年。由此可看出中國的印刷術在北宋以前遙遙領先
歐美國家至少有四百年的先進技術。（國立科學工藝博物館，2010）

　　紙幣，現今稱它為「鈔票」。會有這樣的演變，並非空穴來風，而
是有一段歷史淵源的。其來由如下：

> 清王朝有鑒於明朝發行紙鈔所產生的種種弊端，長期以來只行
> 錢幣，不行鈔票，基本上是銀兩（銀錠）與銅幣（制錢）并用。
> 銅幣由官方鑄造，銀兩（銀錠）則官私均有鑄造。到 1853 年（咸
> 豐 3 年），因爆發太平天國革命，清朝政府四處徵兵，一時所需
> 軍費突增，政府籌措軍費無術，遂決定發行以「銀兩」為單位
> 的「戶部官票」，和以「制錢」為單位的「大清寶鈔」，以作應
> 急之用。由於清政府所發行的大清寶鈔和戶部官票，發行時沒
> 有安排準備金，官方更是只放不收，周而復始，商人在「戶部官
> 票」和「大清寶鈔」兌不到現銀的情況下拒絕使用，這兩種貨幣
> 的發行因而受阻。後來清王朝只好允許商民把這兩種貨幣跟銀兩
> 搭配使用。到了 1860 年（咸豐 10 年），寶鈔和官票在流通時的市
> 值已跌至只有面值百分之二點五左右，形同廢紙。在百姓拒用的
> 情況下，清王朝只好在年底（清咸豐 15 年底）停止發行這種貨幣。
> 人們將「寶鈔」和「官票」的後兩字合併成為「鈔票」，這就是「鈔
> 票」一詞的由來，並沿用至今。（池振南，2010：2～3）

　　到了清末，經過中法戰爭、中日甲午戰爭和八國聯軍三次軍事慘
敗，喪權辱國，割地賠款，簽訂大批不平等條約，形成被列強瓜分之
勢。外國銀行及其貨幣也隨著大肆入侵，壟斷金融市場，把持外貿和
商品市場。中國的舊式金融業無力抗衡，反而成為外國銀行向內地滲

透的工具。經過洋務運動、變法維新和救亡圖存，中國的官營、私營工商業逐漸興起，亟需金融支持。於是創設了官商合辦的中國通商銀行與第一國家銀行戶部銀行。光緒 30 年（西元 1904 年），戶部頒發了《試辦銀行章程》，其中第 20～23 條對發票作了詳明規定。到了光緒 34 年（西元 1908 年）元月，戶部銀行改為大清銀行，頒布《大清銀行則例》24 條，明確有鈔票發行權及鈔票要求。在此前後，清廷頒發多種規章，統一發行權，控制與管理紙幣流通，如取消放任政策，發行集權中央，規定發行準備及其他管理條款，為民國以後發行鈔票打下基礎。到民國初年，這些鈔票均大打折扣，甚至沒人要，有的官錢局關閉，有的則改組為省地方銀行，另外發行省地方紙幣。到三〇年代，曾制定辦法加以取締或改組。抗戰期間因實際需要，距戰區近的仍繼續發行紙幣，防止法幣被敵偽套匯。直到四〇年代，西北邊陲地區仍繼續行用地方紙幣。（郭彥崗，1994：119～121）早在陽間發明紙鈔之前，陰間早就有一套紙鈔的運轉模式，以及監製和傳統仿偽的方式，替陰間流通的貨幣——金銀紙，進行把關，其對金銀紙的真偽自有一套辨別的方式。如以下的訪談對話中所述：這次訪談的對象是我的舅舅，他對民俗文化方面有相當的研究，也常常幫他人處理法事。他表示：

> 金銀紙有真鈔也有假鈔，真假的判斷在於是否經過認證。第一、金銀紙上面的用印，是否經過上面（此指三官大帝，是位階僅次於玉皇大帝的神祇）的認證，倘若用印經過三官大帝的認證，被蓋上此印的金銀紙便是真的；倘若用印沒經過上面的認證，蓋上此印的金銀紙便是假的。第二、是否經過一定的儀式，而其實行此儀式的靈媒是否經過認證，這也會影響到金銀紙到陰間是否能為其接受的另一個原因。

> （訪 C 摘 2011.3.12）

由此可知，金銀紙除了是我國最早出現的紙鈔，也是最早一套嚴謹的貨幣制度。然而，祂們是透過何種認證方式或者是何種防偽幾制來辨

別金銀紙的真偽，是目前還無法得知的答案。如果將此現象與目前陽間各國在市面上所流通的紙幣和硬幣相比較，它們都屬於命令貨幣的範疇，由於政府（此指陰界的三官大帝和陽界各國的財政機關）賦予它強制流通的能力，而且規定人民（在陰界為鬼神，在陽界為各國國民）繳納租稅及債權債務的清償以此為憑，因此又可稱為「法定貨幣」（legal tender）。（李榮謙，2003：13）

隨著時序進入二十一世紀，一套新興的貨幣制度因需求而產生，稱為「塑膠貨幣」。1960 年代以來，各國使用的交換媒介已經演進至「塑膠貨幣」（plastic money）的階段。一般所稱的塑膠貨幣可簡單分為提款卡（ATM cards）、簽賬卡（charge cards）、信用卡（credit cards）及轉賬卡（debit cards）四種。因此，四種塑膠貨幣的誕生，進而影響到市面上新式金銀紙的產生，如信用卡。比信用卡更早期，還出現想燒多少錢給祖先，便填上多少金額即可的「支票」紙錢。這種顛覆傳統金銀紙的新式紙錢，除了因時代的進步產生外，不外乎也受近來環保團體倡導的「金紙減量」或「拜拜免燒金，心誠則靈」的思想影響所產生的一種商業行為。然而，焚燒新式的紙錢是否也與焚燒傳統紙錢的功用擁有相同的功效？對此一問題，我分別訪談三個對象，分別為乩童、法師以及我舅舅。他們都一致的表示：

> 焚燒信用卡、美金、支票等新式的紙錢，在陰間的神靈與祖先，無法收到。

> 這些新式的紙錢，都是商人為了謀取商業利益而發明製造產生的。

> （訪 D 摘 2011.3.3；訪 B 摘 2011.3.10；訪 C 摘 2011.3.12）

從以上的談論中，可發現近來一些因時代需求而產生的新式紙錢，或許符合陽界時代的需求，但不見得有經過三官大帝的認證核可。因此，這或許是另一種「偽鈔」。

三、以舊臺幣兌換新臺幣事件論靈界金銀紙幣值的改革

　　每個國家進行幣制改革，勢必都是正經歷或者已經歷一個重大的事件，大部分發生於改朝換代以及通貨膨脹時。在春秋戰國時期，是中國古代社會經濟急遽變動的時代，也是中國貨幣經濟飛速發展至確立的時期。這時金屬鑄幣流通的範圍擴大了，並形成了不同的貨幣流通區域：北方的布幣區；濱海齊國為中心的刀幣區和南方楚國的蟻鼻錢區域。隨著經濟的發展，原來不同的金屬鑄幣流通區域逐漸突破。秦滅六國統一全國後，秦國的圓形方孔的「半兩」環錢，也就成為全國統一的法定鑄幣形式。漢代因襲秦制，仍以黃金製幣為上幣，銅幣為下幣。但錢制一改再改，漢武帝時統一了全國的銅幣鑄造，建立了五銖錢制度，繼而唐開元通寶的誕生，更使中國貨幣歷史的發展進入了一個新階段。（江波等編，2001：12）到了西元 1273 年，元世祖忽必烈為了管理中國歷史上最大的帝國，便發行了一組新的政府資援並管制的紙幣。為了執行其流通，他運用了任何政府為支持貨幣必須採行的主要措施：

> 只以紙幣付錢，並強迫任何人都必須接受紙幣付款，否則加以嚴懲。為確保政府以外的社會各界也一律使用紙幣，中國官方沒收所有老百姓的黃金與白銀，然後發紙幣給他們。（魏勒福特，1998：146）

　　除此之外，也要求來自海外的商人，必須將他們身上的黃金與珠寶交出來，並按官方制定的價格發給他們紙幣。

　　歷經了明朝與清朝都有幣值的改革。時序進入民國初年，南京臨時政府發行「中華民國臨時政府軍票」和多種辛亥革命前的籌餉票券。在此期間，有些省也發行軍用票和地方紙幣。民國 13 年（西元 1924

年），孫中山親自規畫在廣州設立中央銀行，發行中央銀行鈔票，現金準備六成以上。西元 1926 年，北筏軍規復湘鄂，在武漢設漢口中央銀行，次年（西元 1927 年）6 月發行印有漢口字樣的中央銀行兌換卷。民國 17 年（西元 1928 年），國民政府在南京設立中央銀行，頒布《中央銀行法》，修正民國初期的國幣條例，先後頒發一系列有關金融管理、幣制和發行鈔票的政策、制度和規章，逐步鞏固提高中央銀行壟斷金融、集中發行的能力。到了西元 1933 年 3 月，實行廢兩改元，從此廢除以銀兩交易計價計帳，一律改用銀元，規定此後凡用銀兩交易後收付的無法律效力，原有銀兩往來，規定按上海規元折合成銀元入帳。這樣，雖未明確規定，事實上已正式推行銀元本位制。民國 24 年（西元 1935 年）11 月實行法幣政策，明令以中央、中國、交通、中國農民四個國家銀行的鈔票為法定國幣，其他公私銀行組織從此一律不准發行鈔票，實際上是實行了紙幣本位。最後到了西元 1942 年，取消中國、交通與中國農民三行的發鈔權，全部集中統一由中央銀行發行，完成了貨幣高度集中統一的政策要求。（郭彥崗，1994：121～125）以上是中國經歷改朝換代時對前朝的貨幣政策作一番改制兌換的幣值改革。然而，隨著陽界朝代不斷的更迭，陰間的朝代勢必也經歷過改朝異代幣值的改革時代吧！然而，事實卻不是如此。根據接受訪談的法師表示：

> 陰界並沒有像臺灣一樣經歷過舊臺幣換新臺幣的時期；倘若要幣制改革，必須等到陰間改朝換代的時候。

（訪 A 摘 2010.10.2）

由上面訪談的內容得知，在陽間經歷過數次的幣制改革，而陰間卻仍舊在同一朝代。或許是跟氣化觀型文化系統重人倫以及強調和諧自然有關，待第七章再詳加論述。在陰間神明的領導相當鞏固，難以撼動。

西元 1945 年抗戰勝利，四行（中央銀行、中國銀行、交通銀行和中國農民銀行）共同接受和整頓敵偽組織發行的各種鈔卷。從抗戰後

期起，鈔票發行越來越濫，引起嚴重貶值。法幣發行已達天文數字，物價飛漲。（郭彥崗，1994：125）此時中國通貨膨脹的原因：

> 第二次世界大戰日本戰敗，1945 年（民國 34 年）10 月 25 日臺灣光復，光復初期臺灣面臨著惡性通貨膨脹，其原因可分為外在的因素與內在的因素兩方面。就外在因素而言，國民政府在對日抗戰期間，中國大陸通貨膨漲已相當嚴重，自民國 35 年起，通貨膨脹又告擡頭。因政治、軍事形勢動盪，國民政府財政支出主要需賴發行紙幣，中國大陸終至發生惡性通貨膨脹。此重惡性的通貨膨脹，不斷地輸入臺灣，成為臺灣通貨膨脹的外在因素。就內在原因而言，臺灣在光復前的戰爭時期，因生產設備遭受嚴重損失，生產銳減，資本累積缺乏，戰後重建須籌措大量的資金亦賴發行通貨方式。民國 37 年至 38 年，大陸各地相繼撤守，軍政機關遷臺，軍事費用墊款增加。因需求突然增加，財政刺字龐大，而釀成惡性通貨膨脹。民國 35 年 11 月至民國 38 年 6 月期間，臺北市躉售物價竟上漲達 1182 倍。（余森林，2010）

西元 1948 年實行幣制改革，廢除法幣，改發金圓券；不到一年，又發生通貨膨脹，金圓券的面值有高達 60 億元的。（郭彥崗，1994：125）

> 此時國民黨政府由於大量印發法幣，所引發的通貨膨脹已到了經濟崩潰的邊緣。1948 年 8 月 19 日，國民政府向全國頒布了「財政經濟緊急處分令」，宣布廢除法幣券、關金券和東北九省流通券，於 8 月 23 日開始，發行以金元（圓）為本位的金元（圓）券，規定一金元券的法定含金率為 0.22217 克，發行現額為 20 億元，百姓手上的法幣、關金、東北九省流通券都必須在 1948 年 11 月 20 日前兌換成金元（圓）券，兌率如下：金元券 1 元：法幣 300 萬元：關金 15 萬元：東北九省流通券

> 30萬元。同時，百姓手中也不能持有黃金、白銀、銀元和外幣，
> 這些「硬通貨」必須在1948年9月30日前全部兌換成金元（圓）
> 券。（池振南，2010：90）

不管是西元1945年的第一次幣制改革也好，還是西元1948年的第二次幣制改革也罷，所造成通貨膨脹的原因主要都歸因於戰爭。然而，通貨膨脹發生的原因還有：（一）從國際收支方面發生的原因：1、國際收支出現盈餘，而通貨膨脹同時發生。如西德、日本、以及1973年石油危機未發生之前的中國也都有產生此種情形；2、國內總需要過大，輸出少，輸入多，國際收支出現赤字，通貨膨脹也會產生。如英、美及臺灣在1974年1至6月份外匯虧損達六億八千萬美元（僅指臺灣）時所產生的通貨膨脹。（二）經濟繁榮時也會發生：現代各國政府，在努力促成人民充分就業，經濟繁榮，解決人民生活問題。然而，美國芝加哥大學教授弗利德曼（Miltor Freidman）認為，現代民主政府熱中於充分就業，經濟繁榮，以及提高國民生活水準，而從政者為了討好選民，爭取選票，大量發行鈔票，鼓勵生產投資，增加購買力，刺激民間需要，乃將物價拉高，所以產生通貨膨脹。（三）從社會政策方面派生的：一般政府的社會政策，對工人工資均定有最低工資，並組成工會以維護其權益。根據美國沙茲堡大學教授海雅克（F. A. Hayek）認為組織強大工會，要求提高工資，動輒強力索取，而使生產成本增加，資本家將成本轉移到消費者的身上，將物價抬高，也會促成通貨膨脹。（李義德，2007：25～26）

　　臺灣經歷過幾次的戰爭影響以及好幾次的通貨膨脹，進行幣值改革是不可避免的。至今臺灣歷經了兩、三次的幣值改革，其中最為大家熟悉的一次應該是四萬元舊臺幣兌換一元新臺幣時期。歷經這麼多次的幣值改革，是否會影響到陰間貨幣的幣值？這是一個值得探討的問題。三位訪談者表示陰間沒有經歷過此一階段。其中乩童表示：

陰間也有財政機構，會負責管理陰間貨幣的問題。

（訪 D 摘 2011.3.3）

而我舅舅則表示：

> 並非我們每一次燒金銀紙，陰界神靈都收得到，他們自有一套
> 金融秩序。

（訪 C 摘 2011.3.12）

可見陰界自有一個能嚴謹控制貨幣的財政機構，也能有效的掌控通貨膨脹的問題，致使陰界至今仍沒有幣值改革的必要。然而，陰界的財政部長到底使用何種手段來防止通貨膨脹的問題，至今仍是不可解的。

四、依現代各國貨幣兌換制度透視金銀紙的兌換性

西元 1273 年，元世祖忽必烈為了管理中國歷史上最大的帝國，便發行了一組新的政府資援並管制的紙幣。為了執行其流通，他運用了任何政府為支持貨幣必須採行的主要措施：他以紙幣付錢，並且強迫任何人都必須接受紙幣付款，否則加以嚴懲。為確保政府以外的社會各界也一律使用紙幣，中國官方沒收所有老百姓的黃金與白銀，然後發紙幣給他們。來自海外的商人也必須交出金銀與珠寶，然後由商務官按政府所定的關價折合紙幣兌換給他們。（傑克・魏勒福特，1998：146）連此時期前來中國經商的外國商人，也必須遵照元朝的規定將金幣或銀幣兌換成元朝的紙幣：

> 摩洛哥商人穆罕瑪德・伊班・巴圖塔在西元 1345 年前往中國
> 經商時，對政府控制紙幣的權力作了觀察。他報導說：「在中

國市場上根本無法使用金幣或銀幣來付錢，這些錢幣都必須兌
換成手掌般大小的紙條，上面還有皇帝的印璽。」他還說：「每
個外國商人都必須把所有的金錢交給一位官員保管，那位官員
會為他付一切花費。如果商人想要妾待或婢女，官員也可以代
他付賬。商人離開中國時，官員會把剩餘的錢退還給他。」（魏
勒福特，1998：146～147）

由上可知，早在十四世紀的元朝為了能有效掌控紙幣的流通，除了對
國人進行強制兌換的手段外，也對外國商人執行強制兌換的政策，此
乃是全世界最早實行各國貨幣兌換制度的先驅。國與國貨幣兌換的行
為，從現代國際金融的概念來看稱為「外匯」，是最狹隘的外匯定義。
因為外匯涵蓋的範圍並不侷限於外幣，凡是所有對外國通貨的請求權
而可於外國支付者，不管其形勢是握在一般大眾手中的外幣現鈔，或
存放於外國銀行的外幣存款，或持有外幣支票、匯票或有價證券，都
可稱為外匯。（李榮謙，2003：96）而這種國與國之間貨幣的兌換存在
著「外匯匯率」的問題，也就是「外匯的交易價格」，或者說「兩國通
貨交換的比率」。在競爭市場的前提下，倘若不考慮運輸成本及貿易障
礙，則不同國家間相同財貨的銷售一旦以相同通貨單位來表示其價格
時，他們應該有相同的銷售價格，此即所謂的一價法則（law of one
price）。倘若一價法則適用於所有財貨，則可將它應用到不同國家的總
合價格水準，從而帶來購買力平價（Purchasing Power Parity）的概念。
根據此一概念，《經濟學人雜誌》（The Economist）自 1986 年起每年
都會公布麥香堡指數（Big Mac index），它是利用各地麥香堡價格的比
較，來計算得出各國相應的匯率。而匯率代表一國貨幣的對外價值，
在各國習慣上，有以本國貨幣為計算基礎和以外國貨幣為計算基礎二
種的表示方式：（一）直接報價法（dir-Ect quotation）或付出報價法
（giving quotation），也稱為美式報價法，其匯率表示的型態是以 1 單
位外國貨幣折合若干單位的本國貨幣；（二）間接報價法（indirect

quotation）或收進報價法（receiving quotation），也稱為歐式報價法，其匯率表示的型態是以 1 單位本國貨幣折合若干單位的外國貨幣。（李榮謙，2003：98～99）從國際金融的概念來看元朝時期的強制兌換手段至終必須宣告失敗，因為其兌換匯率計算似乎沒有一個基準可言，以至有些外國商人進入元帝國經商時，使用各種方式將金幣或銀幣藏起來，以躲避元朝官員強制兌換紙幣的手段：

> 伊班・巴圖塔也有觀察到一項取締非法使用錢幣始料未及的後果：由於嚴禁私有金銀元寶，商人就將違禁的錢幣熔成金錠或銀錠，藏在房門的屋椽上。（魏勒福特，1998：146～147）

元朝制定的「外匯」制度，在沒有匯率基準的情形下，不再為外國商人所遵循，加上中國帝王與中央的勢力在十四世紀的時候開始式微，而宣告結束。到了晚清歷經了兩次鴉片戰爭之後，在帝國主義列強的瘋狂侵略和殘暴剝削下。中國的經濟和貨幣也相應作了同性質的轉變。中國在這半個世紀裡，整個形勢發生了天翻地覆的特大變化，而大變化中的政治、經濟、社會和文化思想，也對貨幣起了重大的影響，顯示出以下幾點的特徵：（一）中外貨幣並行流通，外幣佔主導地位並壟斷金融市場，中國貨幣處於附庸地位，到後期才改變形式，就是由眾多外幣歸於美元一統。（二）貨幣發行權從絕對分散到相對集中，晚期的清政府昏庸無能，畏洋如虎，根本沒有什麼貨幣政策，對貨幣發行完全放任自流，中外官民人等，誰都可以自由發行貨幣。外國貨幣在中國流通，外國人在中國擅自設銀行發鈔票，清政府從來不敢過問。（三）貨幣形制、弊材多樣化、種類複雜多變，幣值幣信毫無保障，共有四大類的貨幣：1.中國公私銀行發行的紙幣、銀元、銅鎳鑄幣和各種信用流通工具；2.外國銀行的紙幣、銀元及各種硬幣、信用流通工具；3.銀兩和少數民族地區專用的金銀幣及各種貨幣；4.官銀錢局號、錢莊、票號、典當及地方各類公私機構或個人自由發行的各種票券、貨幣代用品，是在一定的範圍內流通使用的。（四）各幣之間的各

自內部的比價關係變化很多，如銀元與銀兩的比價，有洋釐、銀折，隨行市變化。（郭彥崗，1994：108～110）這種貨幣百家爭鳴的現象，同樣的也出現在現今冥界使用的紙幣——金銀紙身上。如同處在一個臺灣，冥界使用的金銀紙有同一性、地方性和國際性。所謂的同一性，是有些種類的金銀紙沒有區域的分別，不分東、西、南、北都可使用；地方性，則是指各區域特有的金銀紙種類；國際性，則是近年來產生的新式金銀紙中的國際性貨幣。對於這種金銀紙進入百家爭鳴的時代，倘若陰間沒有一個可行的金融管控制度，豈不就陷入一團亂的局面！然而，從上一節已談過的幣值改革問題可知，到目前為止，陰間的金融仍舊穩固，未有通貨膨脹的現象產生。這或許都要端賴於其貨幣政策的可行性。針對目前市面上販售的金銀紙，有些種類有區域性的差異，對此區域性的差異。是否會影響到陰間貨幣的互通性？受訪的法師表示：

> 這並不會影響到陰間貨幣的流通性，不管是哪一地區特有的金銀紙，它們都有一個相同的地方——箔仔。我們燒金銀紙給陰間神靈，祂們主要得到的是上面那一張「箔仔」，「箔仔」下面的紙張只是助燃的作用而已，所以不影響陰間貨幣的流通性。

（訪 B 摘 2011.3.10）

而對於近年來市面上出現美金以及信用卡等新式的紙錢，其功效是否跟傳統的功效一樣？受訪的乩童以及法師都表示：

> 這種新式紙錢，焚燒後，陰間的神靈根本得不到，這只是陽界商人為了賺錢發明出來的東西而已。

（訪 D 摘 2011.3.3；訪 B 摘 2011.3.10）

我們可為陰間的金融政策歸為以黃金為本位的金融制度，而此以黃金為本位的金融制度在陽間也曾經在十九世紀成為國際貨幣的基準。

柯爾曼（George Colman）在 1979 年發表的劇作《法定繼承人》（The Heir at Law）中提到了倫敦金融機構所創造的財富：

> 啊，倫敦是個好地方，
> 非常馳名的城市，
> 到處是黃金鋪就的街道，
> 舉目盡是美貌的仕女。

（魏勒福特，1998：178）

這是在描寫十九世紀的倫敦，銀行家在倫敦這一個城市創造了一種以黃金為基準的紙幣制度。此一制度擴散到世界各地後，也成為世界上第一個全球性的貨幣制度。經濟學家李嘉圖（David Ricardo）對以黃金為基準的制度表示讚許：「如果有一個國家與銀行發行紙幣的權力無限，他們一定會濫用那種權力；因而所有國家發行紙幣必須有所防範與管制；最適當的方式，莫過於規定發行紙幣有抵償的義務，用金幣或金塊兌換。」在此同時，歐洲國家政府意識到黃金制度的嚴重限制，無法如先前君主般封地賜賞，又不能無止境地印製鈔票，這些政府必須另覓新法來攢集財富。第一次世界大戰結束了以黃金為基礎的世界貨幣體制。威爾斯指出：「大戰遏止，最終並摧毀了此一從無中形成的金融大同世界……大戰接近尾聲時，頗為實際的世界金融集團崩解，而過量印製紙幣則仍在持續進行。」就某種意義而言，第一次大戰結束了十九世紀，而開啟了十分不同的二十世紀時代（魏勒福特，1998：178～189）；而進入二十世紀便是以美元為本位的世界金融制度。現行的國際貨幣制度，是從 1946 年建立起來的，行至今日，一般有識之士都公認有以下的缺陷：（一）採用一國的通貨（美金）作為國際的標準通貨，就犯了手段特稱的毛病。因這一國的通貨如在世界上供應的數量增多了，而其所保有的其他資產——黃金又不能增多，則其本身兌換黃金的能力將自然減少。在此情況下，如果世界市場美元供應過多，也無法持其過多的美元向美國要求兌換黃金，除非甘

冒破壞該制度的危險。如此使美國無形中享受到「特權」。這也說明了以特定貨幣——特定品，就能享受「特權」，處於權衡作用的明證。（二）在國際收支的調整過程中，支配上往往不夠靈活，因匯兌的變動緩不濟急，容易使人在市場上造成一種期待其變的心理，常為投機者所乘。又由於變動緩慢，則一旦須變，幅度必然很大，此又對一般正常國際交易者引起很多困難，且讓投機者獲利更多，這無異鼓勵投機。（三）對於國際收支有盈餘的國家，又不施以強大壓力，使其從事匯率的增值，即使此種調整有其必要也不如此。此又可證明特定通貨充作國際交換的媒介，也有它不靈活的弱點。（李義德，2007：24～25）而此以美元為本位的國際貨幣制度的缺陷，在西元 2008 年美國雷曼兄弟連動債券事件導致世界陷入一陣金融風暴中，再次印證了二十世紀以後以美元為本位貨幣政策的缺陷。反觀陰間仍舊使用十九世紀以黃金為本位的貨幣制度，似乎較能有效控制並維持穩定的金融秩序。

五、靈界藉由火化儀式接收金銀紙

　　火的起源甚早，不僅改變人類的生活型態，在宗教上也被賦予神聖的任務，通常代表一種過渡儀式，而在泛靈信仰中，其被賦予靈魂。泛靈信仰（Animism），又譯萬物有靈信仰、萬物有靈觀、萬物有靈論。我國學術界多用「萬物有靈觀（論）」這個譯名，而「萬物有靈」一詞只是一種比喻，是個約定俗成的諺語。嚴格說來，其表述並不十分確切。人類學、民族學調查資料表明，原始人只對跟他們密切相關的人、事、物和現象感興趣，並賦予它們以靈魂，並非認為萬事萬物均有靈魂，他們還未形成「萬物」的概念。最早的「萬物有靈說」是由英國人類學家泰勒（Edward Tylor）在《原始文化》（1871）一書中提出來的：

　　萬物有靈觀的理論分解為兩個主要的信條，它們構成一個完整
　　學說的各部分。其中的第一條，包括著各個生物的靈魂，這靈
　　魂在肉體死亡或消滅之後能夠繼續存在；另一條則包括著各個
　　精靈本身，上升到威力強大的諸神行列。（馬昌儀，1999：43
　　～44）

依氣化觀型文化傳統中的宗教所示，靈體是流布於天地間的精氣。天
地間有陰陽二氣（它是從混沌中判分而出現的）；而陰陽二氣又有駁雜
的部分（就是一般的氣）和精純的部分。當中純精的部分，就是所謂
的神靈（陽精為神，陰精為靈）：「陽之精氣曰神，陰之精氣曰靈。神
靈者，品物之本也」。（王謨輯，1988：508～509）這神靈交感（陽精
和陰精遇合），則可以化生萬物：「二氣感應以相與……天地感而萬物
化生」。（孔穎達，1982a：82）而人的肉體也自然在這一化生的範疇裡：
「凡人物者，陰陽之化也」（高誘，1978a：260）、「天地合氣，命之曰
人」（白雲觀長春真人編纂，1995：720）、「氣凝為人」（王充，1978：
202）。在人肉體內的陰陽精氣，又被稱為魂魄：「魂，人之陽精也。陽
精為魂，陰精為魄」。（高誘，1978b：764）人死後，魂魄消散，又恢
復為神靈。不過，魂氣固然還原為「神」，魄氣卻又多出一個「鬼」名：
「體魄下降於地為鬼」（王謨輯，1988：509）、「存亡既異，別為作名，
改生之魂曰神，改生之魄曰鬼」。（孔穎達，1982b：764）而這魄氣只
能歸地（而不像魂氣可以升天），從此跟魂氣分異。（賴亞生，1993；
鄭志明，1997；馬昌儀，1999；周慶華，1999；王德育，2000；蒲慕
州編，2005）

　　我國典籍中對魂魄的記載，比較古老的見於《春秋左傳・昭公七
年》的一段話：「人生始化約魄，既生魄，陽曰魂。用物精多則魂魄強，
是以有精爽至於神明。」（馬昌儀，1999：59）因此，在道教信仰中有
所謂的「三魂七魄」說，廣泛見於道家典籍。在《雲笈七籤・魂神・
說魂魄》（卷之五十四）中對三魂七魄有詳細的解釋：

> 三魂者：第一魂胎光，屬之於天，常欲得人清靜，欲與生人延
> 益壽，算絕穢亂之想，久居人其中，則道備矣；第二魂爽靈，
> 屬之於五行，常欲人機謀萬物，徭役百神，多生禍福災衰刑事
> 之事；第三魂幽精，屬之於地，常欲人好色嗜欲，穢亂昏暗，
> 耽著睡眠。（馬昌儀，1999：203～204）

它所記載七魄如下：

> 其第一魄名尸狗；其第二魄名伏尸，其第三魄名雀陰，其第四
> 魄名吞賊；其第五魄名非毒；其第六魄名除穢；其第七魄名臭
> 肺。此皆七魄之名也，身中之濁鬼也。（馬昌儀，1999：204）

人活著時，這三個魂到處遊蕩，倘若受到驚嚇，它們就不敢回來，以
致走失，失魂者便會患病，必須把失去的魂找回來，於是便有各種招
魂之俗。人死後，這三個魂，一個去陰間或天上，為了讓這個魂順利
上天，死者的墳頭要掛置一弩弓，以便射殺前來攔截他的餓鬼；第二
個魂首在墳上，如果照料不好，它會四處遊蕩，便成野鬼，作祟人畜；
第三個亡魂供在家堂之中，倘若對它侍奉不周，也會外出遊蕩，變成
野鬼或白虎精之類，回家來作祟。（馬昌儀，1999：207）而靈魂是什
麼？泰勒認為，「靈魂是不可捉摸的虛幻的人的形象」，其性質像氣息、
薄霧、陰影；靈魂是虛幻的，它不見摸不著，但它又有物質性，有重
量，許多民族都有在棺材、墳墓、屋頂，甚至帽子上留有小孔的習俗，
那是給有形體的靈魂出入的通道，只不過靈魂的形體一般人都看不
見，只有靈魂的使者巫師才看的見。（同上，44）祖先死後，第三個魂
會留在自己的家裡：

> 鬼、神原來都是人。一般人死後靈魂留在自家的廳堂上，繼續
> 接受子孫的供養。德行很好的人可能變成神，就住到廟裏去，
> 享用人間的萬代香火；但是很壞的人死後永遠無法超生，就變
> 成給住在地獄裡，只有農曆七月才能出來討食。另外也有一些

無人供養或各式各樣橫死、冤枉死的孤魂野鬼，並不住在地獄裡，而是在人間到處遊蕩。鬼、神跟人一樣得要吃東西，因此需要人們祭拜供養。（張珣編，2006：52～53）

上文所提到的鬼、神和人一樣都得要吃東西，應該說祂們不是用吃的而是用吸的：

我得「靈眼」之後，有一次曾在佛堂誦經，見一物非常怪異，頭大如斗，身著光彩的神衣，口歪眼斜，雙腳如鴨腳有蹼；現身之後，把供桌上的食物之氣一一吸光。食物仍在，但氣已不存矣！我見此物進佛堂，卻奇怪諸佛何以不聞不問？「何方怪物？」我問。「水龍公是也，我喜聽經。」「你還喜歡什麼？」「看戲。」「看什麼？」「歌仔戲或布袋戲。我的廟經常演戲；對了，你也布施我一臺戲如何？我保佑你。」「算了，算了。」我笑笑說：「我那有那麼多錢。」這是我和水龍公初次的見面。（盧盛彥，2004a：154～155）

在一座金碧輝煌的恩主廟，我見到一位神祇。此神頭戴方巾，身著文士服裝，身上衣裳鮮明，在廟中到處走動遊蕩……有好幾次，祂躲在供桌底下，當一些信徒點香祈禱，用「神杯」求神指示的時候，祂從供桌下爬了出來，伸手去翻那神杯。有許多人抽籤，祂又用手把籤抽了出來，讓神示的籤跳得高一點。有時用手圈住耳朵，仔細得聽信徒向神明傾訴，祂咧著大嘴巴笑了，笑得很憨直，彷彿祂真的聽得懂似的……我有幾次向祂點頭，祂沒有發覺，直到我同祂笑了笑，祂吃驚了……最後曉得我一點惡意也沒有，終於我們成為知己的朋友……祂吃食供桌上的果品，有人殺雞殺鴨的以三牲來供拜，真神都沒有下降來享祭，那文士先生卻一巴掌把雞腿撕下來大啃大嚼，一看到我看祂，卻又咧著嘴笑了。祂吃東西的饞相，實在是不太敢恭

維，雖然物品不動，但那些物氣全給祂吸光了；祂連油膩膩的
豬肉也吃，吃得滿嘴全是油，廟中常有神聖下降，但神聖從不
管祂。（盧勝彥，2004b：106～109）

靈體藉由食氣來補充能量以成就所謂的「耗能結構」。（雷夫金〔Jeremy
Rifkin〕，1988）它在人身上，肉體吃食物時，靈體則跟著吃食物的氣。
（周慶華，2006：192）

氣，是鬼、神獲取陽界敬獻東西的唯一途徑，而這途徑勢必借助
「火」這一個媒介：

> 媽媽說普渡一開始的「經衣」是燒給他們換新衣服的，所以不
> 可以摺到，否則好兄弟穿的衣服就會皺皺的。可是在我看來，
> 大家還是衝進盆裡大吸特吸燃燒的煙霧和灰燼，根本就沒在換
> 衣服嘛……我沒見過偏食的好兄弟，祂們胃口都很好、來者不
> 拒。如果真的作市場調查，絕大部分首選都是「紙錢」。不論
> 是什麼圖案或顏色的金銀紙，他們都很喜歡，而且聽說環保紙
> 錢質地細緻，燒出來的灰燼特別可口。每次燒紙錢的時候就是
> 普渡的高潮，為了搶到最好的角度爭食，好兄弟們也會組織互
> 助團體：一群群的小團體合作佔地盤，我們包了這家、你們去
> 吃隔壁那戶。（索非亞，2010）

前部分對於鬼神如何獲取我們陽間燒的紙錢，其核心也是「氣」，而氣
不能吃，只能用吸的。後部分提到每次燒紙錢時好兄弟爭食的畫面，
此畫面只會在中元普渡時出現，平常時我們祭拜焚燒紙錢時，是由陰
間的財政機構派官員來接收，到了陰間再分送給指定的鬼神。根據受
訪的法師表示：

> 平常我們在焚燒紙錢時，會由庫官來接收，陰間共有十二個庫
> 官，分別是子、丑、寅、卯、辰、巳、午、未、申、酉、戌、

亥等十二個庫官。庫官接收完再由信差，分送給指定的鬼神，
信差共有兩位，分別是日信差、夜信差。

（訪 B 摘 2010.10.2）

如同「氣」概念，陰間鬼神勢必要藉由火化產生的氣來接收紙錢
上的「箔仔」。然而，在傳統宗教活動中的祭祀慶典（如神明遶境活動）
或喪葬出殯時，可見得撒紙錢，而非焚燒紙錢的動作。如果以「氣」
為核心，那麼撒紙錢，陰間的鬼神勢必就無法接收到。然而，實際上
卻不是這樣。受訪的道士表示：

早期喪葬的出殯隊伍，道了橋頭時，出殯隊伍中會有人停下來
焚燒冥紙。

然而，漸漸演變至今，由於人的懶性，到橋頭就直接撒冥紙
而已。

（訪 B 摘 2011.3.10）

對於用撒冥紙的方式，陰界的鬼神是否也接收的到，法師表示他
不知道陰間是否接收得到冥紙。對於這一問題，我舅舅表示：

紙錢用撒的，陰間的鬼神是可以接收得到的。至於，他們是使
用怎樣的接收方式就無法得知了。

（訪 C 摘 2011.3.12）

前面法師的說法其實是抱持著懷疑的態度，看待以撒紙錢的方式來代
替燒紙錢的行為，此客觀立場顯然跟我舅舅的肯定說成形成前強烈的
對比。而我個人則也是抱持著肯定說的立場來看待此事。從歷史角度
切入，可發現我國的喪葬禮儀早在周代就有了完整的形式，它是原始
觀念和封建觀念的混合體。人死後，先用淨水抹乾淨，然後著壽衣壽

帽，停屍板上，一至三日不等。然後被棺入殮，停於院中，孝子守靈，
親友弔喪，奠祭，並提漿報廟，由親屬子女列隊哭報土地廟，燒廟撒
漿水後歸來，這就意味著向陰曹地府「報到」了。三日後，發喪，孝
子披麻執幡，一路散撒紙錢。有的以紙牛、紙馬等隨葬，到墓地焚化，
孝子摔喪盆，舉斧指路。繼而入棺、下葬、合墳。（黃澤新，1993：113）
因此，金銀紙不一定要經過火化儀式陰界神靈才能接收到，送殯隊伍
沿路撒紙錢的意義在於收買路上的遊靈，以取得亡者的過路權。而遊
靈獲取送殯隊伍撒的紙錢勢必有一套異於藉由火化儀式的管道，只是
這管道至今仍是一個不可知的答案。

六、結論

　　陰間的貨幣──金銀紙，是一種極為穩定的貨幣。在陽間，歷經
中國數十次的朝代改革，而錢幣也跟著變異；隨著國與國交流越趨頻
繁，應運而生的貨幣兌換制度，以及通用貨幣的產生，和為求方便而
產生的信用貨幣以及塑膠貨幣，前者如支票，後者如信用卡等。因
應這些新式貨幣的產生，金銀紙製造商為能符合時代潮流，並顧及
商業利益的考量下，也發行陰界的新式紙錢：支票、美金、信用卡
等等。

　　然而，在金銀紙製造商只從商業利益的角度去思考，而非陰間貨
幣流通性與接受性的角度，因而製造並產生陰間的偽鈔現象。然而，
陰間的貨幣制度，並沒有因此偽鈔而影響其貨幣的穩定度。倘若將陰
間視為陽間的另一個世界，各國與各國間的交流，在陽間為使交流方
便因而產生了一套隨時會變動的貨幣匯率兌換制度，而陰間卻沒有此
套貨幣的兌換制度，能維持陰間金融貨幣穩定的幕後最大功臣，應屬
其採用陽間早期的「黃金為本位的貨幣制度」。

附錄：

代碼	資料類型	對象	時間	記錄方式	編碼
A	訪談	金銀紙業者	2011.2.28	錄音摘記	訪 A 摘 2011.2.28
B	訪談	法師	2010.10.2	錄音摘記	訪 B 摘 2010.10.2
	訪談	法師	2011.3.10	錄音摘記	訪 B 摘 2011.3.10
C	訪談	我的舅舅	2011.3.12	錄音摘記	訪 C 摘 2011.3.12
D	訪談	乩童	2011.3.3	錄音摘記	訪 D 摘 2011.3.3

參考文獻

王　充（1978），《論衡》，新編諸子集成本，臺北：世界。

王謨輯（1988），《增訂漢魏叢書》，臺北：大化。

王德育（2000），《上古中國之生死觀與藝術》，臺北：國立歷史博物館。

孔穎達（1982a），《周易正義》，十三經注疏本，臺北：藝文。

孔穎達（1982b），《左傳正義》，十三經注疏本，臺北：藝文。

白雲觀長春真人編纂（1956b），《黃帝內經素問》，《正統道藏》第 35 冊，臺北：新文豐。

史特勞斯（Anselm Strauss）等著，徐宗國譯（1997），《質性研究概論》，臺北：巨流。

江波等編（2001），《中國古錢幣真偽鑑定》，臺北：國家。

自由電子報（2006），〈冥錢也鬧偽鈔？！金紙侵權？店舖不起訴〉，網址：http://www.libertytimes.com.tw/2006/new/dec/12/today-so3.htm ，點閱日期：2010.10.18。

池振南（2010），《鈔票上的中國近代史》，香港：太平。

余森林（2010），〈舊臺幣（四萬元）換新臺幣（一元）對臺灣經濟的影響〉，網址：http://www.tpa.gov.tw/upfile/www/Pdf/%E8%AB%96%E6%96%87%E9%9B%86/%E6%B0%91%E4%B8%BB%E7%9A%84%E8%88%88%E8%B5%B7%E8%88%87%E8%AE%8A%E9%81%B7/t9.pdf ，點閱日期：2011.04.01。

李義德（2007），《錢幣革命之研究》，臺北：樂韻。

李榮謙（2003），《貨幣金融學概論》，臺北：智勝。

周慶華（1999），《新時代的宗教》，臺北：揚智。

周慶華（2004），《語文研究法》，臺北：洪葉。

周慶華（2006），《靈異學》，臺北：洪葉。

胡幼慧主編（2008），《質性研究：理論、方法及本土女性研究實例》，臺北：巨流。

高　誘（1978a），《淮南子注》，新編諸子集成本，臺北：世界。

高　誘（1978b），《呂氏春秋注》，新編朱子集成本，臺北：世界。

國立科學工藝博物館（2010），〈中華科技——雕版印刷〉，網址：http://epaper.nstm.gov.tw/chinascience/F/f-index.html，點閱日期：2011.04.02。

索非亞（2010.08.20），〈好兄弟普渡大暴走〉，《蘋果日報》E9 版。

馬昌儀（1999），《中國靈魂信仰》，臺北：雲龍。

張　珣編（2006），《臺灣本土宗教研究：結構與變異》，臺北：南天。

郭彥崗（1994），《中國歷代貨幣》，臺北：商務。

黃澤新（1993），《中國的鬼文化》，臺北：博遠。

雷夫金（Jeremy Rifkin）著，蔡伸章譯（1988），《能趨疲：新世界觀——二十一世紀人類文明的新曙光》，臺北：志文。

蒲慕州編（2005），《鬼魅神魔——中國通俗文化側寫》，臺北：麥田。

鄭志明（1997），《神話的由來——中國篇》，嘉義：南華管理學院。

潘淑滿（2009），《質性研究：理論與應用》，臺北：心理。

賴亞生（1993），《神秘的鬼魂世界》，北京：人民中國。

盧勝彥（2004a），《靈與我之間——親身經歷的靈魂之奇》，桃園：大燈。

盧勝彥（2004b），《靈魂的超覺——八次元空間感應》，桃園：大燈。

魏勒福特（Jack Weatherford）著，楊月蓀譯（1998），《金錢簡史・揭開人性與慾望交纏的神話》，臺北：商周。

霧滿攔江（2010），《錢的故事》，臺北：海鴿。

社會科學類　ZF0026　東大語文教育叢書 5

跨領域語文教育的探索

主　　編 / 周慶華
責任編輯 / 孫偉迪
圖文排版 / 陳宛鈴
封面設計 / 陳佩蓉

法律顧問 / 毛國樑律師
出 版 者 / 國立臺東大學
　　　　　臺東市西康路二段 369 號
　　　　　電話：089-355752
　　　　　http://dpts.nttu.tw.gile
　　　　　E-mail：service@showwe.com.tw
製作發行 / 秀威資訊科技股份有限公司
　　　　　114 臺北市內湖區瑞光路 76 巷 65 號 1 樓
　　　　　電話：+886-2-2796-3638　傳真：+886-2-2796-1377
　　　　　http://www.showwe.com.tw
劃撥帳號 / 19563868　戶名：秀威資訊科技股份有限公司
　　　　　讀者服務信箱：service@showwe.com.tw
展售門市 / 國家書店（松江門市）
　　　　　104 台北市中山區松江路 209 號 1 樓
　　　　　電話：+886-2-2518-0207　傳真：+886-2-2518-0778
網路訂購 / 秀威網路書店：http://www.bodbooks.com.tw
　　　　　國家網路書店：http://www.govbooks.com.tw
圖書經銷 / 紅螞蟻圖書有限公司
　　　　　114 台北市內湖區舊宗路二段 121 巷 28、32 號 4 樓
　　　　　電話：+886-2-2795-3656　傳真：+886-2-2795-4100

2011 年 7 月 BOD 一版
定價：360 元
版權所有　翻印必究
本書如有缺頁、破損或裝訂錯誤，請寄回更換

Printed in Taiwan
All Rights Reserved

國家圖書館出版品預行編目

跨領域語文教育的探索 / 周慶華主編. -- 一版. --
臺東市 : 臺東大學, 2011.07
　面 ；　公分. -- (社會科學類 ; ZF0026)
(東大語文教育叢書 ; 5)
BOD 版
ISBN 978-986-02-8177-4(平裝)

1. 語文教學　2. 文集

800.3　　　　　　　　　　　　　100010545

讀者回函卡

感謝您購買本書，為提升服務品質，請填妥以下資料，將讀者回函卡直接寄回或傳真本公司，收到您的寶貴意見後，我們會收藏記錄及檢討，謝謝！

如您需要了解本公司最新出版書目、購書優惠或企劃活動，歡迎您上網查詢或下載相關資料：http:// www.showwe.com.tw

您購買的書名：＿＿＿＿＿＿＿＿＿＿＿＿＿＿＿＿＿＿＿＿＿＿＿＿

出生日期：＿＿＿＿＿年＿＿＿＿＿月＿＿＿＿＿日

學歷：□高中 (含) 以下　　□大專　　□研究所 (含) 以上

職業：□製造業　□金融業　□資訊業　□軍警　□傳播業　□自由業
　　　□服務業　□公務員　□教職　　□學生　□家管　　□其它＿＿＿

購書地點：□網路書店　□實體書店　□書展　□郵購　□贈閱　□其他

您從何得知本書的消息？

　□網路書店　□實體書店　□網路搜尋　□電子報　□書訊　□雜誌

　□傳播媒體　□親友推薦　□網站推薦　□部落格　□其他＿＿＿＿＿

您對本書的評價：（請填代號　1.非常滿意　2.滿意　3.尚可　4.再改進）

　封面設計＿＿＿　版面編排＿＿＿　內容＿＿＿　文／譯筆＿＿＿　價格＿＿＿

讀完書後您覺得：

　□很有收穫　□有收穫　□收穫不多　□沒收穫

對我們的建議：＿＿＿＿＿＿＿＿＿＿＿＿＿＿＿＿＿＿＿＿＿＿＿＿

＿＿＿＿＿＿＿＿＿＿＿＿＿＿＿＿＿＿＿＿＿＿＿＿＿＿＿＿＿＿＿＿

＿＿＿＿＿＿＿＿＿＿＿＿＿＿＿＿＿＿＿＿＿＿＿＿＿＿＿＿＿＿＿＿

＿＿＿＿＿＿＿＿＿＿＿＿＿＿＿＿＿＿＿＿＿＿＿＿＿＿＿＿＿＿＿＿

11466
台北市內湖區瑞光路 76 巷 65 號 1 樓

秀威資訊科技股份有限公司　　　收

BOD 數位出版事業部

⋯⋯⋯⋯⋯⋯⋯⋯⋯⋯⋯⋯⋯⋯⋯⋯⋯⋯⋯⋯⋯⋯⋯⋯⋯⋯⋯⋯⋯

（請沿線對折寄回，謝謝！）

姓　　名：＿＿＿＿＿＿＿＿　年齡：＿＿＿＿　性別：□女　□男

郵遞區號：□□□□□

地　　址：＿＿＿＿＿＿＿＿＿＿＿＿＿＿＿＿＿＿＿＿＿＿＿＿＿

聯絡電話：(日)＿＿＿＿＿＿＿＿＿　(夜)＿＿＿＿＿＿＿＿＿＿＿

E-mail：＿＿＿＿＿＿＿＿＿＿＿＿＿＿＿＿＿＿＿＿＿＿＿＿＿